Ricarda Bethke

Die anders rote Fahne

S. Fischer

Satz: Fotosatz Otto Gutfreund GmbH, Darmstadt
Druck und Bindung: Clausen & Bosse, Leck
Printed in Germany
ISBN 3-10-006715-0

Ich danke dem Autor Thomas Martin,
meinem ersten Leser,
der die Veröffentlichung dieses Buches
auf den Weg gebracht hat.

Erster Teil

Erstes Kapitel

1

Ich bin fünf Jahre alt. Ich liege halbnackt auf dem Bett meiner Großmutter, Mittagsschlaf. In der Wärme der hereinströmenden Sommerluft strecke ich Arme und Beine aus. Eine Fliege krabbelt mir über den Bauch. Ich halte still und fühle, wo sie langläuft, abwärts. Dann wandert sie wieder hinauf bis in die Achselhöhle. Ich verjage sie nicht. Ich bin mit ihr einverstanden.

Alle sagen, es ist Krieg. Ich merke wenig davon. Selten heult die Sirene auf dem Dach gegenüber, Fliegeralarm. Ich betrachte dann erschrocken die graue rasende Schüssel und will, daß es aufhört.

Das Kammerfenster geht nach Süden. Dort kommt fast den ganzen Tag die Sonne herein. Tiefer im Raum wird es dunkel. Ich blinzele manchmal dorthin. Die Kleider an den Haken der Kammertür sind wie menschliche Gestalten für mich. Ist dieses helle Kopftuch nicht ein blasses Gesicht? Das Kammerfenster ist weit geöffnet. Ich kann über die Gartenstraße, die Bahnlinie, den Fluß und die Felder bis zu den Sommerbergen sehn, hinüber zum Aussichtsturm, auf dem meine Mutter Dienst hat. Sie erkennt von dort aus mit dem Feldstecher unser Haus. Ich stehe auf und winke ihr zu, vielleicht sieht sie mich. Ich gehe in die dunkle Küche.

In meine Augen gießt sich Rot. Zuerst sehe ich nichts. Das ist oft so, wenn ich aus der Sonne komme. Langsam geht das Rot weg. Ich setze mich auf den gläsernen Nachttopf, der unter dem Ausguß steht. Und dann, während die Flüssigkeit hinter der Gefäßwand goldgelb ansteigt, fühle ich, wie mein kleines festes Ding anschwillt, mich etwas süß durchläuft. Ich bleibe noch lange sitzen an der Glastür, die die Küche mit der Kammer verbindet. Ich öffne und schließe die Tür, ganz in das leise Schnappen vertieft. Eine glänzende Messingrolle rutscht in das Schloß und bei leichtem Druck wieder heraus.

Das sonnige Fenster ganz in der Ecke der Kammer ist mein Spielplatz. Ich habe unten auf dem Hof Mohnblumenknospen abgerupft, ich öffne eine nach der anderen und glätte die geknitterten Blätter über meinen Fingerkuppen, wo sich die Häutchen glänzend spannen. Die größeren Knospen werden rotröckige Damen, die kleinen rosa oder sogar weiße Kinder. Meine Finger kleben und riechen nach unreifem Mohn. Ich halte sie gegen die Sonne. Sie schimmern rot. Sie sind durchsichtig.

Ich bin alleine in der Wohnung. Mein Großvater ist »auf der Arbeit«, meine Mutter ist »im Dienst«, meine Großmutter ist unten im Garten.

Ich kann schon den Schlüssel in der Schranktür umdrehen und den Schrank meiner Großmutter öffnen. Oben auf dem Brett über der Stange mit den Kleidern und Mänteln schimmern Schätze, aus Draht geflochtene Körbchen, künstliche Veilchensträuße, Faschingsfächer und die grüne Schachtel mit den Spitzenkragen und den Seidenschals. Die hole ich herunter. Ich betrachte versunken die roten, blauen und gelben Blumen, die auf gestärkte Gaze gestickt sind. Und dann entdecke ich den Zylinder meines Großvaters, es ist ein schwarze Scheibe, die zu einem glänzenden hohen Hut wird, wenn man damit klack macht. Meine Großmutter hat es mir gezeigt. Ich mache klack. Großvater hat den Zylinder nur zweimal aufgehabt, einmal bei seiner Hochzeit und das andere Mal, als sie den Fürsten Günther weggeschickt haben aus dem Schloß über der Stadt.

Unten im Schrank liegt ein Stück Stoff, eine Fahne, geplättet, verwaschen. Das Rot ist anders, dumpfer und blasser als das der großen Fahne mit dem weißen Kreis und den schwarzen Haken, die meine Tante zu Führers Geburtstag über die ganze Breite des Simses abrollen läßt bis über das Fenster des Herrn Kinsky hinab, so daß der eine rote Aussicht hat.

Ich habe inzwischen allerhand Unordnung gemacht. Aber meine Großmutter räumt immer wortlos auf, was ich verwirre. Nichts ist vor mir sicher. Dafür weiß ich auch, wo alle die Dinge sind, nach denen die anderen suchen, die Nagelschere, das Bügeleisen, die Brillen, die Zeitung. Bei uns macht jeder viel »Wirtschaft«, wie mein Großvater sagt, und jeder räumt dem anderen hinterher, irgendwie. In den täglichen Eroberungszügen durch die Wohnung prägt sich mir ein, wo sich was befindet.

Ich ziehe die anders rote Fahne aus dem Schrank ein bißchen heraus und stopfe sie unordentlich wieder zurück, aber ich merke mir, daß da die anders rote Fahne ist.

2

Ich habe drei Mütter, meine Großmutter, meine Mutter und meine Tante Lotte. Jede ist für etwas anderes zuständig. Meine Großmutter für das Essen und daß mir warm ist und daß ich frische Wäsche habe und ein Bett und ein Zuhause und mal einen Apfel oder Erdbeeren, ein Zuckerei geschlagen bekomme, immer eher ich als alle anderen.

Meine Mutter ist zuständig für meine Fragen über den Zustand der Welt, die Bienen und die Vögel, die Bäume, die Blumen und die Menschen. Sie ist zuständig für das Trösten, das Küssen und Drücken, für das Erzählen von dem durch das Erzählen immer wunderbarer werdenden Leben mit meinem Vater, für Lieder und Gedichte, für Vorlesen aus Kinderbüchern, Flötespielen und im Wald spazieren gehen. Meine Tante Lieselotte, oder einfach Lotte, ist dafür zuständig, daß ich mich gut benehme und den Leuten gefalle. Sie lehrt mich zu knicksen und mir die Nase zu putzen und mir die Nägel zu bürsten. Sie will, daß ich ein angenehmes und ansehnliches kleines Mädchen werde, eben nicht so wie meine Mutter. Wieso nicht?

Ich habe noch mehrere andere Tanten: die jüngste Schwester meiner Mutter, zwei Schwägerinnen meiner Mutter, die Schwestern und Schwägerinnen und die Töchter der Schwestern und Schwägerinnen meiner Großmutter.

Sie heißen mehr oder weniger Anna, Marie, Lotte, Lene, Martha, Rese und Luise.

Ich aber heiße Candida. Das gibt es doch nicht! Und Lottes Sohn, der älter ist als ich, heißt gar Faust.

Spüchte haben die gehabt, diese Lottes und Annas, als sie ihren Kindern solche Namen gaben, Spüchte, so sagt jedenfalls meine Großmutter.

Die andern, auch Opa und Oma, verpressen meinen Namen zu Condedao. Meist sagen sie »de Kleene« oder »mai Enklischen«.

»De Änne hat es mit den Nürven«, sagen die Tanten, das ihnen fremde Hochdeutsch meiner Mutter verspottend: »Die Änne is nich ganz richtsch.« Sie sehen sich dabei in einem Einverständnis an, das mich beleidigt. »Wie sieht se bloß aus um de Haaore.« Meine Mutter hat weiches, feines, gewelltes Haar, niemals steife Friseurlöckchen. Sie trägt nie Kleider, in denen man sich nur vorsichtig bewegen kann. Sie hat keine Fettwülste, und sie macht große Schritte. Ich finde meine Mutter über alle Maßen schön und gut. Es kommt vor, daß ich sie beim Laufen plötzlich aufhalte, mich vor sie hinstelle, das zu mir geneigte Gesicht mit den grauen Augen über den seltsamen kußmundförmigen Knöpfen ihrer Kostümjacke begeistert ansehe und fordere: »Gib mir einen Kuß!« Ich bekomme von ihr immer, was ich fordere. Meine Mutter hat eine hohe schwingende Stimme. Ihr helles A, wenn sie Candidaaa ruft, klingt wie der Anfang von einem Lied. Sie lacht nie so kreischend wie meine Tanten. Sie gebraucht nie Schimpfworte.

Meine Großmutter verbietet sich und anderen bestimmte Wörter. Ich darf nicht »Mensch« und nicht »verrückt!« sagen. Ich muß alle Leute, die ich im Hause treffe, grüßen.

Meine Tante Lotte aber ist ein sehr munterer Mensch. Sie redet dabei meist hart und schubsend:

»Mein lieber Scholli, dalli, dalli!« sagt sie zu Faust, ihrem Sohn und: »Marsch, marsch, verschwinde, wie die Wurst im Spinde« oder »Mach hin, hopp, hopp!« Meine Großmutter Marie brauche ich, meine Mutter Änne liebe ich, und meiner Tante Lotte gehorche ich.

3

Die Stadt zieht sich von West nach Ost zwischen Hain und Fluß, und über ihr thront der helle lange Leib des Schlosses, links angeführt vom grünbehelmten Turm. Von dort aus kann man alles überblicken, das eigene Haus, die Häuser, in denen die Verwandten oder die Freunde wohnen, den Fluß, den Bahnhof, weit in die Täler hinein und bis zu den Bergen hinter ihnen, alles, die ganze Heimat. Im Winter kommt mein Onkel Gustav auf Urlaub aus Rußland. Mein Onkel erzählt von Rußland und vom Schnee in Rußland. Er muß bald wieder hin. In Rußland ist es kälter, viel kälter als bei uns.

Wenn man von einer Reise in unsere Stadt zurückkommt oder sie verlassen muß, dann geht man jedesmal aufs Schloß. Wir gehen aufs Schloß, drei Tanten, der Onkel Gustav, meine Mutter und meine Großmutter. Für die sechs Enkel werden Schlitten mitgenommen. Es liegt viel Schnee. Ich bin kaum höher als die Schneewälle neben dem Bürgersteig. Auf dem Schloßhof läßt Gustav, der Soldat, sich mit uns fotografieren. Außer ihm hat auch meine Mutter, die Luftwaffenhelferin, eine Uniform an und eine Militärmütze auf.

Die Kutschremise, eine Schloßabfahrt nach Norden, ist die längste, schnellste und beliebteste Schlittenbahn der Stadt. Meine Cousins und Cousinen streiten sich um die Schlitten und darum, mit wem sie hinuntersausen dürfen. Ich stehe oben und sehe zu. Auf keinen Fall will ich da hinunterfahren, mit niemandem. Schließlich packt mich meine Tante Lotte. Die Hacken ihrer Stiefel reißen die vereiste Bahn auf, als sie knapp am Abhang des Berges vorbeilenkt. Mir nimmt es den Atem. Ich schreie, stemme meine Füße gegen die Fahrt, wir stürzen, ein anderer Schlitten mit uns. Meine drei Tanten schütteln über mich gebeugt mißbilligend ihre Turbane, die sie sich aus Schals gebunden haben, den Knoten oben über einer Haartolle. Ich finde das häßlich. Sie reden auf mich ein. Die Frau meines Onkel Gustav, sie ist meine schönste Tante, auch mit dem Turban, sagt: »Bis zur Hochzeit ist es wieder gut«, Tante Lieselotte reibt sich ihr Knie und herrscht mich an: »Hör auf zu flenn'!« Die Frau von meinem Onkel Karl sagt: »Die is eben eine Dappe.« Genau weiß ich nicht, was eine Dappe ist. Ich sauge verlegen an den Schneeklumpen des Handschuhs, meine Nase blutet. Meine Mutter stillt das Nasenbluten mit Schnee.

4

Großvater fährt Watzdorfer Bier aus. Das Auto ist ein Holzvergaser. Es stinkt nach Karbid. Wie Karbid riecht der Krieg.

Wenn er nach Hause kommt, setzt mein Großvater sich auf den Schemel in der Küche und mäkst, wie meine Großmutter sein knappes Stöhnen nennt. Dabei packt er die blechernen Gefäße aus seiner Tasche, das Kochgeschirr, eine Feldflasche und eine verbeulte Kloßschatulle mit vier Höhlungen für Klöße. Meine Großmutter hebt den eisernen Topf aus der Röhre und gießt in den Zinkeimer Wasser. Mein Großvater stellt seine riesigen gelben Füße steil hinein. Sie haben blaue Flecke vom Frost.

Eines Tages schafft er eine Lederbank aus einem Lkw herbei. Die stellt er neben den Ofen und hat so eine Art Sessel. Ich lege mich darauf und stemme meine Beine hoch gegen den Stubenofen. Das macht meine Mutter auch immer so, die Beine hochstellen, wenn sie sich hinlegt. Die Tanten schütteln die Köpfe, es sei unanständig.

Mein Großvater spricht wenig mit mir oder mit meiner Mutter, er duldet uns. Meine Großmutter beschützt uns.

Der Pfeifentopf von Großvater steht am Fenster, meine Großmutter haßt den Geruch.

Er klopft seine Pfeife aus, steht gebeugt hinter der Gardine und blickt hinaus auf die Straße. Drüben am BDM-Heim tönt der Lautsprecher. Es sind Frontmeldungen. Ich sehe, wie der große alte Mann stöhnend an seinen Bücherschrank geht und aus den kleinen braunen Fläschchen Tropfen nimmt. Er brauchte nicht in den ersten Krieg und nicht in den zweiten. »Er hat es am Herzen«, sagt meine Großmutter. Und dann erzählt sie mir von ihrer einzigen großen Reise zu Großvater, der »im erschten Kriesche« eingesperrt war in einem Faß in Worms. Ich verstehe nichts und versuche mir das Faß vorzustellen. »Kleine Mädchen müssen schlafen gehn, wenn nachts am Himmel die Sternlein stehn«, singt mein Großvater abends für mich. Ich gehe nicht gern schlafen.

Einmal werde ich nachts wach, taumele in die Stube, da sitzen drei alte Männer.

Mein Großvater begrüßt mich laut und fröhlich, der Speichel spritzt von seinen kräftigen Lippen, sein oberster Hosenknopf ist geöffnet, er hat nur ein Unterhemd an, und ich sehe, wie die weißgelbe Haut seiner behaarten Brust sich von der bronzefarbenen Haut am Kopf und am Hals abhebt. Er singt: »Kleine Mädchen müssen schlafen gehn ...« In der Stube spielen sie Skat. Es riecht nach Schweiß, Tabak und Bier. Einer der Männer, der Müllkutscher Eugen, langt mit seinen dicken Händen nach mir, stiert mich mit geröteten Augen an und brummt: »Wie Milch und Blut, wie Milch und Blut!« Ich flüchte und heule und höre nicht auf zu heulen. »Die hat nahe ans Wasser gebaut«, sagt meine Großmutter, und: »Die Augen müssen auch von innen gewaschen werden.« Vor diesem Onkel Eugen und seinem aschig-rostigen Müllfahreranzug schaudere ich zurück. Ich will nicht wahrhaben, daß ich mit ihm verwandt bin.

5

Ich liebe die polierten Hölzer in der Stube meiner Großmutter. Ich lerne auch die Stuben der anderen Hausbewohner kennen. Die Stube meiner Großmutter ist die schönste. Die beiden großen Fenster gehen nach Westen. Meist leuchtet irgendwo vom Schein oder Widerschein der Sonne Glanz auf einer Möbelkante. Ein riesiger Spiegel steht in der Ecke. Ich soll Staub wischen, die Spiegelkonsole, die eisernen Ranken am Fuß der Nähmaschine, die gedrechselten Rollen der Stuhllehnen, die Mohnblütenknospen an den grünen Kacheln des Ofens. In meinen Halbträumen steigen Zwerge und Feen aus den Mohnblüten des brüchigen Linoleums.

Das Haus gehört dem Herrn Neuroth. Er führt auch den Lebensmittelladen unten. Meine Großmutter und meine Tante Lotte sprechen leise und verächtlich über ihn, »der Geizknochen, das Ekel, der Schürzenjäger«. Für mich sortiert meine Großmutter die Leute im Hause. In den drei Dachwohnungen wohnen Kaufmanns, Webers und Müllers. Das sind die Guten. Der alte Herr Müller war Schokoladenmeister in der Fabrik, in der meine Großmutter gearbeitet hat. Sonntags geht der Herr Müller »bei seine Sekte«, sagt meine Großmutter. Ich kann ihm auf der Treppe begegnen, er hat einen Gehrock, einen Hut mit breiter Krempe und einen schlohweißen Vollbart. Er sieht für mich aus wie eine Mischung aus Rumpelstilzchen und dem lieben Gott. Seine jüngste unverheiratete Tochter, das Fräulein Müller, lädt mich zu Reisbrei ein, »Friedensware«. Müllers haben noch von früher braunen Zucker, Zimt und Vanille. Nie habe ich vorher solchen wunderbaren Reisbrei gegessen, noch werde ich je nachher solchen wieder essen. Neben uns wohnt die Witwe eines Porzelliners. Frau Hartwich bemalt Porzellan. Sie schenkt mir Puppengeschirr, feines blaues mit weißen Figürchen darauf, das stelle ich auf den gußeisernen Ofen mit den Mohnblütenknospen. Sie redet leise mit meiner Großmutter über meinen Großvater, der doch auch früher Porzelliner war. Sie schenkt uns sehr dünne Teetassen, die sind nur ein bißchen verbogen, ein bißchen gelblich, zu sehr gebrannt. Frau Hartwich ist gut. Unter uns, im ersten Stock wohnen Herr und Frau Kinsky und der Ladenbesitzer Neuroth. Das sind die Bösen. Frau Kinsky vertreibt uns keifend aus dem Treppenhaus. Wir nennen sie Hexe.

Eine Kammer zwischen der Wohnung meiner Tante und unserer Wohnung hat der »Nazi« Neuroth beschlagnahmt. Vor der Verbindungstür steht das Vertiko mit Spitzentänzerinnen, Windhunden und Liebespaaren aus Porzellan. Die Figuren haben entweder verrutschte Blumenkleckse oder eine abgebrochene Ecke am Spitzenunterröckchen. Es sind Geschenke von Frau Hartwich. Beim Staubwischen bewundere ich die Pinseltupfen, mit denen winzige Lippen oder Löckchen vom Hundefell auf Porzellan gemalt sind. Wenn Herr Neuroth in der Kammer seine Margarinekisten sortiert, kann er hören, was bei uns gesprochen wird. Meine Großmutter wendet sich im Hin- und Herlaufen zwischen Küche und Stube um, wedelt mit ihren Händen vor dem Munde und macht »bscht!«.

6

Meine Tante Lotte ist das fröhlichste Familienmitglied. »Die Lotte, die is fischelant«, sagt meine Großmutter. Lotte nimmt mich überall hin mit. Sie ist im NS-Turn- und Sportbund. In der Halle auf dem Turnerberg stehen die Kinder im Kreis, sie machen nach, was meine Tante vormacht. Ich will nicht mitmachen. Ich flüchte aus dem Kreis hinaus. Die Kinder klettern auf den Schwebebalken. Man hebt mich hoch, ich schreie: »Hilfe, ich fäll.« Ins Schwimmbad komme ich gerne mit. Da fürchte ich kein kaltes Wasser, keine Dusche, kein Spritzen. Nur bestimmten Kindern weiche ich in weitem Bogen aus, denn sie schreien die verbotenen Wörter. Ich sehe, wie sie einander schubsen oder untertauchen. Der junge Bademeister steht einbeinig am Beckenrand, eine kurze Tabakspfeife im Mund. Ein Oberschenkelstumpf ragt nach vorne über die Stütze der Krücke, so daß mich die Hautwülste der Narbe entsetzen. Ich starre sie an. Ich starre, oder wie man über mich sagt, glotze, wenn mir etwas verwunderlich scheint. Als der Mann meiner Tante Lotte, Ludwig, aus Rußland auf Urlaub kommt, stelle ich mich neben den Küchentisch. Er ißt andächtig die Suppe, die sie ihm gekocht hat. Ich betrachtete ihn, bis er grob wird: »Was glotzt das Kind?«

In der Kaserne auf dem Stutenrand, einer kleinen Anhöhe hinter dem Saaleknie, erholen sich verwundete Soldaten. Die sollen bald wieder in den Krieg. Meine Tante treibt mit ihnen Gymnastik. Auf dem Sportplatz neben dem Schwimmbad übertönen die Stimmen der Männer den hohen Dauerton des Kindergeschreis. Meine Tante schreit Wörter, die meine Großmutter verboten hat. »Reißt euren Arsch hoch!« Lautes Männerlachen, das mich erschreckt und von dem ich mich mit meiner Mutter eilig entferne, wenn wir durch die Schrebergärten in das Luftbad gehen. Ich bleibe bei den

Blumen stehen, die durch die Zaunlatten hindurchwachsen, lasse die schweren Blätter der Pfingstrosen in meine Hand fallen oder reiße ein Tränendes Herz ab.

Meine Mutter ruft »Hallo«. Quietschend öffnet sich die versteckte Tür in der grüngestrichenen Bretterwand. Das Grün der Hecke hat eine Lücke. Das Luftbad ist ein Grasviereck, rundum der Bretterzaun, er ist innen ungestrichen und von einem seidigen Grau. Holz, über das ich gerne mit den Fingerkuppen streiche. Genauso grau, aber heißer und splittriger sind die flachen hölzernen Pritschen. Auf denen liegen nackte Frauen, junge, ältere und auch eine ganz alte. Sie duften alle nach dem rötlichen Nußöl.

Sie gießen es sich aus kleinen braunen Fläschchen in die hohle Hand und reiben sich damit überall ein. Allerhand Tücher und Taschen haben sie um sich ausgebreitet.

Ich sitze neben meiner Mutter. Ich bewundere den Glanz auf ihren Knien.

Ich betrachte die anderen Frauen, ihre Brüste und ihre Beine, wie sie sich einölen, grüne Blätter auf ihre Augenlider legen, aus den Verschlußbechern ihrer Thermosflaschen trinken. Ich lausche ihren hohen Stimmen. Wenn freche Jungen durch die Astlöcher der alten Bretter lugen oder mit kleinen Steinchen werfen, dann rufen die Frauen laut und hoch: »Herr Bademeister!« Aber noch höher werden ihre Stimmen, wenn sie den wenigen Männern nebenan im Männerluftbad etwas zurufen oder zuwerfen.

Über die Zäune und Hecken des Sportplatzes und des Schwimmbades erheben sich an weißen Stangen die roten Fahnen mit dem weißen Kreis und dem schwarzen Kreuz.

Wenn wir nach Hause gehen, ist lange das anhaltende Geschrei der Kinder oder das Bellen der Soldatenstimmen zu hören. Es gibt viele Wege vom Schwimmbad nach Hause. Man kann durch die Stadt oder auf dem Bahndamm oder durch den Park gehen. Ich gehe am liebsten durch den Park am Fluß entlang. Unser Haus steht im Osten der Stadt. Noch weiter im Osten, hinter der Feuerwehr, dem Sägewerk, dem Schlachthaus, dem Krankenhaus und der Gasanstalt beginnen die Teerstraßen ohne Bürgersteige und die Baracken. An Schlackewegen stehen gebogene Betonpfeiler mit Stacheldraht, dahinter wieder Baracken. Es kommt mir alles um so häßlicher vor, je weiter nach Osten man mich mitnimmt auf die Wege ins Krankenhaus oder zum Güterbahnhof. Es riecht dort hauptsächlich so wie nasse Luft riecht, die über dem Schotter zwischen Eisenbahnschienen steht.

7

Dann kommen die Bomber auch in die kleine Stadt. Man bringt mich nachts aus dem warmen Kinderbett in den Keller.

Meine Mutter nimmt mich eines Abends mit zur Luftschutzwacht in den Wald, auf den Marienturm. Es ist einsam dort. Wir sind die einzigen, die noch »Dienst haben«. Ganz auf der Höhe steht der Turm, der zu Ehren der Frau des Schokoladefabrikanten

Marie Richter errichten wurde. Weiter unten zwischen den Birken stehen die Baracken der Wehrmacht. Die Zimmer der Luftwaffenhelferinnen sind leer. Meine Mutter legt sich mit mir in eines der Doppelstockbetten. Die Bettbezüge, blauweiß kariert, sind schwerer und härter als ich es gewöhnt bin. Wir klammern uns im kalten Bett aneinander, lauschen der Sirene, den Flugzeugen, den Einschlägen. Am nächsten Morgen zieht meine Mutter die Bezüge, in denen wir geschlafen haben, ab und packt sie in ihren Rucksack. Wir laufen vom Marienturm hinunter in unsere Stadt. Zerstört wurden die Wohnhäuser in Volkstädt an der Straße zum Zellwollewerk. Die Fabrik ist nicht kaputt.

Großmutter zieht die mitgebrachten Bezüge als Matratzenschoner über die Schlaraffia von meinem Vater. Ich betrachte mit Mißfallen diese Bettbezüge Das schöne Gold und Grün verschwindet unter grobem Karo, das aus der häßlichen kalten Baracke stammt.

Am Abend ist wieder Fliegeralarm. Wir gehen in den Keller. Bei Fliegeralarm geht mein Großvater nicht in den Keller. Er bleibt oben in der Wohnung. Im Keller regiert der Herr Kinsky, der Luftschutzwart, der Nazi. Ich verstehe nicht, was Nazi ist, aber der Begriff wird bei uns oft genug verwendet. Es sind die Bösen, man muß ihnen ausweichen auf dem Hof und im Treppenhaus. »Das ist ein Nazi«, sagt meine Tante Lotte laut und bestimmt, »bscht« macht meine Großmutter. Meine Mutter sagt das Wort eher ängstlich, meine Großmutter sagt es tonlos und schüttelt sich. Mein Großvater sagt nur »die«. Herr Kinsky hat einen

Schnauzbart, eine hohe Stimme und trägt dicke schwarze Stiefelschäfte mit Riemen zum Zuschnallen. Wenn ich ihn auf der Treppe höre, warte ich, bis er weg ist, bevor ich weitergehe. Meine Großmutter sagt einmal zu mir, Herr Kinsky hat seine Frau noch nie geküßt. Sie sagt es raunend und mit Entsetzen.

Es riecht sehr nach Gas im Keller. Mir kommt es so vor, als ströme dieser Geruch aus dem dicken Rohr, das die Kellergänge überquert. Es ist mit häßlichen Lumpen umwickelt. Alle Erwachsenen müssen sich tief bücken, wenn sie unter dem Rohr hindurchgehen. Im Keller liegt eine Matratze für die Kinder, für mich, meinen Cousin und den Jungen aus Berlin, der bei den Müllers wohnt. Der Junge heißt Siegfried. Er sagt, ich sei seine kleine Braut. Er baut drüben in der Gärtnerei aus Erde einen Bunker. Ich darf einmal mit hinein. Alles ist aus Erde, ein Tisch und Bänke ringsherum aus Erde. Ich setze mich auf eine Bank und zerkrümele zwischen meinen Fingern schwarze fette Erde. Der Junge bewirtet mich mit einer kleinen erdigen Mohrrübe. Wir treten am Abend zusammen unten vor die Haustür und fangen das Silberpapier, das vom Himmel fällt. Ich fürchte mich. Siegfried hält mich an der Hand, die Sirene auf dem Dach des BDM-Heimes heult auf, wir rennen in den Keller.

In der Nacht, in der die Amerikaner kommen, sprengen die großen Jungen die Stadtbrücke. Im Keller wackeln die Wände. Dann brennt die Schule schräg gegenüber.

Siegfried, der Junge aus Berlin, und mein Cousin Faust laufen hinaus, sie kommen rußverschmiert zurück. Meine Tante schreit sie an.

Am anderen Morgen betreten Soldaten unser Haus. Die Glastür zu Herrn Kinskys Flur zersplittert. Mein Großvater hat alle Türen und Fenster weit geöffnet. bei uns wird nichts zersplittert. Großvater kann kein Englisch, aber meine Tante Lotte kann Englisch. Ich stehe im Nachthemd in der Kammer. Vor mir liegt ein sehr langer amerikanischer Soldat auf dem gestrichenen Fußboden und guckt unter den Bücherschrank meines Großvaters. Meine Großmutter sagt zu mir: »Er sucht nach Gewehren.« Der Soldat Jonny steht auf und schenkt mir eine Tafel Schokolade. Das Papier ist bunt und golden gemustert, es duftet. Ich verstecke es im Schrank meiner Großmutter bei der Fahne. Jonny fragt Lotte auf englisch, warum meine Mutter nicht verheiratet ist. Da sagt meine Tante, ihre große Schwester sei eben nicht hübsch genug. Das ist eine Lüge. Meine Mutter ist schöner als alle anderen, das sehe ich genau, und Englisch kann sie auch. Jonny kommt noch ein paarmal zu Besuch. Auf dem kleinen Tischchen steht das »Rauchbesteck«. Rote Porzellanherzen mit weißen Ablegeschälchen für die Zigaretten. Ich sehe etwa Neues, meine Mutter raucht.

An dem sonnigen Vormittag, an dem meine Tante die Wohnzimmertür aufreißt und glückstrahlend ruft: »Der Krieg ist aus, der Krieg ist aus!«, gucke ich mit meiner Mutter aus dem Fenster. Auf der Straßenkreuzung steht Jonny als Verkehrsposten. Er wendet uns den Rücken zu. Es juckt ihn am Hintern, er kratzt sich ungeniert. Später wird in der Familie behauptet, Jonny habe meine Mutter mit nach Amerika nehmen wollen. Ohne mich? Das glaube ich nicht.

Zweites Kapitel

1

Der Friede ist ausgebrochen. Pfingsten 45 ist golden und hell. Meine Großmutter ist eine fleißige Frau, die sich und die Ihren benäht. Ihre beiden jüngeren Töchter können auch nähen, sie trennen von einer großen Hakenkreuzfahne die weißen Kreise ab und machen sich rote Dirndlröcke mit weißen und blauen Litzen darauf. Sie werden von ihren Freunden bewundert. Ich bekomme auch einen Fahnentuchrock. Meiner Mutter steht Rot nicht, sie kann auch nicht nähen. Meine Mutter hat noch von früher ein weißes Seidenkleid und einen Panamahut. Sie hat keine Freunde, die sie bewundern, nur mich. Meine Mutter geht im Seidenkleid und Panamahut mit mir spazieren. Auf dem Bahndamm zwischen den Reihen der alten Linden laufen fünf amerikanische Soldaten. Sie bilden eine Kette und halten uns lachend auf. Ein Schwarzer hebt mich in die Höhe. Ich rudere und strampele und schreie dicht unter dem Lindenlaub.

Der Krieg ist vorbei. Meine Großmutter hat Glück. Ihre zwei Söhne sind nicht umgekommen. Der älteste, der schöne Karl, ist schon im Frühling wegen Splitterverwundungen am Kopf nach Hause entlassen worden. Der jüngste, der lustige Gustav, pfeift im Hochsommer eines Abends unten von der Straße zu unseren Fenstern hinauf: »Zieht euch warm an, zieht euch warm an, denn die Kälte greift den Darm an!« nach »Hej uchnjem«, dem russischen Lied. Das ist der Pfiff der Familie. Ich höre ihn als erste. Meine Großmutter tanzt vor Freude mit mir um den Tisch herum: »Komm Karliniken, komm.« Gustav hatte früher Jakken mit Knöpfen, auf denen Hammer und Sichel waren. Ich habe solche Knöpfe in der Knopfkiste meiner Großmutter gefunden und mit ihnen gespielt. Gustav sitzt bei uns am Tisch und sagt: »Eine Armut is das in Rußland, eine Armut, das könnt ihr euch nich vorstell'n.« Er redet von seinem Lkw, seinem roten Putzlappen hinten an der überstehenden Ladung, der ihm viel genutzt habe. Denn immerhin war er rot, eben ein Putzlappen aus einer zerrissenen Fahne.

Ich höre gespannt zu. Er erzählt von den ungemolkenen Kühen, und wie die geschrien haben und wie sie ein paar gemolken haben und eine haben sie geschlachtet. Daß eben alle im Krieg »zapzerapp« machten und davon, wie er am Ende gelaufen und gelaufen sei.

Die Amerikaner und Jonny fahren ab. Meine Mutter weint.

2

Die Russen kommen. Die alte, anders rote Fahne wird aus dem Kleiderschrank meiner Großmutter herausgeholt, die dazugehörige Stange wird gefunden. Der Großvater kann keinen Hammer halten, sagt meine Großmutter. Sie nagelt das Tuch an die Stange. Mein Großvater geht mit der Fahne in der Hand den Russen entgegen. Meine Tante Lotte schüttelt den Kopf. Der Friede!

Warum alle meinen Großvater Friede nennen, verstehe ich lange nicht. Man sagt mir nicht, daß das eine Abkürzung für Alfred ist. Friede ist für mich das Gegenteil von Krieg. Mein Großvater Friede redet, nachdem der Krieg vorbei ist, viel und laut, und seine blauen Augen blitzen, die braunen Tropfenfläschchen werden erst einmal vergessen. Er ist wenig zu Hause. Im Munde der Leute, die ihn bei uns suchen, klingt »Ist der Friede da?« hoffnungsvoll. Aber bei meiner Großmutter und ihren Kindern klingt »Der Friede ist da« mehr so wie: wir haben Schwierigkeiten. Man muß ihm das warm gehaltene Essen vorsetzen, aber er darf nicht wissen, woher wir es haben. Friede und die Russen haben zusammen den Sägewerksbesitzer enteignet. Der Mann meiner jüngsten Tante ist schließlich der Schwiegersohn vom Friede, und deshalb ist er gleich Elektromeister für die ganze Stadt geworden. Der alte Meister, der Nazi, ist abgehaun. Meine Tante Marie ist mit ihrem Mann in die große Wohnung am Markt gezogen mit Bad und Extraklo. Sie hat dem Schwiegersohn vom enteigneten Sägewerksbesitzer ihr Mittelzimmer vermietet. Sie tauscht weißes Mehl ein für ein kleines altes Ölbild, das dem Schwiegersohn des Sägewerksbesitzers gehört. Der Friede darf davon nichts wissen und nichts davon, daß seine katholische Schwägerin Anna da war mit Pflaumen und Eiern und Heiligenbildchen, die sie mir schenkt, oder daß Lotte echten Tee und Kaffee aus den amerikanischen Paketen von Walter, ihrem Freund, bekommt und was der über die Russen sagt.

Wenn der Großvater auf die Kommandantur bestellt wird, zittert meine Großmutter, bis er wieder da ist.

Aber sie singt mit, wenn auf der Straße »Strana moja, rodna moja« gesungen wird, wobei sie sich einen eigenen Text erfindet: »Die Laberwurscht, die Laberwurscht ... tatatata tatütataa!« Wenn ein russischer Chor im Radio: »Dich mein stilles Tal griuß ich tausendmal« singt, dann lauschen sie alle beide und singen mit: »Griuß ich tausendmal.« Und sie lächeln. Denn singen können die Russen.

Das frühere BDM-Heim unserem Haus gegenüber ist jetzt die Kommandantur. Die Russen rasen mit ihren Autos an unserem Haus vorbei auf der Straße nach Weimar. Friedes Ältester, Karl, wird vor der Kommandantur von einem rasenden Russenauto mit einem rasenden Russenfahrer überfahren. Sein kluger, schon splitterverletzter Kopf wird noch einmal zerbrochen. Mit dem Kopfverband geht er zurück in die Neulehrerschule. Den Russen verzeiht er nie.

Meine Mutter geht immer weiter ins Luftbad. Sie bleibt noch bis Ende August da. Ich fröstele, wenn ich aus dem Wasser komme und meinen Badeanzug ausziehe. Sie ist allein mit mir, als ein Russe über die Planken steigt, auf sie zuläuft und mit vorgehaltener Pistole sagt: »Frau, komm, Frau, komm!« Meine Mutter schreit ganz hoch: »Herr Bademeister! Herr Bademeister!« Der Russe erschrickt vor dem Schreien und schwingt sich über die Planken. Das Luftbad wird mir unheimlich.

3

In der Stube meiner Großmutter gibt es Politik und erfrorene Kartoffeln.

Es ist wieder kalt geworden, der helle Sommer nach dem Krieg ist vorbei. Um den ausgezogenen Tisch in der Stube meiner Großmutter sitzen alle, der schöne Karl, seine Frau, meine Mutter, meine Tante Lotte, mein Onkel Gustav, mein Großvater. Ich stehe hinter dem Stuhl meines Großvaters und drehe an der gedrechselten Rolle, die dieser Stuhl an der Lehne oben hat. Neben meiner Tante Lotte sitzt nicht ihr Mann, der ist in Gefangenschaft in Rußland, sondern da sitzt der Freund ihres Mannes, Walter. Der war in Amerika. Aus amerikanischer Gefangenschaft kommt man früher nach Hause als aus russischer. Beinahe wäre er in Oklahoma geblieben, denn da war eine Frau, die nennt er Auma, das ist aber keine Oma, sie heißt nur so. Auma schickt ihm Pakete aus Amerika. Walter ist zurückgekommen, sogar in die russische Besatzungszone, weil er meine Tante, die Frau seines Freundes, liebt.

Über dem Tisch hängt nicht mehr die geheimnisvolle Gaslampe mit dem bläulich glimmendem Glühstrumpf, dem milchigen Glasschirm, den winzigen bunten Perlenschnüren, mit denen ich so gerne gespielt habe. Wir haben jetzt eine elektrische Hängelampe. In der braunen Bakelitdose schnurrt die Schnur, wenn man sie höher schnippen läßt oder tiefer zieht. Aber es ist Stromsperre, zwei Notkerzen brennen, die stinken ähnlich wie die grünliche Seife neben dem Ausguß. Der Kälte wegen wird noch immer das grünschwarze

Papprollo der Verdunklung benutzt. Auf dem Tisch steht der eiserne Topf mit den Pellkartoffeln, sie sind süßlich, weil sie erfroren sind, dazu Senfsoße, das schmeckt mir nicht. Für mich findet sich etwas anderes, ein hartes Stück Brot mit einem Tropfen Öl auf einer Untertasse und Salz. Die Menschen um den Tisch reden laut. Onkel Gustav ist für die Russen, Friede ist für den Kommunismus. Walter kommt aus amerikanischer Kriegsgefangenschaft und ist für den Kapitalismus und die Demokratie. Alle fangen an zu schreien. Die verbotenen Worte werden häufig benutzt. Meine Großmutter macht »bscht«. Karl sei in die SS gezwungen worden. Über den schwelenden Notlichtern reden die Erwachsenen von Menschenverbrennungen. Der schöne Karl redet immer heftiger. Es sind die häßlichen Worte. Seine Splitter im Kopf tun weh. »Du schlechtes Mensch!« sagt er zu Lotte, weil die ihren Mann verläßt, der in Rußland gefangen ist. Lotte schreit: »Du feiges Schwein, ich schäm mich für so einen Bruder! Du hast deine Schwester, die Änne, damals nicht aus der Klinik holen wollen, du nicht. Du hast nur von dem Pfund Seife geredet, das die aus einem Menschen machen, du … du!« Ihr dickes Gesicht wird rot und naß von Tränen. Stille …

Aber, ich bin doch im Zimmer, ich bin immer dabei, während die andern Kinder zu Hause sind, spielen oder schlafen, bin ich zwischen den Erwachsenen. Sie vergessen, mich ins Bett zu schicken, und ich höre zu. Ich heule auf, meine Großmutter drückt mein Gesicht in ihre Schürze. Mein Großvater brüllt, Lotte schimpft. Karl wird bösartig. Fäuste heben sich über dem eisernen Kartoffeltopf.

Meine Mutter packt mich und rennt mit mir in die Nacht hinaus. Ich laufe, kaum sechs Jahre alt, neben meiner haltlos schluchzenden Mutter her und tröste sie. »Mutti, ich bin doch da!« Draußen regnet es, und es ist stockdunkel. Wir wanken auf der Behelfsbrücke über den schwarzen Fluß. Wir gehen zu Lene, einer Schulfreundin von Onkel Karl, die ihm auch was von früher übelnimmt. Wir übernachten dort in einer kalten Kammer.

4

Mein Cousin Faust und meine Tante Lotte wohnen in der Wohnung nebenan. Oft sitzen sie mit am ausgezogenen Tisch bei meiner Großmutter in der Stube. Eines Tages geht die Stubentür leise auf, und ein grauer Mann mit grauem, aufgeschwemmtem Gesicht steht unschlüssig auf der Schwelle. Meine Tante Lotte hastet auf ihn zu, tätschelt dem Mann die Wange und schiebt ihn hinaus: »Na komm, na komm...« Dann höre ich Brüllen und Scherben. Der Mann meiner Tante brüllt, und meine Tante zerschmeißt alle weißen Kaffeetassen mit roten Punkten. »Lotte, Lotte, komm, komm«, sagt meine Großmutter und hilft ihrer Tochter, die heftig schnaufend ihren schwangeren Bauch hält, in den Mantel.

Am Abend ist die Wohnung nebenan kalt und leer. Ich sehe die Scherben hinter der halboffenen Küchentür. Stumm und blaß baut der große Junge, mein Cousin Faust, dessen Vater gerade aus Rußland gekommen, aber schon wieder weg ist, Kartenhäuser auf Großmutters wachstuchbezogener Tischplatte auf. Sein Vater und seine Mutter sind weggegangen. Die Mutter ist zu Walter, von dem sie ein Kind kriegt, und der Vater ist sofort und auf der Stelle hinauf in die Debrastraße zu seiner anderen Lotte, deren Mann gefallen ist. Dort bleibt er und kommt nie wieder. Faust läßt sich nichts anmerken, aber seine weißen Wangen und die schwarzen Augenbrauen, die er von seinem Vater geerbt hat, zittern.

Spät kommt mein Großvater von der Parteiversammlung, oder hat er mit dem Genossen Rohde und der blonden Elly noch »een, zwee Bier« getrunken?

Meine Großmutter wischt sich die Augen, dann haspelt sie die Neuigkeiten herunter.

»Der Ludwig is gekomm, de Lotte is bei'n Walter.« Friede fährt von seinem warm gehaltenen Essen auf: »Dieser Hund, dieser Ehebrecher, dieser Amerikaner!«

Er gerät in eine seiner seltenen, aber heftigen Rasereien. »Meine Lotte! Meine Lotte ! Ich erschieß ihn, ich erschieß ihn.« Hat Großvater vielleicht eine Pistole von den Russen im Schreibtisch? Schließlich ist er der Parteisekretär. »Er kann gar nicht schießen«, sagt Großmutter. »Er kann keinen Karnickel schlachten.« Sie stürzt sich ihm entgegen mit der Fülle und Wucht ihres weichen Leibs und macht »Bscht, bscht!«. Er taumelt auf die Autobank am Ofen und weint: »Meine Lotte, Meine Lotte!«

Mein Cousin Faust schämt sich für seinen Großvater. Er, der älteste Enkel, Lottes Sohn, geht jetzt lieber aus der geheizten Wohnstube in seine kalte Kammer. Ich gehe hinterher. Faust setzt sich an den Tisch und klebt Stukas zusammen aus Pappe. Auf das Seitensteuer malt er mit Tinte Kreuze, seine weißen Finger sind voll Tinte, die grüne Tischplatte hat viele Leim- und Tintenflecke. Faust läßt die Stukas im Sturzflug sausen. Das rundgefeilte Holzstück vorn kracht auf die Dielen. Ich setze mich auf Fausts Bett und betrachte den Wandschoner. Kleine bunte Eisenbahnen fahren die Wand hinauf und hinunter. In der Kammer riecht es nach Leim und nach Junge. Ich rieche das sofort. Ich kenne diesen Geruch, es ist mehr oder weniger in allen Kammern meiner verschiedenen Cousins der gleiche Geruch. Aber das ist auch die Kammer, die früher der Hausbesitzer als Margarinelager benutzt hat, vielleicht riecht auch das noch? Faust wirft sich auf das Bett, unter seiner blauen Strickweste zucken die Schultern, er schluchzt. Ich darf ihm noch eine Brühe aus einem Brühwürfel bringen.

5

Ich bin oft alleine. Ich kann gut alleine spielen im Sommer mit Mohnblumen oder Nelkenköpfen als Darsteller auf dem sonnigen Fensterbrett, und im Winter baue ich mit zerteilten, durchsichtigen Zellwollbahnen Feensäle für winzige Papierfigürchen auf. Im ungeheizten Schlafzimmer spiele ich unter der weißbezogenen luftleichten Daunenzudecke Iglu auf der Eisscholle. Aber ich bin doch sehr allein. Meine Mutter bringt einmal einen Hund mit, der sich verlaufen hat. Ich darf ihn nicht behalten. Ich träume tagelang, er läge unter meinem Bett. Am Morgen gucke ich ins

Dunkle da unten und kann nicht glauben, daß er weg ist.

Als sie ein Mädchen in meinem Alter mitbringt von ihren Dienstreisen, ein dünnes braunes Kind, das sie irgendwo in Pflege geben soll, da tobe ich, als sie es wieder mit ins Amt nimmt, verzweifelt. Ich möchte die Schwester behalten.

Später kommen zwei Cousins, die Kinder meines Onkel Karl, zum Spielen auf den Hof. Sie ziehen in die Wohnung unter uns, in die vom Luftschutzwart Kinsky, der verschwunden ist. Die Väter der anderen Enkel meiner Großmutter sind aus dem Krieg nach Hause gekommen zu ihren Familien. Mein Onkel Karl singt fast jeden Abend mit seinen Kindern und seiner Frau zur Gitarre deutsche Volkslieder. Ich lege mich auf den Fußboden und höre sie durch die Zimmerdecke singen, eine Familie! Meine Großmutter schickt mich mit kalten Käsekeulchen hinunter. Ich darf mitsingen.

Meine Cousins bauen ein Zelt aus Decken auf der Wäschewiese. Ich bin eine Squaw. Wenn der Cousin Udo, der meinen Mann spielt, in seinem Karl May liest, spricht er nicht mit mir. Ich bin das einzige Mädchen. Ich habe die Jungen zu bedienen und ihren Befehlen zu gehorchen. Ich spüre, daß mir das Lust bereitet. Ich schäme mich deshalb. Meinen männlichen Spielgefährten muß ich Essen beschaffen, Möhren und Schoten, oder ich muß die unreifen Birnen aus dem Garten des ehemaligen Hausbesitzers stehlen. Gegenüber meinen Cousins komme ich mir schutzlos vor. Auf meine Mutter hören die nicht. Meine Cousins hören nur auf ihre Väter.

Ich habe keinen Vater. Er ist tot. Aber mich umgeben viele Gegenstände, von denen man mir sagt, sie seien noch von meinem Vater. Es sind schöne Gegenstände, die sich gut anfassen, die grüne Seide der Steppdecken, das dicke Leder eines violett gefütterten Koffers, der silberne Becher, ein kleines mit weißem Perlmutt belegtes Taschenmesser, die bunte Seidenstickerei eines runden Kissens, die dünnen silbernen Suppenlöffel, der grüne Pappdeckel des Fotoalbums, in dem es Fotos von diesem Vater gibt. Fotos aus Italien. Meine Mutter und mein Vater stehen in Hut und Mantel neben weißen Balustraden vor dem Meer. Sein Foto hängt im Zimmer meiner Mutter, es zeigt ein großes Gesicht, volle Lippen, eine Glatze, dunkle Augen über Tränensäcken, der Rahmen ist aus schwarzem Papier darumgeklebt. Mein Vater sieht völlig anders aus als die Väter meiner Cousins und Cousinen, die haben knochige helle Gesichter mit schmalen Lippen und kurze dichte Haare. Sie haben keine Hüte, sondern umgefärbte Soldatenmützen auf. Meine Mutter spricht ständig mit mir von meinem Vater, was er dazu gesagt hat und wie er das gemacht und jenes erklärt hat und wie er in allem klüger und besser gewesen sei als alle anderen. Eigentlich erwarte ich sein Erscheinen jeden Augenblick. Ich träume, daß mein Vater zu mir kommt, mich an der Hand nimmt und mit mir redet, wie er immer mit meiner Mutter geredet hat: »Nun gib mal acht, nun hör mal zu.« Alles wäre dann wie seine Gegenstände, wertvoll, richtig und wunderbar.

6

Das großen Haus aus dem Jahre 1907, in dem wir wohnen, ist ein Eckhaus, vorne städtisch, protzig mit Klinkerfront, geschwungene Mohnblütendekorationen aus grauem Zement, nach hinten dörflich, schmalbrüstiges dünnwandiges Fachwerk.

Es gibt unzählige, raumverschwendende Ecken, große, dreieckige Absätze neben den Fenstern im Treppenhaus, riesige ungenutzte Korridore, Winkel unter den Treppen und zwischen den Toiletten. Einige Wohnungen haben schmale, hohe Küchen und Kammern mit mächtigen Fenstern nach Norden zur Straße, und andere Wohnungen haben große Kammern nach Süden über den Gärten mit nur einem kleinen Fenster, weit oben, in der äußersten Ecke der Wand. Küchen und Schlafzimmer haben breite Fenster zu den Lichtschächten, die kaum wirklich Licht durchlassen, die Lichtschächte liegen über dem Lager der Lebensmittelhandlung. Man kann die Fenster nicht zur Lüftung öffnen, weil Sauerkrautdünste, Gestank verfaulender Kartoffeln oder Heringsgerüche aufsteigen. Das mischt sich mit den Dünsten der Toilettenverschläge auf halber Treppe. Und überall gibt es Türen, Türen. Alle Türen im Haus sind mit braungelber Farbe angestrichen, die Holzmaserung nachahmt. Alle Türklinken sind aus Messing und werden von den Mietern eifrig geputzt. Bei uns wird diese Aufgabe mir übertragen, auch das Staubwischen des schmiedeeisernen Treppengeländers. Die Hausbewohner loben mich, wenn sie mich dabei antreffen. Ich bin bei allen im Hause beliebt. »Wie Milch und Blut, ist artig und hilfsbereit, spricht Hochdeutsch.«

Spielen kann man in den beiden Treppenhäusern gut. Denn seit es keinen bösen Herrn Kinsky mehr gibt, spielen wir, die Enkel vom Friede, der, wie er sagt, »jetzt dran ist«, in allen Winkeln des Hauses. Selten ermahnen uns die Mieter, leiser zu sein. Die Verbote des ehemaligen Besitzers sind aufgehoben.

Glücklich sind wir auf dem Dachboden. Winklige Stufen führen zu abgeteilten Lattenverschlägen. Hinten bildet der Dachstuhl einen langen Saal, das ist der Wäscheboden. Er endet mit kleinen Fenstern in der Fachwerkwand. Wir spielen König und Königin und Indianer und Eskimos. Die rohen Holzdielen des Bodens werden immer mit der gelbgrauen Seifenlauge, die von der Kochwäsche im Waschhaus übrigbleibt, gewischt. Jede Mieterin muß nach ihrer großen Wäsche den Boden wischen. Das Holz ist sauber und weich und verbreitet den Geruch eines Zuhauses.

Auf dem Boden, zwischen den Balken und Brettern des Dachgestühls, gründen wir die zu unseren Kindermaßen passende Welt. Da oben fühlen wir uns wie in warmen hölzernen Hütten.

Immer wieder locken die Dachfenster. Sie sind schwer. Sie haben verzinkte Eisenhalter mit Schlitzen. Ich hebe unter Anstrengung die Haltestange und setze den übernächsten Schlitz auf den Haken und öffne so die Luke. Ich steige die dünne Metalleiter hinauf. Unser Haus ist hoch, man sieht die Dächer der anderen Häuser von oben. In meinen Knien spüre ich die Angst. Ich kann gar nicht gut auf etwas klettern und von Höhen hinuntersehn. Hier sind vor vielen Jahren meine Tanten, als sie noch Kinder waren, auf das Dach gestiegen. Meine Großmutter hat sie ganz ruhig hereingerufen: »Komm, Lotte, komm, Marie, komm!« Und als die Kinder drin waren, hat sie geweint und hat sie geschlagen und geschrien, bis sie langsam wieder zu sich gekommen ist. Ich stehe schaudernd vor dem Dachfenster. Nie würde ich da hinaussteigen.

Das Haus heißt wieder Konsum wie damals nach dem ersten Kriege, als mein Großvater Stadtrat im Wohnungsamt war und sich am Ende auch eine Wohnung im Konsum-Haus verschrieb. Jetzt, nach dem zweiten Kriege wird er sogar Bürgermeister. Wir ziehen aber nicht in eine frei gewordene Villa. Wir bleiben hier wohnen im Konsum, ohne Bad und mit Außentoilette, der Hausbesitzer ist weg nach dem Westen.

Sein Garten wird in sechs Teile geteilt. Von den Kindern meiner Großeltern wohnen drei im Konsum, Lotte, Änne und Karl. Der halbe Garten gehört uns. Lotte führt unten den Laden. Es ist ein großer, kühler Laden mit steinernem Fußboden und einem langen Ladentisch, hinter dessen Glasaufbauten nun meine Tante mit ihrer fröhlichen Stimme herrscht. Meine Großmutter sammelt die Miete ein, nicht mehr Herr Kinsky. Von den Graupen, der ranzigen Margarine, den Salzheringen und den sauren Gurken, die meine Tante aus dem Konsum manchmal heraufbringt, bin ich wenig beeindruckt. Eher von den Sonderbarkeiten eines aufgelösten Lebensmittellagers in der Brückengasse, die in den Konsum gefahren werden. Auf uns kommt ein Eimer schwarze Melasse, die ist bitter, eine Schüssel voll schwarzer Muscheln, die schmecken nach Sand, es finden sich auch sogenannte Seidenkisschen, Bonbons, schwarzgelb gestreift, davon wird mir schlecht.

7

Meine Mutter hat immer Hunger. Das Brot ist für den anderen Tag. Da macht sie sich gebrannte Mehlsuppe im kleinen eisernen Töpfchen auf dem gußeisernen einflammigen Gaskocher. Ein ganz kleines bißchen Margarine wird heiß gemacht, da kommen zwei Eßlöffel Roggenmehl hinein, man läßt es dunkel rösten, es darf aber nicht schwarz werden. Das wird mit Wasser aufgegossen und gesalzen. Ich esse so etwas ungern. Ich muß mich aber auch mit um unser Essen kümmern. Raupen von den Weißkohlköpfen absammeln, auf den Wiesen für die Kaninchen Bombaner rupfen, so nennt meine Großmutter den Löwenzahn. Oft hole ich in einer verbeulten Aluminiumkanne Magermilch vom Milchhändler. In der gleichen Kanne hole ich Wurstsuppe vom Fleischer. »Geh hintenherum, sagst einen schönen Gruß von mir«, sagt meine Großmutter. Wenn ich aber sogar Blut aus dem dunstigen Schlachtraum holen muß, fürchte ich mich und gehe mit dem Blut in der blechernen Kanne ganz vorsichtig über die Straße. Für meine Großmutter ist der Liter Blut, den man mir »hintenrum« in die Kanne schüttet, der kostbare Grundstoff für »Schwäß mit siemerlä Gewärzen«, das Lieblingsessen meines Großvaters. Die gebackene Blutwurst wird für meinen Großvater warm gehalten in der oberen Röhre des Stubenofens. Die schwärzlich Kruste schmeckt mir so gut, daß ich heimlich Stücke davon abreiße und den Anteil meines Großvaters schmälere. Zu den Festtagen wird ein Kaninchen geschlachtet, das hängt dann am Kammerfenster, und ich taste über die pergamentenen

Häutchen, die die kleinen Nieren des abgezogenen Tieres überziehen.

In der Küche meiner Großmutter steht eine doppelstöckige Kochmaschine. Die Kacheln sind fleckig und gerissen. Durch die Rillen zwischen den eisernen Ringen in der unteren Röhre leuchtet die Glut. Meine Großmutter gießt mit einer Kelle dünnen Teig auf die zischende Platte und hebt mit dem großen Messer Detscher ab, bestreicht sie mit Magermilch, bestreut sie mit ein wenig Zucker und Zimt und rollt sie zusammen. Wir Kinder stehen ungeduldig hinter ihr, wir essen mit den Händen und lecken Zuckerkrümchen und Zimtstaub von den Fingern. Irgend etwas zu Essen ist immer da, wenn meine Großmutter Teile ihrer Familie am ausgezogenen Stubentisch versammelt hat, und ich bin immer da, ich esse immer mit, die Erwachsenen geben mir die besten Bissen von ihren Tellern. Kuckucksei, sagen sie lächelnd.

In der Küche meiner Tante Lotte steht gleich neben der Tür zum Korridor ebensolche Kochmaschine mit unterer und oberer Röhre wie bei meiner Großmutter. Aber diese Küche ist kalt. Meine Tante Lotte ist nicht da, sie ist auf Lehrgang, in der Parteiversammlung, im Unterricht, im »Ausch-schuß« oder bei Walter, der unser Haus nicht mehr betritt, seit mein Großvater ihn erschießen will.

Mein Cousin ist allein mit mir in seiner Küche. Er hat sich ein kleines Feuer im Ofen gemacht. Wir setzen uns dicht davor und starren in die Flammen. Daß die Erde innen drinnen glüht, besprechen wir. Hitze, die

Gesteine schmilzt, ist etwas, worüber wir in der kalten Küche zufrieden sind. Faust zeigt mir, wie man Bonbons macht. Dazu muß er seine Mutter bestehlen, ein bißchen Margarine und ein bißchen Zucker abknapsen. Der Zucker wird mit der Margarine in einem Tiegel geschmolzen. Faust gießt den geschmolzenen braunen Zucker in kleinen Klecksen auf Butterbrotpapier. Wir reden über Vulkane und Lavaströme. Wir heben die erstarrten Zuckerkleckse vom Papier, sie haben scharfe Ränder, die uns in die Zunge schneiden. Sie schmecken sehr gut. Dann müssen wir das Papier verbrennen, den Tiegel auskratzen.

Das kleine Feuer im Ofen verglimmt, es ist dunkel. Vor dem Nordfenster der Küche stehen kalte Sterne. Faust starrt in die schwarze Röhre. Er erklärt mir das Weltall, seine Dunkelheit, seine Kälte, seine Unendlichkeit, die Unzählbarkeit der Sterne, die Fremdheit und Gefährlichkeit der Sonne, das Ende der Welt. Ich sitze in der Küche auf dem harten Küchenstuhl. Ich graule mich, ich bekomme den Kloß im Hals, der mich in meinen Alpträumen würgt. Da träume ich immer von einem vor meinen Augen sich hin und her schiebenden, großen Klumpen Schleim an einem Schleimfaden, große Spinnen sitzen an den Enden. So graust mir vor dem Weltall und auch vor dem finsteren weißgesichtigen Jungen mit den zusammengewachsenen schwarzen Augenbrauen, der mir den Himmel als so fremd und riesig erklärt, während wir in eine erkaltende schwarze Ofenröhre starren.

Drittes Kapitel

1

Meine Mutter kauft mir im September ein Klavier. Alle sagen, sie soll sich eine Kücheneinrichtung kaufen von dem gesparten Geld, aber sie kauft von einer alten Frau, die Geld braucht für Brot und Kartoffeln, ein Klavier. Jedesmal, wenn wir in den nächsten Jahren die alte Frau treffen, dann jammert sie: »Ach, ich hätte das Klavier nicht verkaufen sollen, ich habe so daran gehangen, so ein schönes Klavier.« Ich bekomme ein schlechtes Gewissen davon.

Das Klavier ist wirklich sehr schön, es hat bronzene Kerzenhalter auf beiden Seiten. Das Holz ist hellbraun, und in seinen Holzfurnieren sehe ich Gebirge, Höhlen, helle Engel und ganz oben die Silhouette von einem kleinen dunklen Mann, Gott oder Teufel. Das erste Lied, das ich spielen lerne, ist »Ihr Kinderlein kommet«.

Weihnachten kann ich schon die Begleitung spielen zu »Stille Nacht, heilige Nacht«. Wir singen es nach einem anderen Text, einem sogenannten revolutionären Text, er steht auf einem eingerissenen vergilbten Blatt mit einem finsterem Holzschnitt darauf, der arme Leute im Dunkeln darstellt. Mein Großvater und meine Großmutter sind im Arbeitergesangverein gewesen. Sie beugen sich singend über mich, um im Kerzenschein den Text zu erkennen. Ich will es ihnen recht machen und schwitze vor dem dunklen Blatt. Wir kommen aus dem Takt.

In die Wohnung meines Großvaters werden zwei Gegenstände aus beschlagnahmtem Besitz gebracht. Der eine ist ein Regulator, eine Standuhr mit Glastüren, im Giebel ein kleiner bunter Hahn, eingelegt aus Perlmutt. Es gibt zwei schwere Gewichte an Ketten, metallene Walzen, die ich mit Mühe hochziehe, wobei ich dem schnarrenden Geräusch lausche. Die Uhr hat einen kräftigen Glockenschlag. Viertel, halb, drei Viertel, voll.

Für meinen Großvater vergeht die Zeit zu Hause zu langsam. Er will und muß hinaus, er stellt die Uhr zehn Minuten vor. Der Regulator schlägt früher als die Stadtkirche.

»Is der Friede fort?« fragt meine Großmutter, dann beugt sie sich schräg aus dem Fenster, um nach der Kirchturmuhr zu sehen. Die geht noch genau. Sie öffnet das Glastürchen vom Regulator und stellt den großen Zeiger zurück. Das Schlagwerk kommt durcheinander. Großvater schimpft. Das Schlagwerk kann man auslösen, wenn man an einem kleinen Gummiband im Uhrkasten zieht. Ich steige auf einen Stuhl, drehe den großen Zeiger und ziehe am Gummiband und läute alle Stunden durch von viertel, halb zu drei Viertel 1, 2, 3, bis 12. Das dauert lange, ich lausche dem Läuten. Ich lerne den Regulator regulieren.

Der zweite beschlagnahmte Gegenstand ist für mich von noch größerer Bedeutung, es ist ein zweiteiliges Radio, ein Saba. Der Kasten mit den Röhren steht vor dem großen Stubenspiegel, so daß ich immer, wenn ich ihn einschalte, das rote Glühen der Röhren hinter der durchlöcherten Rückwand gespiegelt sehe. Der andere Kasten des Radios steht auf einer Konsole, dort, wo vorher die Goebbelsschnauze stand. Als ich noch kleiner war, hatte ich mir angewöhnt, auf einem Stuhl kniend, fast mit dem Ohr in das Radio hineinzukriechen. Jetzt beginne ich zu zweifeln, in welchem der zwei Teile die Musik gemacht wird, und ich erfahre, daß die glühenden Röhren dazu nötig sind, die Musik von weit herzuholen.

Den häßlichen dunklen stumpfen Schreibtisch und den Armlehnenstuhl kauft mein Großvater neu. Seine alten Kollegen, die Porzelliner in der Porzellanfabrik, schenken ihm einen Leninkopf. Es ist ein Ausschußkopf, denn er ist an der einen Seite zu sehr gebrannt und bräunlich geworden. Wenn mein Großvater nicht da ist, streichele ich Lenin über die Glatze, untersuche die Kopierstifte in der braunen Holzschale, den Federhalter mit der spitzen Eisenfeder, die geschnitzten Eulen der Bücherstützen und den Löscher mit dem weichen Löschpapier.

Unter der Last der Verantwortung »mäkst« der Friede, er nimmt auch wieder seine Tropfen. Auf der kleinen Bank im Garten am Schuppen schreibt er seine Reden auf. Die grauen Blätter eines linierten Notizblocks wellen sich über seinen Knien. Er hat einen Kopierstift, den er öfter anfeuchtet, wovon seine kräftigen Lippen lila Flecke bekommen. Meine Großmutter macht »bscht«. »Ich muß morschen sprache«, sagt mein Großvater und mäkst.

2

Nanni ruft laut und hoch im Korridor: »Is eener daa?« Sie kommt herein. Ihr rundes Gesicht glänzt weiß und rot. Nanni ist die Tochter einer jüngeren Schwester der Mutter meines Großvaters. Nanni ist der Mensch, von dem so etwas wie Eier oder gute Butter oder auch ein Korb voll Kirschen oder Äpfel, ein rundes Bauernbrot oder ein Säckchen weißes Mehl kommen. Meine Großmutter näht für Nanni gegen »Fitamine«, wie sie das nennt. Sie näht Hausschuhe und Blusen. Nanni trägt die Blusen und Kleider wie früher, angeschoppt. Sie sieht sehr rund aus. Wenn meine Großmutter nachmessen will, ruft sie lachend: »Namms Mietermoaß, s' reecht grad röm!«

Einmal nimmt uns der Großvater in seinem kleinen blauen Opel, den er als Parteisekretär bekommen hat, mit auf das Dorf. Wir fahren auf die Dörfer. Ich freue mich. Auf der Landstraße singt Friede: »Wer hat dich, du schöner Wald, aufgebaut so hoch da droben ...« Wiesen, ein Bach, Fichtenwald am Hang. »Hexengrund. Hier hab ich mit meim Großvater immer de Schafe gehütet, der war Schäfer in Kuhfraß.« Im Fahren dreht er sich nach mir um und lacht mich an. Wir kommen an einem Schild vorbei, tatsächlich steht da Kuhfraß, so ein Name. Wir fahren weiter in das Dorf von Nanni. Schüchterne Leute begrüßen uns. Der Friede ist gekommen, er soll im Saal für das Soll sprechen. Hinter dem hohen geschlossenen Hoftor tobt ein Hund. Nanni macht es einen Spalt weit auf und läßt uns ein. Großvater geht in den Gasthof zur Linde. Ich stehe auf ausgetretenen Sandsteinstufen in der Sonne vor Nannis Küche und trinke kuhwarme Milch. Es riecht nach gekochten Kartoffeln, nach faulenden Äpfeln, nach Keller und nach dem Mist, der in der Mitte des großen Hofes liegt.

Draußen hupt es, wir steigen wieder ein. »Saubittel, Geizhälse, Schieber!« flucht der Großvater. Er singt nicht und lacht nicht im Hexengrund. Nanni kommt nie mehr zu uns.

3

Hermannstal, das klingt seltsam. Seit meinem fünften Lebensjahr gehe ich mit meiner Mutter jeden Sonntag spazieren. Auch an Sommerabenden in der Woche oder an den Sonnabenden oder wenn meine Mutter Urlaub hat oder an den Feiertagen gehen wir spazieren. Auf allen diesen Gängen wird das Leben meiner Urgroßeltern, meiner Großeltern, meiner Eltern und Verwandten mit den Wegen und Gärten und Alleen, den Straßen und Häusern verknüpft im unendlichen Gespräch. Manchmal sprechen wir auch darüber, wie alles ist, wenn ich erst groß bin. Aber meist reden wir über die Vergangenheit meiner Mutter, sie kommt mir immer näher.

Besonders über die zehn Jahre, die meine Mutter mit meinem Vater zusammenlebte, kann ich von ihr nie genug hören, und jede Wiederholung ist mir recht. Worte wie Neukölln, Wilhelmsaue, Kurfürstendamm, Rapallo, Genua, Bordighera, Nizza, Mürrhen werden für mich Zauberworte. Mein Vater war groß, klug, reich, gut und gesund und soll so laut gelacht haben, so wie ich. Warum ist er dann gestorben, acht Wochen, nachdem ich geboren war? Sie sagen es mir nicht genau.

Die weitesten Spaziergänge machen wir im Sommer, wenn die Heidelbeeren reif werden. Der Schiller ist hier schon spazieren gegangen, sagen meine Großeltern stolz. Ich kenne den Weg zur Schillershöh, weit kann man sehn über das Saalewehr, über die große Wiese, das Schloß sieht man fast von überall. »Der Wald ist unsre Kirche« hieß es früher, wenn mein Großvater an jedem Sonntag mit seinen Kindern statt in die Kirche zu gehen, spazieren ging. Spazieren gehen kann man an das Saaleknie, auf den Marienturm, zur Preilipper Kuppe, auf das Schloß und in den Hain bis zur Georgseiche, auf die Friedrichshöh, in den Baumgarten, zur Debra, über den Schweinekopf zu den Flutgräben. Rund um die Stadt sind die schönsten Wege, Spazierwege, unzählige, extra für Spaziergänger angelegte, weite Wege bis »ninter« ins Hermannstal. Ich bin kaum sechs, als wir zum ersten Mal ins Hermannstal laufen. Zuerst steigen wir die Schloßauffahrt hinauf und kommen zum vorderen Hainweg. Das ist der beliebteste Spazierweg überhaupt. Er verläuft an der Südseite des Hain, einem mit Buchen und Eichen bestandenen Bergrücken.

Man kommt an Villen, kleinen Sommerhäusern und vielen Gärten vorbei. Dort ist meine Mutter »damals« mit meinem Vater spazierengegangen. Sie setzt sich mit mir auf die Bank, auf der er mit ihr saß, und guckt über die Baumwipfel hinunter auf die Stadt, so wie sie mit ihm hinuntergesehen hat. Wir kommen an dem und dem Grundstück vorbei, das er hat kaufen wollen. Sie steht am Zaun und besieht sich die Obstbäume da.

Er hat es nicht gekauft, und so haben wir keinen »Berg« am Südhang des Hains, dort, wo die sonnigsten und beliebtesten Stellen der Stadt für Häuser und Gärten sind. Wir haben nicht einmal ein »Hütte«, ein Holzhäuschen in einem kleinen Stück Wald, vom Bauern gepachtet. Auf einmal redet meine Mutter davon, daß ihre Großeltern doch so eine Hütte hatten hinter dem Hain, im Hermannstal und wie sie als kleines Mädchen mit ihren Eltern dort hinten hin ging zu ihrem Großvater Hermann. Die Hütte, »unsere«, möchte ich gerne sehn.

Oben auf dem Kamm sperren Maschendrahtzäune einzelne Waldgrundstücke ab. Dort stehen keine Buchen mehr, sondern hohe Kiefern. Sie duften nach Harz. Weit kann man über die verschiedenen bewaldeten Hügel blicken. Wir wenden uns nach der anderen Seite des Hains, dem Nordhang, und kommen auf einem schmalen Pfad durch einen Holzschlag. Wir finden Preiselbeeren, sie rollen mir vom Strauch leicht in die Hand, aber sie rollen auch leicht weg zwischen den Fingern in das trockene Gesträuch. Dann führt ein schattiger, kaum erkennbarer Weg abwärts zwischen Fichten und moosigen Steinen.

Meine Mutter bleibt stehen. »Hier war es, da hing immer unsere Schaukel.« Ich sehe nichts. Wir sind mitten im Wald. Es gibt keine Hütte, keine Bänke und keine Schaukel. Steine sind da und ein kleines Rondell dicht mit dunkelgrünen Blättern von Maiglöckchen bestanden. Meine Mutter zeigt mir drei, kaum von den anderen Steinen zu unterscheidende, klumpige Kreuze. Das seien Gedenksteine für Hermann, Fritz und Karl, die drei Brüder meiner Großmutter, die im Ersten

Weltkrieg gefallen sind. Der Großvater hat die Kreuze aus Feldsteinen herausgehauen, so gut er das konnte, und sie hier aufgestellt. Wir kehren um. Ich bin enttäuscht.

Später erfahre ich aus Gesprächsfetzen der Erwachsenen, die oft vergessen, daß ich dabei bin, etwas Schreckliches. Nachdem Hermann, mein Urgroßvater, die Gedenksteine für seine drei Söhne behauen hatte, hat er sich aufgehängt neben der Hütte im Hermannstal.

Niemand in der Familie wandert seitdem mehr dorthin, längst ist alles zerfallen und zugewachsen. Nur meine Mutter schlägt für Spaziergänge oft das Hermannstal vor, warum? Es ist sehr weit, und es ist auf der Schattenseite des Berges, und da ist doch nichts. »Wollen wir mal wieder ins Hermannstal?« fragt sie. Ungern sage ich »Ja«. Aber wir drehen meist schon irgendwo im Hain um und blicken vom Schloß hinunter auf die Stadt. Ich liebe mehr das Schloß.

4

Durch die Himbeersträucher zwänge ich mich vom Hof aus in Großmutters Garten. Früher, als das Haus und der Hof dem Herrn Neuroth gehörten, durften wir nicht über den Hof in den Garten gehn. Wir mußten vorn herum in großem Bogen um das ganze Haus und das Nachbarhaus und die Kalkscheunen laufen bis zur Gartenpforte hinten in der Jettinaer Straße. Jetzt können wir einfach durchgehen über den Hof und durch den Hausgarten, der gar keinen Zaun mehr hat, denn der Herr Neuroth, dem alles gehörte, ist nicht mehr da. Alles gehört »uns«, meinen Großeltern, meiner »fichelanten« Tante und den anderen Bewohnern des Konsums.

Großmutters Garten ist fruchtbar, er ist mit dem Pferdemist aus der Jettinaer Straße gedüngt. Dort kommen viele Pferde entlang. Am Ende der schmalen Straße steht die Schmiede. Manchmal muß ich helfen, diesen Mist aufzukehren. Der Garten liegt höher als die Straße. Dann steige ich mit dem zerbeulten Eimer durch die grüne Tür in der hohen Gartenmauer mühsam einige aus Brettchen gebaute Stufen hinauf. Die größeren Mädchen, die draußen auf der Straße spielen, eine Ursula und eine Inge, zeigen mir, wie man über die Deichseln auf die Kutschböcke der abgestellten Gummireifenwagen klettert und an der Bremskurbel dreht. Ich habe bald schwarze Wagenschmiere an meinen Fingern und Flecke auf meinem Fahnentuchrock. Wir spielen gerne an den alten Kalkscheunen, die hinter dem Garten stehen. Zwischen den Katzenköpfen des Pflasters wächst wilder Roggen. Besonders schöne Kieselsteine, die wir finden, sind unsere Kühe. Die Vertiefungen zwischen den Mauern und den Fachwerkbalken sind unsere Ställe. Wir füttern die steinernen Tiere mit Gras, das wir dort ausrupfen, wo wir wie selbstverständlich uns auch hinhocken und einander etwas vorpinkeln. Wir atmen die Sommerluft ein, die nach dem Teer des Dachdeckermeisters Kaufmann, nach dem Dünger in den Kalkscheunen und nach unserem Schweiß riecht. Wir tauchen die heißen Arme in das Regenwasser, das meine Großmutter neben dem Schuppen in einem eisernen Kasten auffängt. Der Kasten voll abgestandenem Wasser schillert ölig. Auf den Armen bildet sich ein brauner stinkender Film. Zwischen den wilden Getreidehalmen und der falschen Kamille wächst Käsekraut und Hirtentäschel. Ursula und Inge zeigen mir, daß man das essen kann. Sie kochen Suppe aus Schneebeeren und Erde und zwingen mich, davon zu kosten. Ich spucke und spukke, sie lachen mich aus. Die Namen Ursula und Inge kann ich seitdem nicht leiden.

1. Mai. Auf einem Pferdewagen, der mit Birkenreisern geschmückt ist, fährt die Maikönigin auf den Markt. Vorn auf der Tribüne steht mein Großvater und spricht. Er stützt seine Arme auf das Pult, das mit einem Tuch überdeckt ist, auf dem Tuch sind die beiden Hände und die Buchstaben SED zu sehen. Er hat ein Mikrophon. Meine Großmutter kann ihn hören in ihrer Küche, wo sie das Mittagessen kocht, denn der Lautsprecher an der Kommandantur, dem ehemaligen BDM-Heim, ist wieder eingeschaltet. Die Leute auf dem Markt betrachten sich die Maikönigin und die dunkelblauen neuen Polizisten. Einer der Polizisten ist der Fritz Weber aus unserem Haus. Sein Opa, der alte Schokoladenmeister Müller, ist tot. Alle guten Müllers und Webers, die mich mit jenem sagenhaften Reisbrei beschenkt haben und die immer so freundlich zu mir waren, sind jetzt ein bißchen bedrückt, wenn ich sie im Treppenhaus begrüße. »Der Herr Weber, der Vater von Fritz Weber, ist ins Gefängnis gekommen, aber er ist wohl unschuldig«, sagt meine Großmutter. Die Frau Weber, die muß nun was verdienen, sie kann nähen. Sie näht mit meiner Großmutter um die Wette. Ich fin-

de den junge Polizisten Weber häßlich, er steht da ganz verlegen herum mit seinen hervorquellenden Augen und seinem zu kleinem Kinn. Ich gucke weg und sage nicht guten Tag zu ihm. Ich muß ihn nicht begrüßen, denn ich bin ja nicht in unserem Treppenhaus. Uniformen gefallen mir sowieso nicht. Ich halte die wachsbeschichtete Papiernelke von meiner Mutter in der schwitzenden Hand und schabe das Wachs ab.

Vor der Puppenbühne auf dem Anger stehe ich gebannt. Die Marionetten können immer länger werden wie bei meiner Ziehharmonika. Sie schießen in die Höhe, schwanken hin und her und krümmen sich. Eine Puppe heißt Dr. Faust. Ich stehe und starre mit offenem Mund. Man muß mich wegzerren. Mit meinem Cousin Faust darf ich auf die Schiffschaukel, aber ich habe in meinen Armen keine Kraft und in meinen Knien nicht das richtige Schaukelgefühl. Enttäuscht strengt Faust sich alleine an. Er wird nie wieder mit mir auf eine Schiffschaukel gehn, so.

Eine meiner vielen Tanten, Martha, die Schwester meiner Großmutter, ist im Festkomitee. Sie schenkt mir eine dunkle, bittere Semmel mit einem winzigen sauren Fischchen darauf, die esse ich, und dann streife ich ganz alleine herum. Zigeuner wohnen auf der Bleichwiese. Ich sehe sie vor ihren grünen Wagen stehn, geheimnisvoll, dunkel und bunt. Sie haben noch dunklere Haare als ich. Sie winken mich zu sich. Ich gucke weg, ich gehe auf die andere Seite der Brücke. Ich fürchte mich.

5

Ich komme in die Schule. Ich erbe das taillierte Mäntelchen von meiner Cousine. Mein Onkel, der Mann meiner Tante Marie, hat das Mäntelchen seiner Tochter aus Paris geschickt. Dort war er im Krieg Soldat, oder etwas Besseres. Und wenn ich das Foto betrachte, auf dem meine Mutter das schöne Kleid mit dem goldenen Lederbesatz anhat, Weihnachten 1944, da sitzt der Mann meiner Tante in der feinen Uniformhose, die eine scharfe Bügelfalte hat, lachend zwischen Marie und Änne auf dem Sofa. Der Onkel hat eine Uniform an, die ist aus viel besserem Stoff als die meines Onkels Gustav oder die von meiner Mutter, der Luftwaffenhelferin.

Das Mäntelchen, das er mitgebracht hat, hat viele in Kurven zugeschnittene Teile aus beigem Wollstoff, ein Schößchen, beide Taschen mit braunem Fell besetzt. Ein Fellkäppi und ein Muff gehören dazu. Das Mäntelchen und seine Herkunft beschäftigen mich sehr. Ich sehe darin hübsch aus. Ich denke immer, es ist von einem kleinen Mädchen aus Frankreich. Ob das stimmt, das kann ich den Onkel nicht fragen, der spricht nicht mit mir. Das kleine französische Mädchen hat bestimmt auch hübsch darin ausgesehen. Hübsch wie meine Cousine damit aussah, der es jetzt zu klein geworden ist. Auch meine jüngere Cousine trägt es, als sie später mit ihrer Mutter zu ihrem Vater in den Westen fliegt. Es ist ein feines Mäntelchen, die Enkelinnen meiner Großmutter sehen damit auf den Fotos, die von ihnen gemacht werden, sehr hübsch aus.

Ich werde zu meiner Schuleinführung fotografiert

vor dem Telefonmastenberg im Hof mit meiner Zuckertüte im Arm. In der Zuckertüte sind harte Plätzchen aus Mehl, Süßstoff und Wasser, wenn man die essen möchte, quellen sie im Munde auf, und man kann sie nicht hinunterschlucken. Im Mäntelchen-Prinzeßstil gehe ich mit meiner Mutter aufs Schloß. Wir gehen hinein.

Die Märchen sind also wahr! Ich bin eine Prinzessin, und alles gehört mir. Mit erhobenem Kopf betrete ich die breiten Treppen. Ich streichle das bemalte Klavichord, blicke in die Spiegel, alles ist für mich da. Vorsichtig und doch beschwingt rutsche ich auf den Filzpantoffeln durch meine Säle und Galerien, stelle mich ans Fenster und überschaue meine Stadt von oben. Eine Schönheit!

Ich beginne mich mit Fragen der Schönheit zu beschäftigen. Ich betrachte unverwandt den blonden Bodo und den dunklen Gregor, auch die langen Wimpern und grünblauen Augen von Wilfried. Wer ist der Schönste? Wer ist das schönste Mädchen? Ich oder Katharina oder Helene?

Vor mir in der Bank sitzt Katharina. Sie wohnt im ehemaligen Klosterhof. Man kommt von der Hof-Galerie in die Küche. Es hängt ein Kreuz an der grauen Wand, sonst ist nichts da, nur ein grauer Tisch, graue Lappen, die graue, gebeugte Mutter. Sie sind katholisch und aus dem Sudetenland. Katharina ist dünn, sie hat nur ein einziges dünnes Kleid. Mir gefällt Katharina, ihre perlendicht geflochtenen Zöpfe, ihr rundes braunes Gesicht, ihr langer Hals. Ich schlinge meinen Arm um sie, wenn wir von der Schule nach Hause gehen. Ich ziehe aus Liebe im Unterricht Katharinas Zopfenden durch meinen Mund, die Lehrerin schimpft. Ich fasse auch die kleine Helene aus Eger um ihre zierliche Taille. Sie tanzt und singt in den Pausen und küßt sich mit Bodo. Sie hat blonde Locken, gebogene Wimpern und Kleider mit Rüschen. Sie führt mich flüsternd in die katholische Kirche hinein. Ich sage voller Stolz: »Es gibt keinen Gott, und ich bin nicht getauft.« Ich will die gleiche Überlegenheit fühlen wie mein Großvater oder meine Mutter oder meine Tante Lotte gegenüber den armen Dummen, die an Gott glauben, oder gegenüber denen, die zu den Reichen oder zu den Ängstlichen oder zu den Geizigen gehören oder zu denen, die »umgedrehte Nazis« sind, »alles keine echten Kommunisten«, sagt meine Mutter, und ich glaube meiner Mutter unbedingt. Nur mein Vater und ganz wenige Leute sind »echte Kommunisten«, meistens sind die tot. Ich fühle mich auserlesenen Menschen zugehörig, klügeren. Ich erkläre das Helene, so gut ich kann. Helene schüttelt ihre Löckchen und nimmt mich mit auf den Schloßhof, der voller Menschen und Fahnen ist. Vorne glänzt der katholische Bischof. Helene wünscht sich, daß ich katholisch werde. Man wird mir meinen Großvater verzeihen, denn der sei, wie sie von ihrer Mutter erfahren habe, ein Edelkommunist. Ich denke darüber nach, ist das gut oder schlecht, wenn die Helene zu meinem Großvater Edelkommunist sagt? Sie schenkt mir ein Foto von einer »Kommunion«. Im weißen Kleid mit dem Kranz auf dem Kopf sieht Helene aus wie eine Prinzessin. Ich weiß aber nicht, was Kommunion ist.

6

Zur Schule ist es weit. Die Schillerschule liegt am Anger, gegenüber dem Theater und neben dem Schützenhaus, aus dem neuerdings eine blaue Fahne mit einer Sonne darauf heraushängt. Jeden Morgen trabe ich durch die Sommerstraße, und ich durchquere die Gerbergerüche beim Lumpensammler Helm, dann betrachte ich die enormen Tomatenpflanzen auf dem schwarzen Beet des Schmieds. Hinter den gelbverschmierten Scheiben glimmt Feuer. Hell hämmert es. An den Wänden des Hotels Thüringer Hof sind Figuren in Trachten gemalt, die Tür steht offen, es riecht nach Brühwürfel. An Schillers Bronzekopf und dem gelb gestrichenen Theater vorbei eile ich in die Schillerschule.

Nach Hause gehen wir Kinder, die im Osten der Stadt wohnen, durch den Park am anderen Ufer der Saale, das dauert länger als der Weg durch die Straßen. Wir brechen durch die Büsche, sammeln Kiesel am Ufer, erklettern den steinernen Ring eines »Senioren-Denkmals« gegenüber dem Bahnhof, neun hohe Mauerpfeiler sind durch einen Kreis verbunden, da drinnen ist es ganz leer, man kann da Ritter und Burgfräulein spielen. Hinter der Birkenallee stauen wir den stinkenden Gänsebach, der dort in die Saale fließt.

Gleich neben der gesprengten Elisabethbrücke am Flußufer steht das Wasserreservoir für das Schwimmbad. Wir Mädchen sitzen auf der steinernen Deckplatte. Die Sandalen hängen leicht unter unseren Füßen. Das glitzernde Wasser kämmt das Flußgras. Die Jungen balancieren auf dem schwarzen Rohr neben dem Behelfssteg hoch überm Fluß. Uns schaudert, weil wir fürchten, daß schließlich einer runterfällt. Gisela Heinowsky flüstert mit uns, und ich erfahre etwas Ungeheuerliches: Jungens stecken ihr Ding bei den Mädchen unten rein.

Gisela Heinowsky hat lockere braune Zöpfe, braune Schatten um die Augen, fast bläuliche Lippen und eine gelbliche Haut. Sie wohnt in den Umsiedlerbaracken in der Nähe des Gaswerkes. Gisela singt uns mit belegter Stimme einen Schlager vor.

Mittwochs gehe ich nicht mit Gisela Heinowsky, Adelhaid Pfotenhauer und Hildegard Sauerbray in den Park, sondern mit Martina Weiß in das Villenviertel im Westen. Ich muß zur Klavierstunde. Martina darf nicht nach der Schule herumstreunen. Sie geht sofort nach Hause, ihre Zöpfe sind hart und rot und an den Enden mit den ausgekämmten Haaren fest zugedreht. An der weißen Gartentür vor der Villa, in der Martinas Eltern wohnen, trennen wir uns. Ich gehe zu meiner Lehrerin. Meine Großmutter sagt, sie wohne am Sedanplatz. Auf dem Schild steht aber Karl-Marx-Platz.

Ich gehe gerne da hin. Die Teppiche, die polierten Hölzer, das Licht gefallen mir. Im Wohnzimmer stehen zwei Flügel in der Mitte ineinandergeschoben, bis auf den Fußboden reichen die Fransen der großen seidenbestickten, über beide Flügel gebreiteten Decke. Ein bronzener Beethovenkopf steht darauf. Ich höre viel Radio, und meine Mutter redet mit mir über Musik. Beethoven kenne ich schon. Die Lehrerin sieht ein bißchen wie Beethoven aus. Ihre Stirn wölbt sich nach vorne, ihre kurzen braunen Haare locken sich um den

Schädel. Wenn ich komme, spielt sie meist auf einem der Flügel. Ihre Finger rascheln trocken, während sie über die ganze Tastatur arbeitet.

Wir Schüler dürfen nicht auf einem der Flügel spielen, wir lernen auf dem Klavier an der Wand. Die dunkle Gestalt der Lehrerin steht am Fenster daneben, unter ihren strengen Blicken verspiele ich mich. Sie erläßt mir keine Note. Sie lobt meinen Anschlag.

Ich darf mit ihren anderen Schülern zu einer Konzertfahrt. Die Bauern von T. an der Straße nach Weimar bewirten uns mit selbstgemachter Leberwust und Tee aus selbstgezogener Pfefferminze. Sie lassen uns in ihren dicken Federbetten schlafen und stecken uns für die Heimreise Schinkenbrote zu. Wir singen die Kaffeekantate. C, A, FF, EE. Wir kennen Kaffee kaum und wissen nicht, was ein Muselmann ist. Die Bauern im kalten hölzernen Saal hören zu. Wir sind wenige, aber unsere Töne sind besonders rein.

Später singe ich in Chören mit hundert Kindern und vier Stimmen, es ist aufregend, es ist in entscheidenden Versammlungen, die Töne sind nicht so rein.

Am nächsten Mittwoch stehe ich wieder an der Wohnungstür der Lehrerin. Ein Junge stellt sich neben mich. Die Haushälterin läßt uns zusammen ein. Während ich vorspiele, sitzt der Junge auf der Bank an der Wand. Ich mache Fehler. Meine Lehrerin erläßt mir keine Verbesserung. Mir kommen die Tränen. Der Junge ist dran. Er spielt besser. Wir haben nun immer zusammen Klavierstunde. Manchmal spielen wir vierhändig. Meine Hände greifen zwischen seine Hände, die Finger berühren sich. Ich gebe mir Mühe. Nach der

Stunde legen wir zusammen den bestickten Tastenschutz auf die Tasten und schließen den Deckel des Klaviers, was wir besonders behutsam zu tun gelernt haben.

An einem Mittwoch stehen wir, der Junge und ich, gemeinsam vor der Tür der Lehrerin. Die Haushälterin sagt: »Sie ist fort, nach München.« Sie weint. Unter dem Balkonzimmer mit den beiden Flügeln und dem Beethovenkopf stehen zwei alte Eiben, solche, deren Äste sich fast waagerecht über dem Boden ausstrekken. Der Junge und ich, wir wissen nicht, was wir mit der freien Stunde anfangen sollen. Wir setzen uns auf einen der Äste und wippen. Solche Äste wippen, man kann Pferd und Kutsche damit spielen. Die Kunstledertäschchen mit den Noten liegen im Staub. Klavierstunde werden wir nicht mehr zusammen haben. Wir gucken nach oben und sehen ein Nest. Der Junge holt das Nest herunter. Wir nehmen die hellblauen Eier mit den braunen Punkten in die Hand. Wir spielen noch ein bißchen, stecken das Nest mit schlechtem Gewissen in eine Astgabel zurück und trennen uns.

7

Was soll meine Mutter mit den vielen einsamen Abenden machen? Sie geht mit mir ins Theater. Das Theater gefällt mir sehr. Weiß lackierte Türen mit geschliffenen Scheiben, Messingleuchter, rote Wandbespannungen, alte Damen und junge Mädchen in schwarzem Taft. Parfüm. Die Spannung in mir, wenn die Instrumente gestimmt werden. Drüben in der Loge links über dem

Orchestergraben sitzt meine Großcousine, die schöne Erika, sie ist in den ersten Geiger verliebt. Es gibt »Gräfin Mariza«, »Der Vogelhändler«, »Die Fledermaus«.

Endlich sehe ich aber »Die Zauberflöte«. »Zurück«, erklingt es hinter den Vorhängen des Sarastrotempels, die nur verblaßte rote Lappen sind. So komme ich auch oft nicht hinein, wenn ich dazugehören möchte. Ich glühe und klinge mit »In diesen heil'gen Hallen!« und »Zurück!«. Stundenlang stehe ich vor Großmutters Spiegel und »popele« mich an, wie sie es nennt. Ich drehe am Radio, suche Opernmelodien. Ich singe und tanze oder dirigiere. Königin der Nacht!

Meine Großmutter kommt dazu, sie bürstet sich ihre langen graubraunen Haare vor dem großen Spiegel. Sie beugt sich nach vorne, die Haare hängen über ihr rot anlaufendes Gesicht. Sie wirft sie nach hinten, zieht den Stecker. Das Radio schweigt. Sie sagt mit den Haarnadeln im Mund in die Stille hinein: »Ist das eine schöne Musik.« Mit der auf dem Gaskocher heiß gemachten alten Brennschere brennt sie sich ein paar kleine Wellen oben in ihre aufgesteckte Tolle und sagt noch: »Ich kann nun mal die Schnörkel in den Arien nicht leiden.« »Du kennst eben keine Opern«, sage ich. »Opern sind das Schönste.« »Ich hab mal das Ännchen gesungen, wie der Arbeitergesangverein den Freischütz aufgeführt hat.« Sie singt: »Leise, leise, fromme Weise« und »Wir winden dir den Junfernkranz«. Ich staune, meine Großmutter eine Opernsängerin, unglaublich. Ich mache das Radio wieder an. Ernsthaft verbietet meine Großmutter mir nichts.

Bärbel Glockengießer hat auch Klavierstunde, sie spielt mir auswendig etwas vor, nur so ungefähr. Sie klimpert, würde meine Lehrerin sagen. Bärbel Glockengießer führt mich zu ihrer Großmutter, die Ballettmeisterin vom Theater ist. Diese Großmutter hat rotbraune dünne Löckchen, unter denen man die rosa Kopfhaut sieht, und einen breiten geschminkten Mund. Sie spielt mit braunfleckigen Händen Klavier, und ich tanze dazu. Die alte Frau sieht mich lächelnd an und fragt nach meinem Namen. Candida! Aha! Ich könne mich für den Unterricht anmelden. Als sie aber den Nachnamen hört, verzieht sie den breiten angemalten Mund und schüttelt den Kopf. »Dein Großvater will das Theater schließen, Kommunist, ein Barbar.«

Eines Tages nehme ich von meiner Mutter den dunklen Radumhang aus Gabardine heimlich mit in die Schule. Ich singe, natürlich nur so ungefähr, für meine Freundinnen die Königin der Nacht auf der hölzernen Bühne im Schützenhaus, das jetzt ein Pionierhaus ist. Dort ist es fast wie auf unserem Boden, aber staubiger und kälter. Meine Freundinnen bewundern mich. Ich lasse den Radmantel im Pionierhaus liegen.

Ich verliere viel, eine Strickjacke, Mützen, Handschuhe, Haarschleifen. Ich bin ohne Reue und deswegen schlecht erziehbar. Was ist das schon, eine Haarschleife? »Wer den Pfennig nicht ehrt, ist des Talers nicht wert.« Ich lerne es nicht, achtsam mit Besitz zu sein. Meine Mutter ist es auch nicht. Was sie nicht in Hast beschädigt, das verschenkt sie. Meine Großmutter achtet auch nicht das Beständige, stets wandelt sie um, sie trennt Altes auf und macht etwas Neues. Hausschuhe oder Kindersachen aus allem.

Ich nehme allmählich die ererbten, aber schon recht schäbig gewordenen, ehemals eleganten Stücke meiner Mutter in Besitz und spiele damit. Eine grüne Lederjacke mit zerrissenem Futter, eine helle abgewetzte Ziegenfelljacke, das weiße Seidenkleid mit der sich auflösenden roten Stickerei, das dunkelblaue Wollkleid mit dem Goldlederbesatz und den Schweißflecken unterm Arm. Alle diese Erinnerungsstücke an ein anderes Leben meiner Mutter werden mir wieder entzogen. Kaum habe ich sie ein paar Tage herumgeschleppt und mich damit verkleidet, manchmal sie sogar draußen getragen, ist meine Großmutter von der Wirkung dieser Dinge auf mich entsetzt. Wie ich mit diesen Sachen auftrete und wie ich mich darin bewege, wie ich einen Gürtel um sie schlinge, wenn sie nicht ganz passen, das sind ihr Zeichen von kommenden Gefahren für mich. Die schönen, heruntergekommenen Dinge werden eingezogen, zertrennt, ihrer Form beraubt und einem anderen Nutzen zugeführt. Meine Mutter protestiert nicht, weder wenn ich ihr etwas wegnehme, noch wenn meine Großmutter etwas umwandelt. Meine Mutter sorgt nicht für sich, nur für andre, hauptsächlich aber für mich.

Ich soll mich gut entwickeln. Sie hat ihre Kücheneinrichtung für ein Klavier hingegeben. Und sie geht mit mir in den allerkleinsten Papierladen der Stadt. Dort hat sie als Kind saubergemacht und Bücher einbinden gelernt. Der weißbärtige Buchhändler verkauft uns ein großes gelbes Kinderliederbuch, das er noch von »vorm Kriesche« hat: »Singendes klingendes Kinderherz.« Das dunkelbezopfte Mädchen neben den Noten von »Wenn ich ein Vöglein wär« das bin natürlich ich. Meine Mutter kann die zweite Stimme. Ich bitte sie, daß sie die zweite Stimme singt.

Ich gehe mit meiner Mutter auch in die Landesbibliothek. Dort darf ich mich auf einen geschnitzten hohen Stuhl setzen an einen riesigen Tisch und ein dickes altes Buch betrachten – die Farbenzusammenstellungen von Byzanz bis zur Gegenwart –, unter jedem Streifen, der viele unterschiedlich breite und schmale verschiedenfarbige Einteilungen zeigt, steht das Land und die Zeit der Gültigkeit dieser Farbenzusammenstellungen. »Burgund um 1400« oder »England um 1610« oder »Frankreich um 1770«. In den Anblick der wechselnden dunkelroten, hellgrünen, goldenen oder sogar purpurnen Streifen bin ich lange versunken. Ich grübele, ob Gold und Rot oder Silber und Blau für eine Prinzessin schöner sind.

Ich lerne Bücher auszuleihen, sie müssen unbedingt mit bunten Bildern sein, so wie mein Liederbuch. Ich gehe nach Hause über das Kopfsteinpflaster, vorbei am Pferdeschlächter, von dem ich sonst Pferdeleberwurst holen muß, vorbei am Eisladen Rose, wo in den Glaskästchen Fondant und Süßholz, Himbeerbonbons und grüne Waldmeisterblätter liegen. Ich sehe nichts. Ich habe ein Buch vor der Nase. Ich schaue nicht auf von den Prinzen und Prinzessinnen oder den Höhlenbewohnern und Höhlenbewohnerinnen, die dort abgebildet sind. Die Sprüche in den Märchen lerne ich schnell und spreche sie bei jeder Gelegenheit vor mich hin: »Wenn das deine Mutter wüßte, das Herz im Leibe würde ihr brechen« oder »Wer aus mir trinkt, der wird ein Wolf!«

Viertes Kapitel

1

Bisher war hauptsächlich der Hof mein Spielplatz, vorne die Wäschewiese mit dem Stapel alter hölzerner Telefonmaste. Dann stehen da noch rostige Pontons aus dem Krieg. Wir spielen U-Boot-Krieg. Faust schneidet mit großer Mühe einen Ponton auf und biegt das Blech zurück. Ich klettere auf Befehl von Faust an den rostigen Blechzacken vorbei vom oberen Deck in das untere. Es ist häßlich da und man tut sich weh. Nachdem eines der Kinder hineingekackt hat, meide ich das U-Boot und suche andere Spiele.

Die Kinder in der Schule kommen aus allen Straßen der kleinen Stadt zusammen. Manchmal begleite ich eines der Mädchen auf dem Heimweg bis zu ihrer Tür, bis in die Küche der Familie. Hildegard wohnt auf dem Schweinskopf. Den waldlosen flachen Hügel mit den Feldern und dem Bauerngehöft darauf, den kann ich sogar von unserem Dachboden aus sehen, das ist ganz nah. Das Haus oben auf dem Hügel hat unverputzte Wände, Bretterverschläge. Wir klettern einen Wiesenpfad hinter dem Wüstebach hinauf. In der Küche huschen kleine Küken und stakt ein Zicklein, draußen steht der Fuchs, das Pferd. Hildegard streichelt das Pferd, zieht ihre weißgraue Schafwolljacke aus und kocht das Schweinefutter.

Die zarte Roswitha wohnt in der Stiftsgasse. Sie

führt mich in einen dunklen, feuchten Hausflur, ich höre ihren lungenkranken Vater hinten husten. Edith wohnt in einem alten Haus, unterhalb vom Schloß. Wir klettern eine knarrende Wendeltreppen hinauf, von einem Vorplatz mit weißem lackierten Geländer führen weiße Türen zu seltsam duftenden Zimmern mit winzigen Fensterchen.

Viele aus unserer Klasse, ich auch, sind den ganzen Tag »unten«, auf der Straße, auf dem Hof, im Park, an der Saale, auf dem Schloß. Unsere Streifzüge führen weit in die Umgebung. Der Schloßhof, seine beiden Tordurchfahrten gehören uns, unser Geschrei hallt von den Wänden wider. Bis hinauf zur Löwenbank auf dem oberen Hainweg, bis ins schattige Pörztal, bis hinunter zu den Kiesgruben an der Saale rennen wir. Wir sind Räuber, Ritter, Indianer oder Germanen. Wir jagen einander, mit Stöcken bewaffnet, die sieben Schloßaufgänge hinauf und hinunter, wir klettern in die Luftwurzeln einer alten Riesenbuche, rollen die Wiesenhänge hinab, schlagen uns durch Fichtenschonungen im Hain. Wir fesseln uns gegenseitig, besonders die Jungen die Mädchen, an dünne Baumstämme. Wir schlagen und werden geschlagen mit Fichtenzweigen und Brennesselbüscheln. Atemlos schleichen wir an den Bauernhäusern des Nachbardorfes vorbei, verfolgt und beschrien von anderen Kinderbanden, bis wir bei unserer Klassenlehrerin, die am Marienturm auf einem Waldgrundstück wohnt, zerzaust und mit roten Köpfen an der Gartenpforte klingeln. Unsere Klassenlehrerin ist jung. Sie schimpft nicht, sie lacht über uns und führt uns durch ihr Grundstück, um uns durch die untere Gartentür auf einen Feldweg hinauszulassen, wo uns unsere Feinde nicht finden. Wir, der mehr verwilderte Teil der Klasse, die Bande, schwänzen die eine oder andere Stunde.

Wir prügeln uns auf dem Schulhof herum. Ich zerreiße in diesen Spielen das weiße verwaschene Hemd von Gregor, dem Umsiedlerjungen, der älter ist als wir, der noch gelbere Haut, bläulichere Lippen und schwärzere Haare hat als all die andern aus der Siedlung. Gregor boxt mich auf dem Heimweg in den Magen, so daß ich lange keine Luft bekomme. Ich übe mich darin, auf die Oberarme der Jungen mit den harten Knöcheln meiner Fäuste zu schlagen, damit kann ich mich gut wehren.

Vor den ehemals vom Fluß ausgewaschenen Sandsteinhöhlen am Stutenrand, die wir ängstlich betreten, besprechen die Jungen, was sie nun mit den »Weibern« machen werden, fesseln, fesseln und verhaun, fesseln und küssen und »ficken«, meint Gregor. Das schlimme Wort wird selten ausgesprochen, auch die Jungen scheuen davor zurück. Kreischend rennen die Mädchen weg durch die abendlichen duftenden Schrebergärten.

Schließlich will ich lieber selber ein Junge sein. Ich nenne mich Horst, ziehe knappe kurze Hosen an und spiele, ich wäre ein Mann.

Mit Rita, der Schwester des einbeinigen Bademeisters, steige ich auf das Hausdach, in die Bodenkammern. Wir zünden Kerzen an, ich rauche auf mullverhangenem Matratzenlager liegend mit Rita, meiner Frau, lange Zigaretten aus gerolltem Papier, bis uns ihre Mutter entdeckt. Ich komme immer später von der Schule nach Hause und übe nicht mehr auf dem

Klavier. Einmal ist es lange schon dunkel, als ich nach Hause komme. Meine Mutter ist nicht da. Sie läuft draußen herum und sucht mich. Als sie kommt, weint sie und schreit und schlägt mich, was sie noch nie getan hat. Ich krieche unter das Klavier und hebe schützend die Arme über dem Kopf. Sie tut mir leid.

2

Meine Mutter wohnt mit mir in der Kammer, die einstmals Herr Neuroth beschlagnahmt hatte, und in der ehemaligen Stube meiner Tante Lotte, fast hat meine Mutter eine eigene Wohnung. Nur, sie hat keine eigene Küche. Sie geht ja auch jeden Tag auf Arbeit. Sie hätte jetzt zu Hause die Aufgabe, aus dem Erkerfenster auf unserer Etage die riesige rote Fahne herauszuhängen, von der der weiße Kreis mit dem schwarzen Kreuz abgetrennt wurde. Sie macht es nicht und sagt, sie hätte es vergessen. Die andere Fahne aus dem Kleiderschrank, die mein Großvaters den Russen entgegengetragen hatte, die ist dafür zu klein. Sie liegt wieder im Schrank.

Meine Mutter möchte, daß ich mich besser entwickele, wie sie sagt. Ich werde oft mit ins Amt genommen. Nach dem Umsturz, so heißt das Ende des Krieges in unserer Familie, nicht Zusammenbruch und auch nicht Befreiung, sondern Umsturz, ist meine Mutter im Amt, im Kreisamt, im Jugendamt, im Gesundheitsamt. Ich sitze also an einem Schreibtisch mitten unter den Angestellten in den Ämtern, dem Publikum und den

Akten und male mit Kopierstiften grüne Schwäne, rote Prinzessinnen und blaue Glockenblumen auf alte Karteikarten.

Die Amtsstuben, in denen meine Mutter arbeitet, wechseln häufig. Das Amt ist zuerst im Schwarzburger Hof. Dort knarren die Dielen, die rohen Holztische sind tintenbekleckst. Dann ist das Amt im ehemaligen Landratsamt. Das hat riesige gebogene Aufgänge, glänzendes Linoleum, schwere gepolsterte Türen. In der Villa, in die das Amt wiederum umzieht, sind bemalte Kacheln an den Wänden. Im Flur sprudelt aus einem Schlangenmaul ein feiner Strahl. Aber diese Pracht dauert nicht lange. Das Amt zieht aus der Villa aus, sie wird ein Intelligenzklub. Immer wieder wird eine andere Villa geräumt und zu einem anderen Amt gemacht. In ihrem Amt erfährt meine Mutter von dem Internat, ganz in der Nähe, in dem ich mich nun besser entwickeln soll.

»Sie kommt aufs Internat, sie wird mir fehlen, aber da hat sie so was wie Geschwister, das ist besser für sie. Ich kann sie doch nicht immer mit ins Amt nehmen.«

»Schade um das Kind«, sagt die Lehrerin, »sie ist ein so freier und fröhlicher Mensch, so gesund und so frisch, wie Milch und Blut, schade.« Beinahe will ich nun nicht aufs Internat. Was meint meine Lehrerin? Aber dann stellt sich heraus, daß das Internat auf einem Dorf ist und ganz nah. Wiesen, Wald, ein Dorf, ich freue mich.

Wie schön die Dörfer sind, das weiß ich von den Dienstfahrten, zu denen mich meine Mutter mitnimmt. Dann setzt sie mich hinten auf ihr Fahrrad.

Die Dörfer liegen meist »vorn Walde«, so heißt in der Sprache meiner Großmutter der Anfang der Thüringer Waldes. Bei steilen Steigungen steigen wir ab und laufen. Quellen, Gras, Bauerngehöfte, Apfelalleen, Schlüsselblumen.

Wie meine Mutter lege ich mich gerne direkt auf die flache Erde, aufs Gras, um auszuruhen. Ich esse wie sie, alles was eßbar scheint auf allen Wegen, Fallobst, Schlehen, Himbeeren, Bucheckern, Mehlbeeren, junge Lindentriebe. Immer reiße ich Blüten ab, um sie zu zerpflücken, zu zerreiben, ihre Färbekraft zu prüfen, ihren Geruch. Grasstengel kaue ich an den unteren weichen Enden. Und aus Fliederblüten sauge ich den Saft. Meine Mutter gewöhnt mich daran, aus Quellen zu trinken, meine Füße auf Bachkieseln zu kühlen, hinter die Büsche zu pinkeln, mir den Hintern mit weichen Blättern abzuwischen und den kleinen Haufen, den ich gemacht habe, mit Moos und Fichtennadeln abzudecken, damit er wieder zu Erde wird und niemanden stört, der durch den Wald wandert. Ich lerne, immer mit einem Gespräch, einer Erforschung, einem Genuß beschäftigt zu sein und dabei wie unbemerkt viele Kilometer zu laufen.

Also Internat. Ich betrachte das Foto von meinem Stiefbruder, der jetzt ein mir fremder erwachsener Mann ist, den aber mein Vater einst auf ein englisches Internat geschickt hat, damit er sich gut entwickelt. Mein Stiefbruder sieht auf dem Foto gut aus. Er steht unter einem Apfelbaum neben einem Apfelschimmel und lächelt zufrieden. Mein Vater hat recht, Internat ist bestimmt gut. Und Dorf, ich freue mich aufs Dorf.

An der Ausfallstraße, die hinauf in das abgeschiedene Dorf führt, in dem das Internat liegt, beginnt die Russenkaserne. Die Russenkaserne ist zur Straße hin mit einer langen Mauer eingefaßt. Zwei oder drei hölzerne Wachtürme stehen da. Hinter dem dunkelgrünen Laub der alten, hohen Pappeln, die angeblich Napoleon hier zu pflanzen befohlen hat, vor dem blaugrünen Anstrich der verschiedenen Holzbauten schimmert das helle Grün der Uniformen. Soldaten, die auf der Mauer hocken.

Als ich das erste Mal von meiner Mutter in das Internat gebracht werde, bindet sie den grünen Pappkoffer auf ihr altes Fahrrad und schiebt es neben mir her. Mit hoher Stimme redet sie besonders laut auf mich ein, als wir an der Russenkaserne vorbeilaufen. Ich suche mit den Augen die Mauer nach den Soldaten ab und erschrecke tief, als ich die plötzlichen Bewegungen der dort lagernden Gestalten bemerke, helles Grün zwischen dunklem Grün. Sobald wir im Vorübergehen Zurufe hören, beschleunigen meine Mutter und ich unsere Schritte, und wir vermeiden mit steifem Hals möglichst jeden weiteren Blick zur Mauer. Wir laufen hastig, mehr auf der linken Straßenseite, vorbei an der Essigfabrik und an den rohhölzernen Tafeln, beschrieben mit schwarzen, russischen Buchstaben, die die zerfahrenen Wege in das Manövergelände versperren.

Wo die letzte hohe Pappel steht, hört die Mauer auf. Ihre äußerste Ecke hat noch den Verputz und die rote Ziegelbekrönung von ganz früher. Weit dehnen sich danach grüne und blaue Kohlfelder. Wir laufen langsamer und blicken uns ruhig um.

Man kann die ersten Häuser des nächsten Dorfes sehn, das Dach des Kirchturms, ein Kalksteinkegel mit einem Zinnenkranz. Ich bin elf Jahre alt, ständig mit Märchen und Geschichten von früher und von ganz früher beschäftigt. Türme und Zinnen interessieren mich. Jahrelang werde ich diesen Kirchturm mit den Augen suchen, jedesmal, wenn ich die Russenkaserne überwunden habe auf dem Weg ins Internat. Das Dorf hat eine Gaststätte, in der es den Apfelmost aus der Essigfabrik gibt. Er schmeckt mir sehr gut. Als wir weitergehen, steigt die Straße allmählich an, die nächste Pause machen wir an einer Mühle. Der Mühlstein ist zum Tisch gemacht worden, drüber hängen die Äste von einem Apfelbaum. »Nun ade, du mein lieb Heimatland, lieb Heimatland, ade!« singt auf dem Bild im Liederbuch der Handwerksbursche, der sich ausruht am Mühlsteintisch. Ich singe und gucke ins Tal.

Das nächste Dorf ist eine richtige Kuhbläke, wie man bei uns sagt, Eichfeld. Aus den mit Salpetersalzen verkrusteten Sandsteinquadern der Ställe muht es. An den Bauernstuben im hohen Fachwerk hängen rote Geranien. Hinter halboffenen Hoftoren bellen die Hunde, stehen Mistfuhren. Stinkende Rinnsale fließen zwischen den Häusern in den kleinen Bach.

Dann führt eine schmale steile Teerstraße wieder aus dem Dorfe hinaus. Als ein Auto uns entgegenkommt, müssen wir uns eng an die Stallmauern drükken. Die Hügel rechts werden kahler. Die Wälder links werden dunkler, vor uns erhebt sich der Uhu, der bucklige Berg, den meine Mutter mir beim Spazierengehen von der Schloßaussicht aus gezeigt hat. »Dort beim Uhu ist das Internat.« Unten auf der Wiese sehe ich am Badeteich Kinder. Ein Erpel steigt auf eine Ente. Ich sehe das zum ersten Mal.

3

Der Internatsleiter ist ein großer, dicker, grauhaariger Mann mit einer tiefen Stimme, seine Frau ist eine große, dicke Frau mit einem braunen Zopfkrönchen. Ich soll die beiden Vati und Mutti nennen. Das werde ich nicht tun. Ich werde immer Herr Speerschneider und Frau Speerschneider sagen. Sie bringen mich in ein Zimmer.

Gespensterburg heißt der einzige Mädchenschlafsaal im Oberhaus. Die anderen Mädchen wohnen alle im Unterhaus. Wir sind zu dreizehn. Gespensterspiele werden schon wegen der nebenan schlafenden Jungen viele gegeben. Taschenlampenschein durch die Klappe in der Verbindungstür, vor der mein Bett steht, sind das Übliche. Manchmal geht auch die Tür auf, und einer der Jungen wedelt ganz kurz mit einem Laken herein und ruft: »Huhuuhuuu!« Wir schreien alle dreizehn, das gibt Ärger mit der Aufsicht. Einmal schütte ich, oben auf den staubigen Spinden im Flur liegend, dem diensthabenden Lehrer Wasser auf den Kopf. Das tue ich nur, weil die anderen es sich wünschen. Der Lehrer macht kein Aufhebens davon.

In der Gespensterburg schlafen sieben Mädchen aus der achten Klasse, denen wir jüngeren gehorchen. Sie heißen Olga, Renate, Marianne, Anna, Saskija, Britta und May. Olga, Renate, Marianne und Anna haben schöne Stimmen und singen auch solo im Chor.

Die Mädchen aus der achten Klasse sind alle etwas Besonderes, sie haben besondere Eltern in Berlin oder in Erfurt, zum Beispiel welche, die aus anderen Ländern nach dem Krieg zurückgekommen sind. Sie sind alle nicht nur älter, sondern erwachsener als ich und meine Mitschülerinnen aus den Dörfern »vorm Walde«. Abends liege ich unter der wattierten Zudecke und beobachte sie. Sie duften nach Damen. Sie tragen Ohrringe, Armbänder und Ketten und haben Samtbänder und Kämmchen im Haar. Keine kann so sorgfältig ihre Nägel polieren oder ihre Haare bürsten und aufstecken wie Olga. Marianne hat dichte dunkle Haare, auch unter der Achsel, und trägt seidene Strümpfe. Sie zeigt uns, wie man die Brauen auszupfen muß, damit sie einen Bogen haben. Anna ist manchmal lange still, aber alle hören aufmerksam hin, wenn sie etwas sagt. Sie hinkt ein wenig. Sie hat einmal Kinderlähmung gehabt. Ihre Beine verdeckt sie mit längeren engen Röcken. Sie hat ganz kurz geschnittene Haare, einen Herrenschnitt. Manchmal schminkt sie sich die Lippen rot. Ihre Mutter ist eine berühmte Schauspielerin. Abends, wenn wir alle fröstelnd und mutterlos im Bett liegen und die Hoflaterne die Fensterkreuze an die Decke wirft, erzählen Olga, Marianne oder Anna die Filme, die sie gesehen haben. Ich höre still zu und halte den Atem an.

Bei Olga geht es um Liebe. Bei Marianne ist es lustig. Anna erzählt mehr die ernsten Filme, die mit Politik. Dann ist da noch May, die ist hübsch, aber sie wirft meist mürrisch ihre blonden Locken nach hinten und geht von den anderen weg. Ihr Vater, der Schriftsteller, kommt eines Tages mit dem dunkelblauen Auto aus Berlin und holt sie wieder nach Hause.

Ganz hinten, weit weg von mir, steht das Bett von Britta. Britta soll sich schon mit großen Jungen geküßt haben. Sie betont ihre tolle Taille mit breiten Gürteln, sie kämmt ihren Pony und rasierte sich die Brauen auf der sommersprossigen Stirn.

Sie hat einen großen brennend roten Mund. Sie macht, was sie will. Sie kommt immer ganz zuletzt und noch völlig angezogen in den Schlafsaal, wenn es schon zur Bettruhe läutet. Brittas Stimme ist rauh und heiser, aber sie kann singen, Schlager sogar und Schieber tanzen. Sie nimmt die ernste Anna um die Hüften und tanzt mit ihr, bis die lacht. »Sanella, Sanella, Sanella in dem Kella, kaum ist die Kellertüre zu, hat Sanella ihre Ruh und die Mäuse beißen zu.« Wenn wir nebenan im Jungenschlafsaal die Internatsleiterin schimpfen hören, dann macht Britta schnell das Licht aus und hüpft angezogen ins Bett. Wir lauschen den schweren schwarzen Reformschuhen der sich nähernden »Mutti«, wie sie im Gang auf unser Zimmer zukommt. Wenn Mutti mit verstellter Stimme sagt: »Ihr seid mir doch die Liebsten«, dann glaub ich ihr nicht.

Ihre Haare gefallen mir nicht, ihre Stimme gefällt mir nicht, ihr dialektverquetschtes Hochdeutsch nicht, ihre weiße Trägerschürze nicht.

Neben meinem Bett ist das Bett von Helga. Sie geht in die siebte Klasse. Helga dreht sich nachts hin und her, hin und her, so daß ich nicht schlafen kann. Dabei spricht und knurrt sie mit ihrer rauhen Stimme »Mutti«. Ihre Mutter besucht sie nie. Nur Helga hat noch solche Strumpfhalterleibchen an wie ich und abgewaschene Achselträgerhemden und dicke Schlüpfer mit Bein. Die großen Mädchen haben Hüfthalter, Charmeuseunterröcke, rosa, lila und himmelblau. Ich werde oft ausgelacht. Von nichts habe ich eine Ahnung, von schöner Wäsche nicht, von Berlin nicht, von Liebesfilmen nicht, von Schlagern nicht. Meine Fingernägel sind abgekaut, oder sie sind schmutzig, denn ich tobe viel draußen herum, hebe Steine auf und schnitze Stöcke.

Das Oberhaus ist an einen Hang gebaut, nach vorne befinden sich die Fenster unseres Zimmers, der Gespensterburg, hoch über dem Hofpflaster. Die Fenster des Waschraumes, der nach hinten hinaus gelegen ist, sind Kellerfenster, sie blicken auf die feuchten Steine eines umlaufenden Grabens. Der Waschraum ist kühl und feucht. Ich wasche mich hastig mit dem kalten Wasser, das aus dem Hahn kommt. Mit ein wenig Seife auf dem Lappen wische ich mich unten aus. Ich hole mir nicht wie die anderen Mädchen warmes Wasser aus der Küche. Baden werde ich zu Hause. Ich will mich nicht so umständlich mit dem Waschen aufhalten, auch will ich der Köchin auf keinen Fall begegnen. Vor der Köchin fürchte ich mich. Ich kenne kaum feine Seifen, keine Pinzette zur Korrektur der Brauen, keine Cremes. Das rote Odol-Mundwasser ist mir fremd wie die schwarz-grün-goldenen Fläschchen mit 4711. Erst als mein Waschlappen faulig riecht und meine Schlüpfer mich im Schritt unangenehm brennen, wasche ich mich viel sorgfältiger, aber immer weiter mit kaltem Wasser. Den Waschlappen lege ich nun möglichst außen auf das Fensterbrett in die Sonne, damit er gut riecht. Mir fehlt die Sauberkeit meiner Großmutter, die ich gewöhnt bin. Diese Sauberkeit entsteht nicht so sehr durch Seifen, Cremes und Parfüms, mehr durch das Kochen der Wäsche und das Trocknen an der Sonne. Es ist die Sauberkeit der Luft, die durch ein Südfenster in eine Kammer kommt.

Die Mädchen kämmen sich gegenseitig, das ist eines ihrer größten Vergnügen. Ich hasse es, wenn mir einer an den Haaren herumziept. Wie immer flechte ich rechts und links alles hastig zusammen, mein Scheitel ist grundsätzlich krumm. Die anderen spotten über mich. Sie tuscheln und haben Geheimnisse vor mir. Dafür muß ich das kleine Schiebefenster zum benachbarten Jungenzimmer für sie öffnen und Schnee vom Fensterbrett hinüberwerfen, damit sie kreischen können.

Richtig lieb ist nur Erna zu mir. Erna verspotten die andern noch mehr als mich, denn Erna ist gutmütig, groß und dick, und ihre Kleider und ihre Wäsche sind noch armseliger als meine und Helgas. Sie ist ein Umsiedlerkind aus Böhmen und kann Russisch. Sie riecht schon wie eine Frau, sie hat einen richtigen Busen, aber sonst weiß sie noch weniger als ich.

Am schlimmsten ist es in der Gespensterburg mit Saskija. Ihre Stimme ist immer ganz heiser oder ganz schrill. Sie kann gar nicht singen. Ihre Zunge gehorcht ihr nicht, sie stottert und zischt und lispelt, man versteht sie schwer. Saskijas Haare und Augenbrauen sind fast weiß, ihre Augen sehr hell. Mit den Erwachsenen kommt sie nicht aus. Sie ist zerstreut und findet nie ihre Anziehsachen. Sie kann dabei sehr wütend werden, dann tobt sie und schreit und stampft mit dem Fuß auf, und ihre Stimme wird immer heiserer dabei. Saskija heißt Brockdorf und von. Sie hat gar keine

Mutter mehr. »Die«, die Nazis, haben sie umgebracht, als Saskija noch ganz klein war. Manchmal redet Anna ruhig auf sie ein, dann wirft sich Saskija auf ihr Bett, schluchzt ein bißchen und wird still, und Anna streichelt ihr die Stirn. Anna liest viel. Manchmal wünsche ich mir, daß Anna meine Freundin wäre.

4

Wir Mädchen singen oft zusammen: »Setze du mir einen Spiegel ins Herze hinein, damit du kannst sehen, wie so treu ich es mein.« Im Internat findet oft am Abend im Speisesaal eine Chorprobe statt. Rudolf, der Chorleiter, trägt einen blauen Russenkittel und hat die schwarzen Haare nach hinten gekämmt. Eine dicke Strähne fällt ihm in die Stirn, wenn er dirigiert. Er hat eine noch tiefere Stimme als sein Vater. Rudolf läßt mich vorsingen. Zuerst soll ich sogar Solosängerin sein. Dann werde ich dem Sopran zugeteilt. Solosängerin werde ich nie, aber Gedichte kann ich gut aufsagen. Wir treten in den Dörfern des Kreises auf. Der Chor hat vier Stimmen. Fast alle Kinder der Schule singen mit. Außerdem gibt es ein richtiges Kindersinfonieorchester. So fahren auch immer zwei Kesselpauken und ein Baß mit. Alle kümmern sich darum, daß die Instrumente keinen Schaden nehmen, wenn sie wie wir auf Lkws verladen werden.

Auf den mit Blumentöpfen und Fahnen geschmückten Bühnen der Dorftanzsäle stehen alle Chorkinder in weißen Russenkitteln. Rudolf hat sich das ausgedacht. Die Eltern müssen diese Kittel besorgen. Die Mütter und Großmütter haben sie selber genäht oder nähen lassen. Ich interessiere mich für das Genähte. Das Weiß der Kittel ist sehr unterschiedlich. Meine Großmutter lehrt mich, Stoff von Stoff zu unterscheiden. Es gibt hellen feinen Batist, blauweißen Köper, gelblichen Nessel oder grauweißes, abgewaschenes Lakenleinen. Die Kragen und Bündchen sind mit Borte besetzt. Jeder Junge, jedes Mädchen hat eine andere Borte. Die Muster und die Leuchtkraft der Farben dieser Borten beschäftigen mich. Die Borte, die meine Großmutter für mich verwendet hat, bräunliches Rot und gelbliches Grün in kleinen Rhomben, das scheint mir nicht leuchtend genug.

Wir treten in der Stadt auf, im Krug, der Krug heißt Thälmannhaus. Unten im Saale sitzen mein Großvater und meine Mutter. Wir singen die Kantate von Stalin, dem Weisen, die im Sopran bis zum hohen A ansteigt. Mir schwillt vor Anstrengung der Kehlkopf, und meine Augen treten hervor. Meine Mutter sieht es mit Besorgnis. Über den Rauch hin, es wird viel geraucht in den Versammlungen, rezitiere ich, von den Scheinwerfern geblendet, das Gedicht von R r r r ussland. Man hat mir beigebracht, das R zu rollen wie Donner. Die alten Männer in ihren nach Schweiß und Rauch riechenden Anzügen und den abgewaschenen Hemden mit den zu engen Kragen drücken uns, als wir fertig sind. Mein Großvater, der Parteisekretär, drückt mich. Er schenkt mir eine Mark. Eine Mark, das ist ein hellbrauner, zerknitterter Zettel. Man kann sich Vollmilchdrops oder eine Bockwurst oder Apfelsaft kaufen. Ich bevorzuge Apfelsaft aus der Essigfabrik. Ich bohre ein kleines Loch in den Verschluß aus Gummi und sauge den dünnen durchsickernden Strahl ein. So reicht eine Flasche länger.

Einmal fährt unser Chor in die Russenkaserne hinein. Es ist Winter. Das mit den roten Sternen gekrönte grüne Tor öffnet sich. Wir springen vom Lkw hinunter in den Schlamm, wir kommen zu einer Baracke. Sie ist außen grün und innen rot. Roter Plüsch ist mit goldenen Leisten eingefaßt. Drinnen bin ich benommen vom dicken Tabak-, Knoblauch- und Menschengeruch. Heiß ist es, und in die Augen beißt der Rauch. Vorne vor dem winzigen Bühnenpodest wirft ein Soldat die Beine und dreht sich im »Hopack«. Wir stellen uns auf und singen: »Auf der Kassanka, auf dem kleinen Flüßchen ...« und »Verronnen die Nacht und der Morgen erwacht ...« Am Ende umarmen die Offiziere die größeren Mädchen und bedanken sich. An dem Abend sind wir sehr aufgeregt und singen lauthals im dunklen Lkw, als wir aus der Russenkaserne hinaus und an der Mauer entlang wieder ins Internat fahren. Die kalte Nachtluft zieht unter der Plane herein und mischt sich mit dem Benzingeruch. Diese Mischung ist mir vertraut von den vielen Fahrten auf die Dörfer und wieder heim. Die Lastwagen, mit denen wir spät abends von den Versammlungen zurückgefahren werden, sind oft kleiner als die, mit denen man uns abgeholt hat, oder sie schicken nur einen Laster statt zwei.

In solchen Fällen müssen die Jungen zwischen den Knien der Mädchen stehen, die auf den schmalen Holzbänken dicht gedrängt sitzen. Wenn das mit singenden Kindern überfüllte Auto durch ein Schlagloch fährt, dann fallen die Jungen auf die Knie der kreischenden Mädchen. So berühren sich die heißen, aufgeregten Köpfe und die kleinen eingeklemmten Hintern. In den kurzen Augenblicken, wenn eine im Winde schwankende Straßenlaterne oder ein Autoscheinwerfer Licht in das dunkle, planenüberspannte Wageninnere wirft, dann suchen meine Augen die Augen von Armin. Er sieht mich spöttisch an, während ich unermüdlich mit den andern »Das Lieben bringt groß Freud« und »Es soll sich halt keiner mit der Liebe abgeben« singe. Armin sieht in seinem Russenkittel aus wie der Held Ilja aus den russischen Märchenfilmen. Weit hinein in die Stirn wächst ihm das dichte blonde Haar. Er hat schwarze Augenbrauen und Wimpern. Er ist groß und stark und hilft Konny, die Kesselpauken ins Auto heben. Am meisten gefällt mir, daß Armin im Orchester das Fagott spielt. Seine breiten Lippen pressen das Blättchen, und seine Backen schwellen an, seine Schenkel halten die lange Röhre, die kurz vor dem Fußboden sich zurückbiegt und mit einem Elfenbeinring abschließt. Das Fagott lerne ich herauszuhören, wenn das Orchester spielt.

Armins Mutter ist eine Umsiedlerin und eine Reinemachefrau im Internat. Einmal will ich durch die Haustür hindurch, die sie, gebückt die steinerne Treppe wischend, ganz versperrt. Ihr blonder Zopf hat sich gelöst und hängt auf der verschwitzten Bluse. Ich mußte an den großen Brüsten und Hüften vorbei, aber sie hält mich fest. Sie betrachtet meinen Rock, rotbraun, gelb und grün gestreift. »Das sind die Farben meiner Heimat Litauen«, sagt sie. Ihr Mund ist breit und feucht, das R rollt, ihre Stimme ist tief.

Armin schreibt mir einen Zettel, den mir ein anderer Junge heimlich übergibt. Darauf steht: »Willst du mit mir gehen?« Ich schreibe auf einen Zettel, den ein anderes Mädchen ihm bringen muß: »Ja!« Am hölzernen gedrechselten Geländerpfosten der Treppe zum Speisesaal warten wir jeden Abend aufeinander. Wir geben uns die Hand und sagen: »Gute Nacht«, und streichen jeder noch einmal über das glatte Holz. Er springt dann, zwei Stufen auf einmal nehmend, hinauf zu den Schlafzimmern der Jungen. Ich streiche mit der Hand am Geländer langsam hinunter. Enttäuscht und erleichtert. Vor dem Frühstück treffen wir uns wieder am Geländerpfosten vor dem Speisesaal und sagen: »Guten Morgen«. Das ist alles.

Im Internat gehen viele miteinander. Sonst schicken die Jungen den Mädchen, mit denen sie gehen, eine Rosenblüte, abgeknipst an einer der vielen Rosenhecken auf dem Gelände, oder mit farbiger Tinte verzierte Briefe mit Schwänen und Herzen darauf, Kuchenstücke von Zuhause oder sogar Gedichte.

Wolodja zum Beispiel, der macht Gedichte für Olga. Das wird nicht nur so erzählt. Eines Nachts, als ich den weiten Weg im dunklen, gekachelten Flur zur Toilette langgehe, sitzt Wolodja auf der Treppe unter einer schwachen Glühbirne im Schlafanzug. Ich starre ihn an, frierend im Nachthemd. Er gefällt mir sehr, er sieht mit den in die Stirn fallenden Locken aus wie ein wirklicher Dichter, Puschkin oder so. Wolodja ist in Moskau geboren. Er kann fließend Russisch und trägt meist neue weiße Hemden und Hosen mit Bügelfalten. Armins Hemden sind verwaschen und verschwitzt. Er spricht Ostpreußisch, grob und breit. Von seinem älteren Bruder stammen seine abgewetzten ausgebeulten Anzughosen. Er schlingt einen alten Lederriemen darum, was ihn männlich und zugleich ein bißchen schmuddelig aussehen läßt. Gedichte würde Armin nie schreiben. Er hat eine ganz andere Vorstellung davon, wozu Mädchen da sind. Aber es passiert gar nichts mit uns. Niemals habe ich so wenig mit Armin gesprochen wie in der Zeit, in der wir »miteinander gegangen« sind. Es kommt auch nicht darauf an. Es kommt für Armin und für mich doch nur darauf an, daß die anderen wissen, wir gehen auch mit jemandem. Das ist wichtig, daß man dazugehört. Denn damit haben wir beide Schwierigkeiten.

Mädchen und Jungen, die miteinander gehen, müssen sich auf dem Kirschberg heimlich treffen. Ich bekomme den Zettel: »Morgen 17 Uhr, Kirschberg, Dein Armin.« Der Kirschberg ist ein Muschelkalkhügel über dem Dorf mit einem kleinen Aussichtshäuschen. Es wird schon früh dunkel, Oktober. Ich steige beklommen hoch und rutsche auf dem nassen Weg aus, halte an, lausche und verstecke mich ein bißchen in den Büschen. Dann sehe ich, Armin sitzt tatsächlich am Ende des Pfades in der Hütte auf dem Bänkchen, vorn ist es offen, die Rückwand bildet der Felsen, rechts und links hat man kurze Wände aus Muschelkalksteinen aufgeschichtet, ein kleines Bretterdach darüber gelegt. Armin steht auf, als er mich sieht. Ich setze mich nicht, wir sagen nichts. Wir steigen nach wenigen Augenblicken wortlos hinunter, einer hinter dem anderen, ich in weitem Abstand hinter ihm. Unten johlen ein paar Jungen aus der Klasse. Sie haben uns belauert. Ich erfahre nie, ob Armin wußte, daß da die Jungen lauern, ob er sich mit ihnen verbündet hatte, um mich auszulachen, oder ob er mit mir ein Ausgelachter ist.

Es gibt eine furchtbare Prügelei zwischen Armin und Konny. Es soll ausgemacht werden, wer der Stärkste in der Klasse ist. Sie wälzen sich mit hochroten Köpfen und schwer atmend auf dem ölgetränkten Fußboden im Klassenzimmer. Alle sehen zu. Konny ist weißblond, sommersprossig, seine Muskeln sind überall hart. Immer wieder schnellt er hoch. Mit heiserer Stimme gibt er kurze Laute von sich und trommelt mit seinen Fäusten auf Armin ein. Armin holt weit aus und schlägt und tritt wuchtig zu. Er schwitzt und spuckt und flucht. Armins alte grüne Männerhose reißt am Bund, sein Unterhemd rutscht heraus. Als ein Lehrer kommt, steht Konny da mit gesenktem Kopf und verteidigt sich, er habe nicht angefangen. Armins Gesicht ist verschmiert und geschwollen. Er steht nur langsam und mürrisch auf und schlurft wortlos hinaus. Den Zettel »Es ist Schluß« schreibe ich bald danach. Ich bin mir sicher, daß es nicht deshalb aus ist, weil Armin unterlag.

5

Im Internat gibt es jeden Morgen noch etwas anderes als nur Frühstück. Im Speisesaal ist mein Platz links ganz außen an einem der langen Tische. Mir gegenüber sitzen zwei Jungen, Horst Pieper und Peter Porstendörfer. Mit kleinem Abstand zwischen Daumen und Zeigefinger zeigt mir Peter Porstendörfer, wie flach meine Brüste sind. Er findet sie ausgesprochen unzureichend, und ich schäme mich. Vorne hält Vati, der Schulleiter Sperschneider, eine Rede über den Frieden und Deutschland, und er liest ein Gedicht vor: »Heimat meine Trauer…«

Ich höre immer zu, wenn jemand da vorne vor dem Frühstück eine Rede hält, ein Gedicht aufgesagt oder wenn Rudolf, unser Musiklehrer, etwas auf dem Klavier spielt. Mir gefällt das. Es ist so feierlich und scheint wichtiger als das Essen zu sein. Ich beginne erst mit dem Frühstück, wenn das Feierliche fertig ist.

Während Horst Pieper schon von seiner gelben oder roten Rübenmarmelade nascht, hebe ich übertrieben den Kopf und recke mich, damit irgendwer merkt, wie ich alles so gut mitfühle und verstehe. Horst Pieper sagt: »Wie Hefe geht die dabei auf«, und Peter Porstendörfer sagt: »Hefe, ja, sie soll Hefe heißen.« »Hefe ist doof« steht an der Tafel, als ich in die Klasse komme. Meine Freundinnen wandeln den kränkenden Spitznamen in Hefchen um.

Bald erlebe ich den ersten Winter im Internat. Es gibt auch den harten Schneeball an der Schläfe, im Hof vor der Freitreppe, von dem ich nicht weiß, ist es Spiel, Haß, Zufall? Es ist nicht so schlimm.

Meine Mutter kauft mir große schwarze Skischuhe aus Schweinsleder, die sehen plump aus. Ich ziehe lieber die glänzenden Gummistiefel an, darin bekomme ich Frostbeulen an den Zehen, das juckt und tut weh. Es gibt zu wenig Kohlen, um das Schulhaus zu heizen. Die anderen Klassen lernen im Speisesaal oder in einem der beiden Gruppenräume im Oberhaus. Unsere Klasse hat auf der Bühne der Turnhalle Unterricht. Die große Schiebetür zum Saal ist zugezogen. An den Fenstern hängen Decken, und mitten zwischen den uralten Schulbänken bullert ein großer, eiserner Ofen, dessen Rohr über unseren Köpfen hinweg hinaus auf den Hof ragt. Jeden Tag sammeln wir im verschneiten Wald Holz für unseren Ofen, eigentlich sammeln wir für Rudolf. Unbedingt muß er das Holz begutachten und uns loben.

Wir haben Makarenkos »Der Weg ins Leben« gelesen. Nun sind wir die Kolonisten, wir können lernen und arbeiten und abends noch Theater spielen und beraten wie der Rat der Kommandeure und uns gegenseitig loben und tadeln, streng, aber gerecht. Für uns braucht man keine volkseigenen Kohlen zu verbrennen. Wir stapeln Reisig und trockene, rindenlose Äste von Fichten und Kiefern. Wir hören Rudolf zu auf unserer selbstgeheizten Bühne. Wir sehen nicht den schwarzen, schmutzigen, geölten Boden, wir sehen nicht das Gerümpel in der Ecke, wir sehen nicht, wie rissig und alt die Tafel ist. Manche schreiben auf den Knien, denn die Tische reichen nicht, aber wir lernen, daß Wolfgang Amadeus Mozart ein Wunderkind war und wie es ihm mit der »Zauberflöte« ergangen ist. Im Gegensatz zu den Kindern auf den Dörfern, die oft keinen Musikunterricht haben, haben wir zwei Stunden Musik in der Woche. Wir lernen, was eine Sonate und was eine Sinfonie ist, was Fugen sind und Suiten und Ronden und Kantaten und Menuette. Er spielt es uns auf dem verstimmten Klavier vor, und seine schwarzen schweren Haare fallen nach vorne und wippen im Takt.

6

Das Dorf ist klein. Es gibt nur eine Villa, eine Gaststätte, in der ich mir die Apfelsaftflaschen mit Gummistöpseln kaufe, den leeren Gutshof, fünf, sechs alte Bauernhäuser mit Ställen und Scheunen, die Kirche und vier Neubauernhäuser, aus den Steinen des abgerissenen Gutshauses erbaut, unverputzt und häßlich. In der Villa wohnt mein neuer Klavierlehrer. Ich spiele jetzt Opernmelodien und verlerne die reinen Töne, die meine Lehrerin mit den beiden Flügeln mir einst beigebracht hat.

In unsere Turnhalle kommt das Landkino. Manchmal gibt es Dorftanz, an dem wir aber nicht teilnehmen dürfen. Musik macht der Klavierlehrer aus der Villa mit dem Geigenlehrer aus der Stadt. Wir klettern im Schlafanzug an der Wand der Turnhalle hoch und spähen in den verrauchten Tumult, wir lauschen noch im Bett lange dem Kreischen der Frauen und den Rufen der betrunkenen Männer.

Manchmal veranstaltet man für uns auch Kindertanz. Die Erwachsenen nehmen daran teil. Sie sitzen auf Stühlen entlang der Wand und machen ihre Bemerkungen. Der Köchin, dem Heizer, dem Gärtner und seiner dicken Frau, der Küchenhilfe, der Umsiedlerin Tabea, der Wäschefrau Pahl, der unverheirateten Russischlehrerin mit ihrem enormen Busen im roten Pullover, denen macht das Spaß.

Eine der mächtigsten Erwachsenen ist die Köchin. Sie kommt aus ihrer Kellerküche herauf. Dort riecht es nach fauligen Kartoffeln und fettigem Imiwasser. Die Köchin riecht immer ein wenig nach Küche, sie hat blanke braune Augen, rote Hände und rote Wangen mit kleinen Äderchen durchzogen. Den Mädchen, die ihr in der Küche helfen müssen, kneift sie in die Arme und Schenkel und sagt dabei, daß sie sich eine Schwiegertochter aussuchen müsse. Meist ekele ich mich, wenn ich in der Küche helfen muß, entweder sind es schon halb faulige Zwetschgen, die wir entsteinen, oder erfrorene Kartoffeln, die wir auslesen, oder wir fischen schwimmende Essenreste beim Abwaschen aus dem Imiwasser. Ich fürchte mich vor den glitschigen Holzrosten, vor dem Gestank. Aber noch mehr fürchte ich die Reden der Köchin.

Der Sohn der Köchin geht in meine Klasse. Er sitzt auf der Bank neben mir. Die Schulbänke reichen nicht für alle. Man hat zusätzlich an den beiden Längsseiten des Raumes Bänke aufgestellt. An der Fensterseite sitze ich neben dem Sohn der Köchin. Wenn ich mich nach vorne wende, muß ich immer an meinem Nachbarn vorbeisehen, das heißt zuerst sehe ich ihn und dann erst den Lehrer oder die Tafel. Eigentlich sehe ich die Tafel sowieso schlecht, ich bin kurzsichtig und muß eine Brille tragen. Der Sohn der Köchin ist schön wie ein Kartenkönig. Seine Wangen sind oval und rot, seine Augen sind groß und blau, sein Haar glänzt. Im Kindersinfonieorchester spielt er die Querflöte. Seine Finger passen zum Instrument, das er spielt. Sie sind rund und laufen spitz zu, seine Nägel sind gefeilt und über die Fingerkuppen gebogen.

Sein Freund ist der Konzertmeister, der erste Geiger im Orchester. Der Konzertmeister macht auf alle Mädchen einen tiefen Eindruck. Er hat tiefbraune Augen, einen langen Hinterkopf mit starrem Wirbel und einen kleinen Bartflaum über der Oberlippe. Mit dem Sohn der Köchin bestimmt er, welches Mädchen das Schönste ist. Ja, wenn ich keine Brille hätte, dann wäre ich vielleicht schöner als das blonde Dixlein oder die Berliner Ute, aber so ... Es kommt vor, daß der Sohn der Köchin sich mit seinen vollen, roten Lippen an die zartbehaarte Ohrmuschel seines Freundes drängt, wie um ihn in ein Geheimnis einzuweihen. Und er leckt das Ohr sogar kichernd ab. Ich erinnere mich, wie ich Katharinas Zopfenden ableckte und dafür getadelt wurde, aber die andern finden nichts dabei.

Im Sommer bin ich durch die offenstehenden Fensterflügel von meinem Nachbarn, dem Sohn der Köchin, getrennt. Er preßt seine Nase an das Glas, starrt in meine bebrillten Augen und sagt: »Du hast aber viele Scheiben.« Ich kann meinen Platz nur verlassen oder erreichen, wenn ich hinter seinem Rücken mit Schuhen auf der Sitzbank entlangklettere, dann lehnt er sich zurück und läßt mich nicht vorbei. Ich stehe auf der Bank, den Rocksaum in der Höhe seiner Augen. Mir kommen die Tränen, und er sagt: »Deine Scheiben beschlagen.«

In Geschichte bin ich besser als alle. Meist melde ich mich als einzige, aber bald merke ich, daß auf die unterschiedlichsten Fragen immer die gleiche Antwort paßt: »Das liegt an den Besitzverhältnissen an den Produktionsmitteln.« Nachdem ich meinen Erfolg mit dieser Antwort ausgekostet habe, langweilt sie mich, und ich melde mich nicht mehr. Wenn ich aber in Geschichte zur mündlichen Prüfung drankomme, dann freue ich mich. Dann will ich zeigen, was ich noch alles weiß. Ich klettere hastig hinter dem Rücken des

Sohnes der Köchin nach vorne und drehe mich vor Begeisterung im Kreis, so daß mein Faltenrock hochfliegt. Man kann die Strumpfbänder sehn, alle lachen. Der Sohn der Köchin läßt mich erst auf meinen Platz zurück, wenn der Lehrer vom Eintragen der Eins wieder aufblickt.

Im Geschichtsunterricht zeichnet der Sohn der Köchin in sein Geschichtsheft die Köpfe der preußischen Könige, das macht er seinem älteren Bruder nach, der in einem Zigarettenalbum Preußen gesammelt hat. Während der Lehrer schon bei der Französischen Revolution ist und ich die richtige Seite im Lehrbuch aufgeschlagen habe und mich in die Schönheit von Saint-Just versenke, malt mein Nachbar die Haut und die Augenfarbe der Friedriche und Friedrich Wilhelme aus. Seine Buntstifte sind sechseckig mit hellen Kanten, sie liegen in einer Blechschachtel und duften. Alle diese bunten Könige sehen für mich wie der Sohn der Köchin aus.

Es ist wieder Kindertanz in der Turnhalle. Ich gehe gerne hin. Ich lege meine Brille irgendwohin, wo ich sie wahrscheinlich nicht wiederfinde, und gehe zum Kindertanz in die hölzerne Turnhalle. Tanzböden, Dachböden, Wäscheböden, Tennen, Treppenhäuser, verlassene Saalbühnen in Dorfgaststätten oder Hofgalerien in kleinen Städten aus vom Regen und der Sonne rissigem Holz, das sind die Räume, die ich bevorzuge. Sieht aus wie früher, und riecht nach früher. Ich atme tief den Geruch nach Holz ein, lausche dem Geräusch der Schritte auf knarrenden Dielen und blicke selig nach oben in die Verstrebungen eines offenen Dachgestühls mit seinen abgewinkelten Stützen und den weit überspannenden Balken. Ich brauche diese Art hölzerne Hallen nur zu betreten, um ein viel aufregenderes Leben zu fühlen als in den linoleumbelegten Ölpaneel- oder Tapetenzimmern.

Die Töne des verstimmten Klaviers erklingen. Der Tanz beginnt. Ich habe von den großen Mädchen Polka, Walzer und Foxtrott gelernt. Ich hopse mit Ursula an den ausgestreckten Beinen der Zuschauer vorbei, immer im Kreis herum. Ich gerate ganz außer mir. Die Zöpfe hüpfen mit, die Beine werden ganz leicht. Ich bekomme das Gefühl, ich brauche mir nur ein bißchen Mühe zu geben, den Atem anzuhalten, und schon kann ich fliegen. Ich glaube sowieso, wenn ich einmal ganz allein sein werde in einem großen leeren Raum und ich habe Zeit und Ruhe und völlige Konzentration, dann kann ich mich ohne weiteres einige Zentimeter vom Boden abheben und für eine Weile in der Luft halten. Ich komme nur nie dazu, das auszuprobieren.

Der Sohn der Köchin ist natürlich auch beim Kindertanz. Er hat einen von seinem Bruder geerbten grauen Herrenanzug an mit Bügelfalten. Er fordert mich zum Tanzen auf. Ich bekomme einen heißen Bauch, und während ich etwas störrisch seiner Hand im Rücken gehorche und mich bemühe, nicht allzu große Schritte zu machen, zuckt meine linke Augenbraue. Das Zucken ist so lange nicht zu beherrschen, wie ich mit dem Sohn der Köchin tanze. Den nächsten Tanz tanzt er mit der dicken Gertrud aus Goldisthal. Ich drehe mich suchend um und sehe ein zartes dunkelhaariges Mädchen an einem Pfeiler stehen. Ich greife nach ihr und schwinge sie übermütig im Kreis herum. Sie ist so leicht, und wir fliegen fast. Mein rechter Arm faßt sie um ihre Taille, und meine linke Hand hält ihre Hand. Als der Tanz zu Ende ist, merke ich, das Mädchen hat gar keinen linken Arm, da ist ein kleiner Stumpf. Ich erschrecke tief und gehe wie betäubt aus der Turnhalle. Draußen breche ich in einen Weinkrampf aus, ich habe eben meine Brille nicht aufgehabt. Aber wie schön das Mädchen ist! Meine Brille suche ich verzweifelt und voller Reue. Ich rufe, obwohl ich so schlecht in Russisch bin: »Brilljetschka, gdje tü nachodischsja?« Ich spreche manchmal mit Dingen, auch mit dem Fahrrad oder der Nähmaschine, aber Russisch spreche ich nur mit der Brille. Erst als die anderen kommen, finden sie sie auf dem Fensterbrett im Flur. Das Mädchen war ein Besuch, am anderen Tag ist es verschwunden.

7

Zum fünfunddreißigsten Jahrestag der Großen Sozialistischen Oktoberrevolution spielen wir Theater nach John Reed: »Zehn Tage, die die Welt erschütterten.« Unser Klassenzimmer öffnet sich zur Turnhalle hin und wird eine Bühne. Die Tische und Bänke werden bis auf die, die wir zum Spielen brauchen, an die Seite geräumt. Wir haben einen echten Telegrafenapparat und spielen, wie Lenin Telegramme versendet. Der Sohn der Köchin kann Lenin nicht. Schließlich spiele ich Lenin. Ich muß mir vom Sohn der Köchin dazu den grauen Anzug borgen, den er zum Kindertanz anhatte.

Der Anzug ist von seinem großen Bruder. Im Winkel hinter den gestapelten Bänken ziehe ich mein grünes Winterdirndl aus, stehe in Unterwäsche und braunen Strümpfen da, steige in die Anzughose und knöpfe den Schlitz zu. Fiebrig und hochrot vor Eifer diktiere ich auf der Bühne meiner Mitschülerin, die die Telegrafistin spielt »An alle, an alle!«, das Dekret über den Frieden.

Herr Sperschneider macht wieder Zeitungsschau. Seine tiefe Männerstimme schwingt, und wir hören die Gefahren für den Frieden förmlich aus ihrem Grummeln heraus. Die Stimme erzählt, daß Adenauer, den kenne ich aus den Karikaturen, er hat Schlitzaugen und einen breiten dünnen Schlangenmund, daß der Deutschland jetzt an die Amerikaner verkaufen will, für fünfzig Jahre. Wie lange sind fünfzig Jahre? Unendlich lange, da kann Deutschland doch nie einig werden, wenn eine Hälfte verkauft ist. Schließlich wird es Krieg geben, das sehe ich ein. Ich will Frieden. »Für den Frieden der Welt steht die Menschheit auf Wacht!« singe ich im Chor, und in Zeichnen male ich ein Bild. Ich teile das Blatt in der Mitte mit einem dicken Strich, auf die eine Seite male ich eine grüne Wiese, darüber eine Sonne, Blumen und zwei Kinder, auf die andere Seite male ich den Krieg, eine Ruine, rotes Feuer, ein Hakenkreuz und schwarzen Himmel. Es ist nicht vorgeschrieben, welche Seite welche ist.

Bernt Neuenfeld, mein neuer Nachbar, kann solche Bilder gut malen. Im siebten Schuljahr sitze ich nicht mehr am Fenster neben dem Sohn der Köchin, sondern ganz vorne neben Bernt Neuenfeld. Er hat abstehende

Ohren und berlinert stotternd oder stottert auf berlinerisch. Ich bin davon begeistert, ich stottere mit. Er meldet sich mit schnipsendem Finger, er hat eine Meinung, er weiß was aus dem Radio, aus der Zeitung, was er heftig stotternd vorträgt, das gefällt mir sehr. Wir schreiben in der Hausarbeitszeit einen Aufsatz über den Krieg und den Frieden. Bernt geht aufs Klo, kommt wieder und sagt: »Ich hab jetzt eine tolle Idee!« Und er schreibt die nächsten Sätze auf. Dann gehe ich aufs Klo, komme wieder und habe auch eine tolle Idee, wir feuern uns gegenseitig an, wir Friedenskämpfer.

Nach den nächsten Ferien kommt Bernt nicht wieder. »Der wohnt doch in Westberlin, sein Vater ist jetzt beim RIAS«, sagt Monika Mundt. Ihre Mutter ist beim Berliner Rundfunk, Berlin-Schöneweide, Nalepastraße 18 bis 50. Radio höre ich zu Hause viel. Die Sendungen im Radio, die einschüchternden Morgenandachten, in denen Herr Sperschneider die Gefahren für den Weltfrieden heraufbeschwört, der Landfilm mit seinen Wochenschauen und den Filmen über den Krieg, das Fach Gegenwartskunde erschrecken mich, besonders die Bemerkung, die meine Mutter macht: »Dein Vater hat gesagt, wenn viel über Frieden geredet wird, dann gibt es Krieg.« Das Brummen jedes Flugzeugmotors bedeutet für mich und auch für viele andere Kinder, die so alt sind wie ich, so etwas wie Krieg.

In Korea ist Krieg. Ich fürchte mich vor dem Krieg, vor Feuer und Bomben, vor der Atombombe. Ich träume, ich liege mit meiner Großmutter auf einem Bett unter einem offenen Fenster. Der Himmel ist groß und dunkel über uns. Es ist ganz still. Die Atombombe ist gefallen, und das Bett und das Fenster drehen sich unter dem Himmel nach unten. »Das ist das Ende«, sagt meine Großmutter, und wir sinken.

Weihnachtsmorgen. Ich bin zu Hause. Ich betrachte mit meinen kurzsichtigen Augen die fusslige Kante der Bettdecke im Gegenlicht, die eine große weite Schneelandschaft wird, und halte Reden an Stalin, an Wilhelm Pieck oder an Walter Ulbricht, wie sie es machen sollen, daß kein Krieg kommt. Man muß es doch nur richtig sagen, denke ich. Und ich quäle mich tagelang mit der Überlegung, ob ich für alle Menschen, für hundert Menschen, für zehn Menschen oder auch nur für das Überleben von einem Menschen sterben würde. Ich beschließe schließlich, für zehn Menschen dazu bereit zu sein, und dann denke ich, Leben abzählen, das gilt nicht.

Fünftes Kapitel

1

Unser Chor fährt zu den Weltfestspielen nach Berlin. Das Pionierlager ist in der Wuhlheide. Die Zelte stehen auf dem sandigen Boden des Kiefernwaldes. Es ist alles voller Staub. Ich gehöre eigentlich zu den Mädchen, die nicht eigen sind, wie man so sagt. Ich habe immer Probleme mit der Ordnung, der Sauberkeit und den Sachen, auf die ich nicht aufpassen kann. Meine Mutter hat mir, weil ich kein anderes haben wollte, ein silbernes Besteck von meinem Vater mitgegeben. Wahrscheinlich will ich damit angeben, mit dem Silber, mit meinem Vater, mit dem verschlungenen Monogramm. Es ist wie mit dem Radmantel, den kleinen bestickten chinesischen Mützchen und dem Kaschmirtuch. Das habe ich alles zum Angeben vor meinen Freundinnen von zu Hause weggenommen und dann verloren. Daß mir diese Wunderdinge auch jemand stehlen könnte, diese Idee kommt mir nie. Wir reiben unser Besteck, ohne es abzuwaschen, mit dem Sand im Walde sauber. Mein silbernes Besteck verliert sich im Sande.

Eines Tages kommt eine Rundfunkreporterin und möchte für den Kinderfunk etwas aufnehmen. Ich soll einem Jungen im Pionierlager erklären, wie man einen Knopf annäht. Der Junge ist ausgerechnet Peter Porstendörfer, mein Feind, der mich anläßlich einer jener

Morgenandachten, die ich so bereitwillig aufnahm, Hefe taufte. Ich erkläre ihm, wie man einen Knopf annäht. Ich nähe meine Knöpfe nicht an, aber ich weiß von meiner Großmutter, wie man es macht. Ich erkläre es gut. Die Reporterin ist sehr zufrieden. Ich bin im Radio!

Wir essen im Zeltlager an einem langen Holztisch, der zwischen die Kiefern gestellt ist. Es gibt Knäckebrot, Margarine, Kunsthonig, Schmelzkäse und Schlackwurst, manchmal gibt es Milchsuppe. Von der Milchsuppe in blechernen Näpfen muß ich mich übergeben. Ich ekle mich vor den Brettertoiletten, der Reihe der Löcher ohne Türen. Es riecht beißend nach Chlor und nach Durchfall. Ich bekomme keine Luft. Ich erfahre den Ausdruck Latrine von unserem Pionierleiter, er erklärt uns, daß man von einer Stange mitten im Wald einfach in einen ausgehobenen Graben hinter der Stange machen müsse, wenn man im Krieg sei oder im Lager. Ich bin fest überzeugt, daß ich dabei von der Stange in die Grube fallen würde. Der Chlorgeruch verbreitet sich über allem, er steht auch über dem Tisch, an dem wir essen.

Was wir nicht essen mögen, vergraben wir im Sand, Kekse, Milchsuppe, zerbröckeltes Brot, verklebte Dropse, Schmelzkäse, wir gießen auch saure Milch in den Sand. Bald riecht es nicht mehr nach Wald, sondern nur nach Chlor, nach Toilette und nach verdorbenem Essen. Ameisen finden auf der Suche nach weiteren Keksen den Weg in unser Zelt und in unsere Kleider. Zwischen den Kiefern sind tönerne braune Rinnen errichtet mit langen Reihen von Wasserhähnen, dort waschen wir uns und putzen unter dem laufenden Wasserstrahl über die Tonrinne gebeugt unsere Zähne.

»Schnell, schnell, antreten, antreten! Touristenreihe, und links, zwei, drei.« Jeden Tag haben wir weite Wege, Auftritte und Festumzüge. Unsere Russenkittel mußten wir gegen die Pionierkleidung eintauschen. Wir tragen neue, schweinslederne Halbschuhe und haben Blasen an den Füßen. Jeden Tag bekommen wir zwei Rollen bunte Drops. Mein Mund ist davon entzündet, die Zähne tun weh. Alles im Lager ist voller grauem Mahlsand mit Kiefernnadeln durchmischt. Ich beginne, diese Art Waldboden zu hassen, kein Vergleich mit den Moosbänken, den dicken Nadelteppichen unter hohen Fichten zu Hause.

2

Außer den schwarzen Schlackewegen zur S-Bahn, zur Sanitätsbaracke und zur Lagerleitung gibt es noch die roten Splittwege, die führen in das uns verbotene internationale Pionierlager und zum Badesee, der uns sehr gefällt. Wir können die Pioniere aus dem Ausland am Badesee treffen. Wir treffen finnische Pioniere. Sprechen ist nicht möglich, nur Halstücher können wir tauschen, sie haben graue mit roten Streifen. Die französischen Pionieren, hinter denen wir am meisten her sind, wollen ihre Halstücher nicht tauschen, sie haben dunkelblaue mit dunkelroten Streifen. Die meisten Pioniere kommen wie wir aus dem sozialistischen Lager.

Zur Großkundgebung im Stadion sitze ich mit allen anderen in der prallen Sonne mit trockenem Mund, schmerzenden Zähnen, mit brennenden Füßen in harten Schuhen. Nach der Ansprache und dem Schauturnen, bei dem Fahnen oder Buchstaben aus Kindern in verschiedenfarbigen Trikots gebildet werden, stehen wir auf und schreien begeistert hinüber zu den Pionieren aus den anderen Ländern, und die schreien zu uns herüber »Stalin, Bierut, Gottwald, Pieck«, bis wir heiser sind. Die gemalten Köpfe der Staatenlenker der Sowjetunion, Polens, der Tschechoslowakei und der DDR schwanken überall im Stadion an hölzernen Trageleisten. Sie sind unter uns. »Stalin, Bierut, Gottwald, Pieck.«

Eine sehr kleine chinesische Pionierin grüßt uns mit einer sehr hohen Stimme von den chinesischen Pionieren. Ich weine fast, so lieb habe ich die kleine Chinesin. Ich rufe ihr zu »Freundschaft, Druschba, Freundschaft!« und winke mit meinem bedruckten Weltjugend-Tuch, bis ich nicht mehr kann. Dann singen wir: »Jugend aller Nationen, uns vereint gleicher Sinn, gleicher Mut ...« Das Lied ist schwierig, man muß sehr hoch und dann wieder tief singen können. Die meisten Kinder finden die für ihre Stimmlage geeignete Oktave nicht, es klingt falsch.

»Die Kundgebung ist beendet«, schallt es durch das Mikrophon. Glühend und aufgeregt von der eben empfundenen Zugehörigkeit zu einer riesigen, für den Frieden der Welt kämpfenden Menschheit, rennen wir aus dem Stadion den französischen Pionieren hinterher, wir müssen sie erreichen, bevor sie in ihr abgesperrtes Lager gelangen. Wir fangen sie uns einzeln und wollen ein Unterpfand ihres Bündnisses mit uns, mit denen aus dem sozialistischen Lager, ein Autogramm, eine Adresse, ein Abzeichen oder Halstuch, eine Umarmung, einen Kuß, irgend etwas von der Welt da draußen, aus der sie zu uns gekommen sind. Aber sie fliehen und schimpfen mit uns auf französisch, und ihre Lehrerin schimpft noch mehr.

In einem Gepäcknetz aus braunen Strippen und auf harten Eisenstäben fahre ich viele Stunden nach Hause. Meine Mutter holt mich vom Bahnhof ab. Sie fragt nach Berlin. Von Berlin weiß ich nichts. Den silbernen Löffel von meinem Vater hab ich verloren.

3

An einem Abend im November 1952, er ist sehr feucht und dunkel, sitze ich im Aufenthaltsraum des Internats am Fenster Manfred Dölling gegenüber und bilde mir ein, Schach zu spielen. Manfred ist ein freundlicher Junge, klein mit dichtem braunen Haar. Ich achte ihn, denn er kann drei Dinge sehr gut. Er kann Cello, Mathematik und Schach. Er spricht wenig und lächelt sehr vorsichtig. In den langen Pausen des Spieles blicke ich in die schwarzen Scheiben und betrachte mich. Sonst können die Mädchen nicht Schach, und ich kann es eigentlich auch nicht, aber das will ich nicht zugeben.

Ich verwirre die Jungen, die sich bereit finden, gegen mich zu spielen, mit meinen völlig ungewöhnlichen und jeder Erfahrung zuwiderlaufenden Zügen.

Ich kann mich damit lange verteidigen, gewinnen kann ich nie.

Jemand ruft ins Zimmer, ich soll auf den Hof kommen, meine Mutter sei draußen. Im Dunkeln steht sie neben ihrem altmodischen Fahrrad und sagt leise: »Der Friede ist gestorben, komm mit.« Ich hole meinen Mantel, wir gehn.

Die Straße führt steil abwärts, in den Schlaglöchern blinken die Wasserlachen. Der Schein einer im Winde schaukelnden Straßenlampe fällt ab und zu hinein. Unsere Schritte sind lang, sie hallen in der Stille, besonders wenn wir an den Häusern der Dörfer vorbeikommen. Wir sind ganz allein. Die Kniegelenke werden gestaucht, denn wir sehen nicht, wie weit es beim nächsten Schritt nach unten geht. Ich schiebe das Rad manchmal, das ist das einzige, was ich jetzt für meine Mutter tun kann. Wir sagen nichts. Ich habe bei der Russenkaserne keine Angst, obwohl es Nacht ist, mein Großvater ist doch gestorben.

Wir treten in die überheizte Stube meiner Großmutter. Es riecht seltsam nach Gas. Sie hat kein Licht gemacht und steht am Ofen im Nachthemd, barfuß im Dunkeln. Sie schwankt, ein heller weicher Fleck, hin und her, sie stößt sich mit den Händen von den heißen Kacheln ab. Auch in die Stube fällt nur das Licht der Straßenlaternen. »Sie haben ihn abgeschoben, das hat er nicht vertragen«, erzählt meine Großmutter, »in ein kleines Büro mit einem winzigen Gehalt, jetzt, wo er ihnen die Dreckarbeit gemacht hat, sind junge Genossen gekommen, andre, die man gar nicht kennt, solche mit -ki!« Ich sehe sie murmeln und kopfschüttelnd sagen: »Bardei neuen Dybus, demokratischer Zentroalismus!« Meine Mutter wirft sich laut aufheulend auf ihr Bett nebenan in der Kammer. Ich sehe ihre Schultern zucken und versuche sie zu streicheln. »Geh weg!« Das ist etwas, was sie nie sonst zu mir sagt.

Meine Großmutter spricht leise vor sich hin: »Wie er noch gelebt hat, da hab ich so viel geheult, ich kann jetzt nich heulen, meine Augen sind trocken und brennen, ich kann nich mehr.« Sie bleibt wach. Ich blicke noch eine Weile stumm auf die Tür, hinter der mein Großvater tot liegt. Aber ich öffne sie nicht. Am nächsten Morgen ist die Tür weit geöffnet. Der Sarg soll geholt werden. Ich zögere, durch die Tür zu gehen, meine Mutter hält mich an den Schultern zurück. Ich sehe nur die Nase des Toten und eine Hand. Hauptsächlich sieht man Herbstastern. Sie riechen genau wie Erde. Meine Großmutter hat alle Herbstastern in ihrem Garten abgeschnitten, weiße und die mit den kleinen violetten Blüten. Aber am meisten sind es dunkelrote, es sind so viele dunkelrote, wie ich nie geglaubt hätte, daß meine Großmutter so viele in ihrem Garten hat.

Als der Sarg die steinerne Treppe hinuntergetragen wird, sieht das sehr schwer aus. Die Eisenbeschläge der plumpen Arbeitsschuhe der Männer bleiben an den hochstehenden Metallschienen der Stufen hängen. Eng ist der Gang neben den Bretterwänden bei den Außentoiletten. Es ist schwierig, auf den Treppenabsätzen zu wenden, und die Kanten des Sarges stoßen tiefe Rillen in den krümeligen Putz der Wände. Die ganze Familie schiebt sich, die Arme voller Astern, vor und hinter den ächzenden Männern mit hinunter. Auf dem letzten Stück steinerner Treppe im Hausflur, hoch über den Kellerstufen ragt ein Teil des Sarges weit über das Geländer, da rutscht er einem der vier Männer aus den Händen und kippt fast vorneüber. Lotte greift schnell zu und stemmt ihre Schulter dagegen. Ihre Astern fallen hinunter auf die untersten Stufen vor der Kellertür. Ich hole sie herauf. Meine Tante bricht in ein hemmungsloses Schluchzen aus und wirft die Hände vor ihr nasses, dickes Gesicht. »Der Friede, der Friede!« jammert sie und hört nicht auf.

Ich weine erst und ohne einen Laut, als der Sarg mit Musikbegleitung in der Versenkung verschwindet, die im Krematorium auf dem Friedhof, in dessen »Feierhalle« wir sitzen, eingebaut ist. Dieses Versenken finde ich schrecklich. Der Saal ist voll, sehr viele Menschen sind gekommen, es riecht dumpf nach nassen Kleidern, nach Erde und nach den dunkelroten Herbstastern, mit denen der ganze Sarg zugedeckt ist, am meisten aber riecht es nach Gas. Ein Männerchor singt »Ein Sohn des Volkes wollt' er sein und bleieieiben«, und meine Großmutter geht mit mir zu dem dicken Glas eines Guckloches, durch das man rotglühend etwas brennen sieht.

Ich bin dabei, als die Erwachsenen nach dem Begräbnis sich laut am Stubentisch das Wichtigste erzählen. Das Wichtigste ist, als mein Großvater gestorben ist, saß Tante Lotte an seinem Bett, und seine letzen Worte waren: »Alles Scheiße.« Sein jüngster Sohn Gustav sagt, er habe damit nur sich selber und seine Schmerzen im Bein gemeint. Meine Tante Lotte aber sagt, er habe die Partei neuen Typus und alles so was damit gemeint.

4

Klaus Dieter Blödtner gehört nicht so recht an die Schule. Er singt nicht mit im Chor und spielt auch nicht mit im Kindersinfonieorchester. Er trägt nie die vorgeschriebene Kleidung, weder den Russenkittel noch später das weiße Hemd mit dem gestickten Abzeichen JP und den drei Flammen darüber. Sein sehr helles, verwaschenes Pioniertuch dreht er zu einem so schmalen Strick zusammen, daß es unter dem Kragen des karierten Hemdes verschwindet. Die Zipfel bedeckt ein ärmelloser Pullover oder der breite Steg seiner Lederhose mit dem Edelweiß drauf. Er hat einen dicken Hintern. Das fällt auf, weil die Spitze, die eine Lederhosennaht hinten bildet, bei ihm besonders hervorsticht und beim Laufen immer hin und her wackelt. Sportlich ist er nicht. Die meisten Kinder können ihn nicht leiden. Ich hole mir Bücher aus der Internatsbibliothek. Klaus Dieter auch.

Sonntags empfängt er manchmal seine Mutter, die duftend in Kostüm und Hut aus dem Taxi steigt. Klaus Dieter trägt an diesen Sonntagen ein Jackett über der Lederhose. Ein Seidentuch steckt in der Brusttasche, sein Scheitel ist sehr hoch und sehr gerade gezogen. Er hakt seine Mutter unter und geht mit ihr spazieren. Den Spott der Kinder erträgt er mit Ruhe. Sie nennen ihn den dicken Blödtner aus Albersdorf, Kreis Stadtroda, und dann müssen sie lachen. Er wohnt wirklich in Albersdorf, und in Stadtroda ist ein bekanntes Irrenhaus. Er macht sich nichts daraus. Nur wenn es zu Sachbeschädigungen an seinem Eigentum kommt, erfaßt ihn die Wut. Er tobt zuerst hilflos, um danach so lange mit seiner immer gleichen, etwas gepreßten Stimme zu quengeln »Du hast mir einen Tintenfleck auf mein bestes Hemd gemacht«, bis es zu einer Wiedergutmachung, einer Entschädigung kommt. Ein Kuchenstück besänftigt ihn oder eine Wurstscheibe vom Abendbrot.

Klaus Dieter besitzt einen schwarzen Füllhalter, der eine Iridiumfeder hat. Er schreibt sauber und richtig in Hefte mit festen dunkelblauen Umschlägen. Das Papier ist glatter und weißer als das unserer Hefte. Es kann vorkommen, daß bei mir der Füller kleckst oder die abgeschriebene Feder das dünne Papier aufreißt. Auf den grauen Umschlägen meiner Hefte gibt es vorne und hinten graubraune Fotos von der Bodenreform oder von der Maxhütte. Mein Radiergummi ist hart und hinterläßt schmutzige Schleier. Klaus Dieters Radiergummi radiert weich und spurenlos. Alle seine neuen Stifte riechen gut. Sein Anspitzer ist scharf, schwer und aus Metall. Er verborgt nie etwas. Klaus Dieter schreibt jede Woche einen langen Brief an seinen Vater in Aachen.

Am schönsten ist es im Internat, wenn aus den Fenstern des Oberhauses und des Unterhauses und des Schulhauses überall Musik kommt von den übenden Kindern.

Nicht so schön ist es, wenn wir antreten müssen, klassenweise, Strafantreten vor der Tür des Oberhauses, bevor es in den Speisesaal geht. Warten, oben steht der Direktor oder ein diensthabender Lehrer und bellt. Manchmal ist es auch kalt oder windig da. Ich weiß nie, worum es geht, ich gehöre nicht zu den Ungehorsamen, aber ich gehöre auch nicht zu denen, die ihre Ohren spitzen und auf Gerüchte horchen und die Welt der Erwachsenen schon zu durchschauen scheinen. Ich fühle mich immer mit daran schuld, daß es nun so ungemütlich geworden ist, aber so ein höhnisches Gesicht wie Armin oder Klaus Dieter kann ich dazu nicht machen. Die Befehle zum Antreten sind mir nur einfach zuwider. Antreten müssen wir öfter als vorher, seit Rudolf weg ist, und auch Vati Sperschneider und Mutti Sperschneider sind weg. Wir haben einen neuen Direktor bekommen, Herrn Holz.

Am meisten tut es mir leid um Rudolf. Der neue Musiklehrer, Herr Kalauka, braucht kein Sinfonieorchester mehr. Er läßt die Neuen aus der fünften Klasse nicht in Violine, Cello oder Klarinette ausbilden von Musikern aus dem Theater, die aus der Stadt heraufgeholt werden. Nein, er schickt sie hinunter zum Akkordeon- und Mandolinenunterricht. Mir gefällt das gar nicht, obwohl er mich ins Orchester nimmt, ans Klavier, wo ich zu bestimmten Liedern ein paar Akkorde anschlagen muß. Manchmal ist das Klavier auch ein Flügel, dann bilde ich mir einen Augenblick etwas darauf ein, an einem Flügel auf einer Bühne zu sitzen. Aber das Aufpassen auf den Einsatz und die großen Griffe der Akkorde machen mich ganz wuschig. Ich beginne zu pfuschen, würde meine Klavierlehrerin sagen, aber der Herr Kalauka nimmt es nicht so genau, wenn ein Ton aus dem Akkord fehlt. All unser Musizieren wird zu hart und zu laut und zu lustig, so wie das neue Lied, das wir lernen »Guten Morgen, du glücklicher junger Kapitän« mit Volkstanz, eingeübt von Frau Holz. Sehnsüchtig denke ich an Rudolf zurück, an sein ernstes volles Gesicht, wenn er etwas dirigiert hat, immer etwas, das man nicht ganz verstanden hat und das doch so schön war: »Tochter Zion« oder »... nun gehn wir, wo der Dudelsack, der Dudeldudeldudeldudelsack in unsrer Schenke brummt« oder »Verstohlen geht der Mond auf, blau blau Blümelein«.

Eines Morgens müssen wir wieder einmal antreten, wir werden in Zweierreihen bedeutungsvoll aus dem Speisesaal hinausgeführt und müssen uns aufstellen.

Josef Wissarionowitsch Stalin ist gestorben. Niemand darf sprechen. Dann setzt sich der Zug in Bewegung. Er führt durch den gekachelten unteren Flur des Oberhauses, vorbei an den stinkenden Jungentoiletten, vorbei an der Kellertreppe und ihren Gerüchen nach fauligen, erfrorenen Kartoffeln, über den kalten Hof, auf dem der Kohlengrus im Märzwind wirbelt. Schweigend gehen wir die wenigen Meter zum Schulhaus in strenger Prozession, durch die Glastür, die Vortreppe hinauf nach rechts zum Pionierzimmer. Hier, gelehnt an das gelbliche Ölpaneel schluchzt Klaus Dieter Blödtner vor Lachen. Er prustet und beruhigt sich nicht, bis ihn Herr Bösenberg, der Physiklehrer, zornrot aus der Reihe zieht. Auch Peter Porstendörfer und Horst Pieper grinsen, aber das merkt keiner. Ich werde weitergeschoben und komme vor den »Gedenkraum«. Die Fenster sind verdunkelt. Schwarze Schreibtischlampen stehen auf dem Fußboden und beleuchten ein Foto. Das väterliche Gesicht mit dem Schnauzbart ist mir vertraut. Schwarzer Stoff ist über Schultische drapiert. Rechts und links stehen zwei Kinder in Pionierkleidung und halten Ehrenwache.

Am nächsten Tag werde ich ins Direktorenzimmer gerufen. Drei Herren sitzen mir gegenüber, in tiefe Sessel versunken, so daß ihre spitzen Knie in die Luft ragen.

Ich soll über Klaus Dieter Blödtner etwas sagen. Es reden aber nur die drei Herren.

Ich heule. Ich höre gar nicht wieder auf zu heulen. Ich fühle mich immer mehr daran schuld, daß Klaus Dieter gelacht hatte, je mehr die reden.

Das Internat gründete Friedrich Fröbel. Am Unterhaus ist eine Tafel für Friedrich Fröbel angebracht. Das Gelände des Internates ist seit Friedrich Fröbels Zeiten vergrößert worden. Irgendwann ist auch das alte Pfarrhaus unten in der Nähe des Tores dazugekommen, das rote Haus. Es heißt so wegen seines rötlichen Anstrichs. Das rote Haus steht links unten neben der Einfahrt, im Schatten einer riesigen Blutbuche. Um den Stamm herum wächst nur dünnes Gras, es gibt zwei, drei verkümmerte Büsche. Die winzige Anlage hieß zu Rudolfs Zeiten »Johann Sebastian Bach Platz«. Der neue Musiklehrer findet das falsch, so wie er auch falsch findet, ein Kindersinfonieorchester zu bilden. Deshalb hat die Anlage den Namen »Platz der Freundschaft« bekommen.

An der Blutbuche auf dem Platz der Freundschaft küsse ich meine neue Freundin auf den Mund, obwohl sie einen unangenehmen Mundgeruch hat. Wir stechen uns gegenseitig in die Finger und lecken uns das Blut ab, ewige Blutsfreundinnenschaft. Dabei heißt das Mädchen Ursula, und ich kann diesen Namen eigentlich nicht leiden.

Neben dem roten Haus ist die Waschküche. Jedes Jahr wird vor der Tür der Waschküche das Internatsschwein geschlachtet. Es quiekt, der Schlächter betäubt es mit der Bolzenpistole, sticht es ab, schneidet es auf und hängt es dann einen Tag lang unter unserem Fenster neben der Waschküchentür zum Ausbluten. Wir sehen mit Schaudern zu.

Zu ebener Erde im Roten Haus befindet sich der Aufenthaltsraum unserer Gruppe. Dort gibt es auch ein verstimmtes Klavier. Der Raum ist kalt, niedrig und dunkel. Wir sitzen auf Stühlen an den Wänden. Klaus Dieter Blödtner steht in der Mitte. Helga Hartmann verliest das Urteil. Sie hat eine dünne Stimme und eine harte Aussprache mit einem rollenden R. Ihre dunklen Augenbrauen auf der kantigen Stirn ziehen sich zusammen, ihre Zöpfe sind sehr straff geflochten. Dann komme ich dran, ich bin die Gruppenratsvorsitzende. Ich trete in den Kreis, fasse Klaus Dieter an seinen dicken Hals und ziehe das zerknüllte Halstuch unter dem Hemdkragen hervor. Natürlich heule ich. Den Knoten bekomme ich nicht auf. Er hilft mir.

Im April wird verkündet: Klaus Dieter darf nicht zur Oberschule. Im Mai schenkt er mir manchmal weiße oder rote Rosenblüten, sogar Kuchenstücke oder aus Büchern abgeschriebene Gedichte. Zu den Abschlußprüfungen lernen wir zusammen. Wir liegen im Park auf einer Decke neben den Pfingstrosen und fragen uns die Erdzeitalter und den Blutkreislauf ab.

5

An einem Sonntag im Juni darf niemand nach Hause fahren. Ich frage gar nicht, warum. Es gibt oft irgendwelche Verbote. Alle Bauernsöhne aus dem Saaletal müssen gegen ihren Willen dableiben, und sie murren. Im Hof und im Garten blüht und duftet es scharf nach Jasmin, an jeder Ecke steht Jasmin. Um den Brunnen blühen die Linden. Das Lied, das extra für das Internat erfunden wurde, beginnt mit: »Und wieder blühen die Linden.« Ich finde es blöd, so tralala. Aber immer, wenn ich an den blühenden Linden, den überall wachsenden weißen oder roten Heckenrosen, dem Flieder oder dem Jasmin vorbeikomme, tauche ich meine Nase hinein oder rupfe etwas ab, esse die weichen Lindenblüten, oder ich ziehe das winzige süße Tröpfchen aus den Blütenhälschen des Flieders.

An diesem Sonntag im Juni stehe ich nachdenklich vor dem Jasminstrauch neben der Turnhalle. Die anderen sind auf der Freundschaftshütte, das ist eine Holzlaube oben im Wald. Irgendwoher haben sie sich den Schlüssel besorgt. Das ganze Internat ist still, als ob niemand da wäre, nur ich, auch keine Lehrer. Irgendwo übt einer Akkordeon, Akkordeon kann ich nicht leiden wegen Kalauka. Ich spanne die dünnen Jasminblätter über den Lippen und versuche den hohen Ton zu erzeugen, den die Jungen damit machen. Ich kann es nicht. Warum bin ich nicht mitgegangen mit den andern aus der achten Klasse? Klaus Dieter ist auch nicht mit. Wo ist er? Eigentlich warte ich auf ihn, wir könnten uns in den Garten auf die Decke neben die Pfingstrosen legen und lesen. Aber er kommt nicht runter. Ich setze mich auf eine Bank und lese, aber das ist mir zu einsam, und dann gehe ich in das Zimmer und lege mich aufs Bett und halte einen alten Spiegel dicht über mein Gesicht ohne Brille. So im Liegen finde ich mein Gesicht schön.

Am anderen Morgen bricht ein Strafgericht über alle die herein, die in die Hütte gegangen sind. Sie haben dort geraucht. Feuergefahr! Rauchen, so fängt es an, der Einfluß des Klassenfeindes, Bedrohung des Weltfriedens.

Ich bin ganz eingeschüchtert und blicke zu Boden. Es ist nicht mein Verdienst, daß ich nicht geraucht habe. Sie haben mich nicht mitgenommen. Ich würde auch nicht heimlich rauchen. Ich würde lieber mit Klaus Dieter Blödtner, dem Außenseiter und Klassenfeind, ein bißchen reden und spazierengehn. Alle waren dabei, das schöne Dixlein, Helga Hartmann, die Freundschaftsratsvorsitzende, und meine neue Freundin Ursula, alle, nur ich nicht. Ich werde vom Direktor gelobt, weil ich nicht dabei war und einen guten Standpunkt habe, weil ich mich nicht, als gerade der Klassenfeind angreift, habe zum Rauchen verführen lassen. Klaus Dieter wird nicht extra gelobt, der ist kein Pionier mehr.

Ich erfahre nur ganz undeutlich etwas von diesem 17. Juni, hinterher, als ich wieder zu Hause bin. Die Russen in der Stadt waren mit den Panzern aus der Kasernen herausgefahren. Meine Großmutter macht sich Sorgen. Onkel Gustav soll sich betrunken haben und vor den Fenstern seiner Freundin krakeelt haben, weil die plötzlich von dem roten Parteisekretär nichts mehr wissen wollte. Die Polizei hat ihn eingefangen, und er bekommt ein Parteiverfahren, aber mehr wegen der Freundin. Seine Frau, meine schöne Tante Lene, bleibt ganz ruhig. Sie hat vier Kinder. Parteiverfahren, so ein Quatsch. Aber das Geld wird knapper, wenn er wieder zur Schicht muß. Sie will als Verkäuferin gehn in den Konsum. Bis sie den Kindergartenplatz hat, soll die Kleinste bei uns bleiben. Sie heißt Natascha, denn mein Onkel Gustav ist in Rußland gewesen und kann die Russen eigentlich gut leiden. Meine Großmutter nickt, sie nimmt das Kind, sie kann die Lene gut leiden. Wenn ich zu Hause bin, kümmere ich mich um das Kind, ich trage es herum, ich küsse es auf die Wange. Die Wange ist rund, kühl und elastisch. Und oben auf den Haaren ist das Kind warm, da riecht es ein bißchen wie verbrannt, wie wenn man frische Wäsche bügelt.

6

Ich bin noch im Internat, am Ende der achten Klasse. Die anderen Mädchen in meiner Klasse haben fast alle ihre Tage, und ihre Brüste dehnen die handgestrickten Pullover mit den bunten Streifen aus aufgetrennter Wolle, so daß die Bündchen über die Taille hochrutschen und man das dicke rosa oder himmelblaue Makohemd vorblitzen sieht. Der gewölbte Raum unter der Kostümjacke, die mir meine Cousine vererbt hat, ist leer. In der Jacke und mit der Brille, die ich nun dauernd aufsetzen muß, bekomme ich etwas Militärisches, so wie eine Kommissarin. Wir singen »Für den Frieden der Welt«, ich fühle mich immer mitverantwortlich. Ich denke an Makarenko und mache ständig ein sehr ernstes Gesicht. Sie wählen mich deshalb zur Gruppenratsvorsitzenden.

Als Gruppenratsvorsitzende bekomme ich einen Balken auf meine Pionierbluse. Zusammen mit den anderen Mädchen fange ich an, die Pionierkleidung selber zu waschen und zu bügeln. Die alten blauen Tücher aus Zellwolle knittern sehr und bleichen aus. Wir bekommen neue, die glänzen seidig. Sie werden beim Bügeln rötlich. Das Rötliche geht weg, wenn sie wieder kalt werden. Wir stehen oft im Bügelraum wegen der Pioniertücher und wegen der weißen Blusen, die man dauernd waschen muß. Die dicken Röcke bürsten wir feucht aus und bügeln die tiefen Kellerfalten. Die Waschfrauen haben auch ihre Kinder im Internat. Frau Blank hat einen rothaarigen Sohn, der Trompete spielt, und Frau Mielke hat einen ganz dünnen, sehr blassen Jungen, der immer irgendwo sitzt und liest. Die beiden kommen in die Plättstube hinauf und bringen Sachen von den anderen Jungen mit, die bügeln dann die Plättfrauen, und sie singen mit uns »Es war das allerschönste Kind, das man in Polen findt«. Es riecht wie in Plättstuben nach leicht Versengtem.

Manche unserer Lehrer haben Ehefrauen. Die Ehefrauen wohnen mit im Internat oder in der Nähe des Internates im Dorf. Wir betrachten diese Frauen und was für Kleider sie tragen. Die Frau des Biologielehrers trägt ein ärmelloses Sommerkleid. Die zerrissenen und verwaschenen Ränder ihres Büstenhalters umrollt sie, rasch rechts und links unter ihre Arme greifend, mit dem Ärmelausschnitt. Wir sehen gebannt zu, wie weiße Fettwülste und dunkle Achselhaare hervorquellen. Die Frau unseres neuen Musiklehrers, Charlotte, trägt Blusen mit Schlipsen und Kostümjacken, streng, sie hat harte graublonde Locken. Kann Heinz Charlotte lieben?

Ich wohne am Ende der achten Klasse im besten Mädchenzimmer des Internates. Es ist das einzige Zweibettzimmer. Dort schläft Irene. Sie bekommt manchmal Weinkrämpfe. Irene hat, als das zweite Bett frei wurde, sich gewünscht, daß ich in ihr Zimmer ziehe. Mit Irene lehne ich mich jedesmal aus dem von Kletterrosen umwachsenen Fenster, wenn Rüdiger Lübscher, unser Erdkundelehrer, die Internatsglocke läutet. Wir rufen ein bißchen hin und her, Rüdiger, Irene und ich.

Einmal nachts kriecht Irene vor Kälte mit unter meine Decke, einen ganz kurzen Augenblick lang preßt sie ihren mageren Bauch an meinen, ich erschrecke sehr und schiebe sie von mir. Irene geht in ihr Bett. Es kommt nicht wieder vor. Wir sprechen nie darüber. Wir werden auch keine wirklichen Freundinnen. Irene ist ein Mädchen von der Sorte, wie ich sie nicht verstehe, mit Kichern, Geheimnissen und Beleidigtsein und mit diesem Haare-Zurückwerfen, wie damals May. Sie zeigt gar kein Interesse für Makarenko.

Manchmal sonntags und immer in den Ferien bin ich zu Hause. Das Zimmer meiner Mutter hat drei große Fenster, eins nach Norden, eins nach Westen, eins nach Nordwesten. Nachts scheinen die Straßenlaternen in die drei Fenster und werfen die Schatten der Fensterkeuze an die Zimmerdecke. Wir liegen im Dunkeln wach, und ich frage meine Mutter nach dem Kinderkriegen. Sie erklärt mir alles. Am genauesten erklärt sie mir das mit der Gebärmutter und dem weichen Mutterkuchen und wie der jedesmal, wenn man kein Kind bekommt, hinausgeräumt werden muß vom Körper. Das Wort Körper gebraucht sie gerne, um mir Eindruck zu machen, und das Wort Erzeuger gebraucht sie neuerdings für meinen Vater. Mit so einem Wort nimmt sie mir meinen Vater weg. Wieso Erzeuger, das ist eine Beleidigung für mich, es klingt nach ihren Akten aus dem Amt. Was die Männer mit dem Kinderkriegen zu tun haben, erklärt sie nicht genau, ich frage auch nicht weiter, das weiß ich ja schon von Gisela Heinowsky. Ich liege noch lange wach, zähle die Autoscheinwerfer, die an der Decke die Fensterkreuze wandern lassen, und höre plötzlich, wie meine Mutter in ihrem Bett stöhnt. Zuerst will ich sie fragen, was sie hat, aber dann bin ich still.

7

Ich will nicht in eines der Oberschulinternate, in die meine Mitschüler überwechseln. Die Internate haben seltsame Namen: Haubinda, Olbernhau, Schnepfental, Ohrdruff und Wickersdorf. Ich will nach Hause. Ich werde in der Stadt auf die Goethe-Oberschule in der Schillerstraße gehen. Im Juli schreibt Klaus Dieter mir eine Karte aus Aachen. Ich sehe in meinem Atlas nach. Aachen liegt sehr weit im Westen.

Als ich mit meinem grünen Pappkoffer das Internat verlasse, schenkt mir Armins Mutter zum Abschied eine Borte aus ihrem Nähzeug in den Farben von Litauen.

Armin geht nicht auf die Oberschule. Er beginnt eine Lehre in der Maxhütte. Eines Abends besucht er mich. Ich soll meine Großmutter fragen, ob sie ihn auf dem Sofa schlafen lasse, er habe den Zug verpaßt und müsse ganz früh los. Sie wundert sich, sagt aber nichts und bezieht ihm eine Decke. Seine rechte Hand ist schwärzlich und sieht seltsam aus, als ob der Mittelfinger fehlt. Wir sitzen ein bißchen am Tisch, meine Großmutter ist in der Küche. Da sagt Armin, er habe einen Unfall gehabt. Dann murmelt er etwas von einem Arbeiter, der in den Schmelzofen gefallen sei. Ich weiß nicht, ob das die Wahrheit ist, oder ob er mir nur so eine Geschichte auftischt, weil ich ihm so ahnungslos und blöde vorkomme, wie jemand, der zwar Gedichte aufsagen kann, aber einfach nichts weiß und nur so herumspinnt. Als ich in der Nacht zur Toilette muß, schleiche ich im Nachthemd dicht am Sofa, auf dem er liegt, vorbei. Am Morgen ist er weg. Ich sehe ihn nie wieder.

Sechstes Kapitel

1

Seit dem Tode meines Großvaters bin ich zu Hause bei meiner Großmutter und meiner Mutter so etwas wie eine Erbin. Für mich werden jetzt die größeren Fleischstücke abgeschnitten vom Sonntagsbraten. Ich muß die Post erledigen, die Zeitung hochholen, das Holz hacken und die Kohlen bestellen. Ich darf auf dem Stuhl am Tisch sitzen, wo früher immer mein Großvater saß, ein guter Platz. Man kann lesen und schreiben da, denn meine Großmutter ist es gewöhnt, beim Bohnenschippeln oder Zeitungenausbreiten diesen Platz immer ein wenig frei zu lassen. Das Licht kommt von links. Man kann das Radio anstellen, ohne aufzustehen. Ich stelle grundsätzlich, wenn ich zu Hause bin, das Radio ein: die »Aktuelle Ätherwelle«, »Was in der Welt geschieht, was man so hört und sieht«. Vorgelesenes gefällt mir sehr. Ich höre Mathilde Dannegger die »Atomstation« des Isländers Halldór Laxness vorlesen. Und ich höre Hörspiele.

Ich muß beim Radiohören auf keinen Rücksicht nehmen. Ich kann abends, wenn meine Großmutter und meine Mutter schon schlafen, in der Stube im Dunkeln stehn, die Radioröhren leuchten durch die perforierte Rückwand auf den Spiegel, der dahinter steht, eine geheimnisvolle rötliche Welt bildet sich. Ich wickele mir alte Gardinen und Bettücher um, behänge mich mit den Glasperlenketten meiner Großmutter und schaffe eine Art Sprechgesang zur Musik aus dem Radio. Ich bin dann Esmeralda und rufe nach Quasimodo, besser ein Quasimodo als schutzlos alleine sein. Oder ich bin Cleopatra und verlange nach Antonius. Das sind so ungefähr die Frauen, mit denen ich mich vergleiche, wenn ich meine dunklen Locken altmodisch in die Stirn kämme, mich mit Leichners Bühnenpuder betupfe und kurzsichtig in den Spiegel starre.

Ich bin eine Oberschülerin. Ich brauche ein eignes Zimmer. Nicht meine Mutter, sondern ich bekomme das ehemalige Arbeitszimmer meines Großvaters, in dem er gestorben ist. Da scheint vom Mittag bis zum Abend die Sonne hinein. Man kann den Himmel sehn bis zu den fernen Bergen. Unser Tal ist lieblich, Rokokowolken schwimmen in himmelblauen und rosa Farben darüber. Im Norden, wo das Schloß steht, ist das Blau am reinsten, ein wenig grün. Ich betrachte den Himmel oft.

Ich benutze Großvaters Schreibtisch. Da steht immer noch der leicht braungebrannte porzellanene Leninkopf drauf und die hölzernen, grob geschnitzten Bücherstützen-Eulen, die Geschenke seiner Kollegen. Ich sitze auf seinem Stuhl, der hat eine breite runde Lehne. Ich setze mich auf den Schreibtisch, auf die Stuhllehne, auf den Fußboden, ans Klavier. Ich lese im Bett bis tief in die Nacht. Keine Internatsglocke, niemand, der mich kontrolliert.

Im ererbten Bücherschrank meines Großvaters steht die Bibel neben Bebel, »Mein Kampf« neben dem Kommunistischen Manifest. Ich lese das alles nicht, auch nicht Lenin, der in dunkelblaues Kunstleder, oder Stalin, der in dunkelbraunes Kunstleder eingebunden ist, auch nicht die graugrüne »Geschichte der KPdSU«, in Klammern »B«, natürlich nicht.

Aber mein Großvater hat mir in diesem schmalen Bücherschrank etwas Wunderbares hinterlassen. Goethe, Schiller, Lessing, Chamisso, Dante, Heine, Homer und acht Bände Shakespeare! Die lese ich nach und nach alle acht.

In diesen Büchern stehen mit spitzer Feder und bräunlicher Tinte geschrieben Namen altehrwürdiger Bürger der Stadt, zum Beispiel Otto Habekuss. Solche Leute haben vor langer Zeit meinem Großvater, dem jungen Arbeiterfunktionär, ihre gesammelten Klassiker geschenkt.

Auch meine Großmutter hat ihrem Friede zeigen wollen, daß sie ihn liebt und versteht, und sie wollte ihm eine große Freude machen. Sie hat ihm ganz am Anfang ihrer Ehe aus dem Trödel einen antiquarischen illustrierten Shakespeare gekauft. Sie hat zwei Mark nicht für Brennholz oder Schuhebesohlen, sondern für etwas so Unnützes wie Shakespeares Dramen ausgegeben. Er war ihr nicht einmal dankbar. Aber ich, ich bin ihr dankbar. Ich lese Shakespeare mehr und lieber als alles andere. Den »Macbeth«, den die anderen in einem kleinen Reclamheftchen lesen müssen, würde ich so nie verstehen. Ich brauche diese alte Schrift, die Vignetten, das am Rand gelbliche, glatte Papier, das richtige Gewicht meines Shakespeare, die von der Radiernadel rundgedrechselten Arme des Banquo, die flatternden Haare der kräftigen Hexen, die weiße Lady, wie sie das Blut von der Hand reibt. Ich zeichne die

Illustrationen zu Shakespeare ab. Dann zeichne ich die Reproduktionen nach Rembrandts Radierungen ab, die ich mir aus der Bibliothek ausgeliehen habe. Bald kann ich besser als alle meine Mitschüler in der Klasse zeichnen.

Das Klavier bleibt jetzt oft unberührt und geschlossen. Man sieht es an dem Staub auf dem Deckel. Meine Mutter fährt mit dem Zeigefinger durch den Staub und ist traurig. Wenn das erst die alte Frau wüßte, die immer gesagt hat: »Ich hätte es nicht verkaufen sollen, es war so ein schönes Klavier.« Seit meine Klavierlehrerin nach München ging und Rudolf versetzt wurde, bin ich in der Musik nicht weitergekommen. Die Bachnoten liegen im Stapel ganz unten. Ich »klimpere« höchstens »Reich mir die Hand, mein Leben« in einem billigen »Satz für Klavier zu zwei Händen«. Das Cello, das mir die neue Musiklehrerin mitgegeben hat, schleppe ich heulend in die Schule zurück. Ich bin zu ungeschickt und zu groß. Das Cello sperrt und schmerzt zwischen meinen Knien. Der Cellolehrer hat herausgefunden, ich habe kein absolutes Gehör, wie soll ich die Saiten stimmen?

Ich werfe mich auf die Literatur und die Malerei. Ich versinke in Büchern und Bildern. Ich beginne zu schreiben, ein Theaterstück über Spartakus mit blauer Tinte in ein »Diarium«. Immer sagt meine Mutter zu den dickeren Heften, denen mit dem schwarzen Dekkel, Diarium. Sie hat das mit zwölf Jahren gelernt, als sie, um etwas zu verdienen, beim Schreibwarenhändler in der Vorwerksgasse saubergemacht hat.

Von dort holt sie noch immer ihre Diarien. Fast alle Läden in der Stadt sind klein, der aber ist winzig und so vollgestopft und zugehängt, daß mir Saubermachen unmöglich scheint. Der weißbärtige Papierhändler hat immer etwas Besonderes für mich und meine Mutter. Mit Sepia und Feder zeichne ich in ein Poesiealbum, das er für mich aus alten Beständen herausgekramt hat. Es hat Lederecken und einen regenbogenfarbenen Einband. Das glatte Papier bekommt schon vor Alter braune Flecken. Ich zeichne Köpfe von Cleopatra, von Spartakus oder von Shakespeare. Ich lese historische Romane. Howard Fast, Tralow, Feuchtwanger. Die Bibliothekarin sagt: »Mädchen, lies Hölderlin.« Ich weiß gar nicht, was sie will. Ich kenne Hölderlin nicht.

Meine Großmutter sieht das alles mit Sorge. »Sie geht eben nicht in die Burschen«, sagt sie, genau wie mein Großvater es einst über meine Mutter sagte, als sie Gedichte schrieb und ein Theaterstück für Kinder.

Mein Onkel Karl sieht mir beim Malen zu und sagt böse: »Das ist doch nur Flucht aus der Realität!« Ich sehe ihn erschrocken an, sage aber nichts. Als Junge hat er Geigenunterricht genommen, den er sich selber verdienen mußte. Er hat immer zur Gitarre gesungen. Er hat mir einst eine blaue Puppenwiege bemalt. Er hat aus meinem bunten Liederbuch den Winter abgezeichnet und sich in die Stube gehängt. Er hat eine riesige Raymonde Dien, wie sie sich auf die Schienen wirft und einen Waffentransport aufhält, auf unsere rote Hauswand gemalt. Und den Kindern in der Dorfschule Kolkwitz hat er das Blockflötenspiel beigebracht.

Wieso Flucht aus der Realität? Was hat er nur? Er hat Kummer. Er ist als junger Neulehrer gegen die Bevorzugung der russischen vor der deutschen Kultur in den Lehrerversammlungen aufgetreten. Da hat er ein Parteiverfahren bekommen. Er wurde als Lehrer entlassen. Er ist Wismutkumpel geworden und mürrisch. Er spielt nur noch wenig Gitarre. Seine Kinder, meine Cousins und ehemaligen Indianerverwandten, lernen nicht länger Blockflöte oder Gitarre und singen auch nicht mehr am Abend in der Wohnung unter uns. Sie werden auch mürrisch, besonders gegenüber Lehrern. Onkel Karl tut mir leid.

Meine Mutter hängt die Kohlezeichnung, die ich von einem Schillerbild abgezeichnet habe, über ihren Schreibtisch im Amt und gibt mir Geld für Ölfarben. Der Farbenhändler am Neumarkt hat noch Farben aus Friedenszeiten: »Cölinblau«, »Terra di Siena gebrannt«, »Venezianisch grüne Erde«, »Pariser Blau«, »Van Dyck Braun«, »Neapelgelb«, »Krapplack dunkel«, »Elfenbeinschwarz«, »Cremser Weiß«. Jede Farbe ist wie ein Wunder. Die kleinen Ölfläschchen duften. Über dem Laden hört man den Sohn des Farbenhändlers Klavier spielen, schnelle Läufe. Er will Pianist werden. Ich trete mit meinen Farben wieder hinaus und blinzle in den cölinblauen Himmel und freue mich, wenn ich zu Hause das kräftige Chromoxidgrün auf das Stullenbrett drücken kann, das ich als Palette benutze. Ich lehne die Abbildung aus dem Zigarettenalbum, »Der Stier« von Paulus Potter oder eines von den Mumienporträts von Fajum oder das Bild aus Pompeji, zu dem meine Mutter »Sappho« sagt, an die hölzernen Eulen und male das ab. Ich male mit Ölfarben auf die Rückpappen von Zeichenblöken, die ich mit einem Lappen voll Terpentin vorher einreibe, damit die Farben nicht einsinken. Ich lerne die Ölmalerei, wie ich Zeichnen gelernt habe, durch ungefähre Nachahmung. Und dann male ich auch die Natur ab, natürlich. Ich wandere einsam in den Hain und hocke mich auf ein Stühlchen und zeichne Steine und Bäume.

Ich öffne im Schloßhof die schwere hohe Tür, an der das Wort Galerie steht, und steige eine steile Stiege hinauf. Es riecht so intensiv nach altem Holz und alten Mauern, es ist der Geruch von den Balken der Turnhalle und der Turnhallenbühne im Internat und vom Dachboden meiner Kindheit. Ich taumele auf der Stiege vor Glück über den geliebten Geruch. Oben knarren die Dielen. Das Licht der hohen Nordfenster fällt auf eine Reihe riesiger alter Ölbilder. Das Gottesurteil am Grafen von Orlamünde, einem Vorfahren unserer Fürsten, kann ich da betrachten. Der Graf ist immer in braunen Pumphosen gemalt mit schwarzen Streifen. Daran erkenne ich ihn auf allen sechs Tafeln. Er soll mit dem Löwen kämpfen, sein Sohn kämpft für ihn, er hält dem Löwen eine rotgekleidete Strohpuppe vor und besiegt ihn. Der Graf wird vom Kaiser begnadigt. Ich kann die alte Schrift kaum entziffern, die dunkel auf dunklen Holzschildern steht.

Ich lehne am Fenster und lausche mit angehaltenem Atem, ob jemand kommt. Aber sooft ich auch heimlich hinaufsteige durch die schwere Tür, über die steilen Stufen zur Galerie, nie begegnet mir jemand. Ich kann den Grafen von Orlamünde lange betrachten und in vollen Zügen den Geruch einatmen, von dem ich mir nicht ganz erklären kann, wie er entsteht, der für mich aber viel mehr Leben bedeutet, als mein wirkliches Leben. Geschichte, das Leben all der Menschen vor mir riecht mir aus den Steinen und Hölzern entgegen.

Die Galerie liegt im Südflügel des Schlosses, der beim großen Brand verschont blieb und noch aus dem 16. Jahrhundert ist. Ich bilde mir ein, daß der Herzog Alba damals diese steilen Stufen hinaufstieg, gestiefelt und gespornt, als er die Fürstin Katharina besucht hat. Und die ließ dann die Türen versperrn, bis er den Bauern die requirierten Ochsen im Saaletal bezahlt hat. »Fürstenblut für Ochsenblut.« Ha!

Einmal träume ich sogar, der Geheimrat Goethe würde mir in einem so nach altem Holz und Mauerwerk riechenden, aber sehr dunklen Flur begegnen. Er geht ganz dicht an mir vorbei, fast bin ich größer als er, und er murmelt unwillig. Ich weiche ihm erschrokken und ungeschickt aus.

Ein Selbstporträt, das ich in alter Öltechnik male, aus dem Dunklen heraus, die hellen Töne modellierend, meine glotzenden braunen Augen mit den entsprechenden Glanzlichtern versehend, das läßt meine Mutter rahmen und schickt es nach dem Westen zu den Verwandten meines Vaters. Es macht ihnen einen tiefen Eindruck.

Und die, von denen ich bisher kaum wußte, daß es sie gibt, beginnen mir Päckchen zu schicken und Briefe zu schreiben, ich könne so wunderbar malen.

Langsam werde ich die Hauptperson in unserem kleinen Haushalt der drei Generationen Großmutter, Mutter und Kind. Ich, das Kind, bestimme, was gekocht wird, was für den Haushalt neu angeschafft wird, welches Radioprogramm läuft und welche Bilder an den Wänden hängen dürfen.

Meine Mutter hat, was sie kann, von meinem Vater gelernt, Hochdeutsch, Begriffe aus der Medizin, Politik, ein paar Gerichte, Spaghetti oder Huhn auf Reis. All das kann ich schon lange. Das lerne ich schon immer von ihr, alles, was mein Vater ihr beigebracht hat, sowieso. Ich sehe mir jetzt aber auch alles ab, was meine Großmutter kann: Thüringer Klöße, Hefeteig, Schwäß, Stricken, Kleider nähen, Schrägband, Säumen, Lochstickerei, Paspeln, Knopflöcher. Dazu kommen viele alte Bezeichnungen aus der Schneiderkunst: Batist, Molton, Georgette, Waal, Crepe, Köper, Barchent, Gabardine, Bleile, Indanthren, Biesen, Koller und Schößchen. Es gefällt mir sehr, darüber Bescheid zu wissen. Ich fasse Stoffe an im Kaufhaus und fühle sofort, ob es Wolle ist oder Zellwolle oder Baumwolle, Seide oder Kunstseide. Meine Mutter kann so etwas nicht, ich bin ihr darin überlegen. Ich beginne für mich selber zu nähen.

Was ich aber am meisten tue, ist Lesen. Ich lese abends im Bett. Ich lese, wenn ich aus der Schule komme, ich lese unter der Bank in der Schule, wenn es sich machen läßt. Auch meine Großmutter hat schon immer gelesen. Sie lieh sich früher für 20 Pfennige zerlesene Bücher aus der Buchbinderei Barth. Peter Rosegger, Ludwig Anzengruber, Marlitt. Seit mein Großvater gestorben ist, liest meine Großmutter noch mehr. Sie liest jetzt auch die Bücher, die ich für mich aus der Landesbibliothek hole: Lion Feuchtwanger oder Heinrich Mann. Auch die Russen werden bei uns gelesen.

Aber sie beschwert sich: »Man kann sich die Namen nicht merken.« Marfa Petrowna, Nikolaj Iwanowitsch, Pawel Michailowitsch, puh!

Außerdem verlangt meine Großmutter, daß ich sie jede Woche ins Kino begleite. Ich muß sie unterhaken und durch die dunklen Straßen der Stadt bis zum Kino führen. Wir bleiben vor erleuchteten Schaufenstern stehen und besprechen, ob das blaue Kleid oder der grüne Mantel schön sind und was gerade Mode ist. Ich bin viel größer als meine Großmutter und führe sie am Arm. Ich kann nicht richtig regelmäßig und stracks vor mich hin gehen. Jedesmal schimpft sie, was für einen schwankenden Gang ich habe.

Wenn ich mit meiner Großmutter über das Leben und die Verschiedenheit der Stoffe rede, sitzt sie dem Fenster gegenüber mit dem Rücken zur Küchentür. Sie wertet alle Qualitäten von Dingen danach, ob sie noch aus Friedenszeiten, also von vor 1914, sind oder nicht. »Das ist Indanthren, das ist noch Friedensware«, sagt sie, und sie meint damit, hergestellt vor dem Ersten Weltkrieg. Sie erinnert sich, und dann wandern ihre kleinen tiefblauen Augen über die Gardine suchend hin und her. Sie sagt, daß sie dabei schwarze Pünktchen wandern sieht. Auf ihren von roten und blauen Äderchen durchzogenen Augäpfeln spiegeln sich die Scheiben. Ihre warmen Hände mit den stumpfen Fingern ruhn, der rissige Daumen streicht raschelnd über das mit blauen Kreuzstichen geschmückte Tischtuch.

Schließlich verlangt sie den Schakeschpeaore. Sie spricht es nie richtig aus, und sie beginnt die Stücke zu lesen, alle acht Bände. Wie sie so mit mir redet, sagt sie, ihr Leben sei noch nie so schön gewesen wie jetzt. Sie ist doch alt und allein! Fehlt ihr der Friede denn nicht?

2

Unser Leben in der Wohnung in dem großen Mietshaus von 1907 spielt sich in Stube und Küche ab. Je nachdem, ob Winter ist oder Sommer, ob man sich streitet oder sich einig ist, ob starke Dünste von Kochwäsche stören oder der Duft guten Essens einen erfreut, ist die Tür zwischen Stube und Küche geschlossen oder geöffnet. Die Stube ist hell, und die Küche ist dunkel. Die Küche bekommt Licht durch die kleine Glastür zur Kammer, auch ein wenig durch das Fenster zum Lichtschacht und durch die Glasscheiben in der Tür zur Stube. Diese Scheiben sind aber mit einer Art gelblichem Leimmuster verklebt. Ich finde das Muster häßlich und kratze es allmählich mit meinen Fingernägeln ab, während ich darauf warte, meiner Großmutter den Rücken waschen zu müssen. Sie badet. Die Küchentür ist zu. Es darf nicht ziehen.

Ich habe die Badewanne hereingetragen. Die Wanne hat oben einen breiten Bogen, und unten ist sie sehr schmal. Die Form erinnert ein wenig an einen Sarg. Wir haben auf dem Gasherd Wasser erhitzt, es in die Wanne gegossen und mit kaltem Wasser aufgefüllt, dabei wird von dem, der schon in der Wanne sitzt, abwechselnd noch etwas warmes oder etwas kaltes Wasser verlangt. Meine Großmutter hat ihre weiten Schlüpfer, ihr großes Achselhemd und ihren baumwollnen Büstenhalter auf den Hocker gelegt. Sie ist nackt. Ihre Haut ist an allen Stellen des Körpers verschieden. Im Gesicht ist sie leicht gerötet, die Hände und Unterarme sind bräunlich und pergamenten. Die Rückseiten der Oberarme sind wabbelig grauweiß. Die Brüste und die Schenkel haben durchsichtige Haut mit blauen Adern. Der Bauch schiebt sich als ein beuliger Klumpen hoch. Seine Farbe ist mehr talkig, hellgelb. An den Beinen gibt es große braune Flecken von Verbrennungen, Stößen und Wunden. Auf dem runden Rücken ist die Haut am schönsten. Dort ist sie zart, weiß und weich. Ich rubbele meiner Großmutter den Rücken ab mit einem dicken Waschlappen aus einem alten Frottierhandtuch, den sie selber genäht hat. Wie ich hinaufkomme zu den beiden Sehnen ihres Halses und an die dünnen grauen Haare, die dort aufgesteckt sind, da muß ich schlucken.

Das Wasser in der Zinkwanne wird flockig vom Schaum der Kernseife. Ich betrachte meine Großmutter und denke daran, daß sie sterben wird.

Ich streiche immer wieder mit dem Lappen über den weißen, weichen Rücken. Sie zeigt mir, wie die Haut der Unterarme sich hochziehen läßt, und sagt, früher habe der Friede sie nicht kneifen können, so prall sei sie gewesen. Plötzlich betastet sie ein kleines Klümpchen in einer ihrer Brüste. »Guck, da hab ich immer die Holzscheite dagegengedrückt, beim Schleißenmachen mit dem Messer.« Ich erinnere mich, ich höre noch das seidige Reißen der schönen Schleißen, die sie für das Feuermachen schnitt.

Sie sagt: »Es ist größer geworden.« Ich erschrecke, aber dann vergesse ich das Klümpchen wieder.

3

Ich merke allmählich, wie viele von denen, die ich kenne, in den Westen gegangen sind. Meine Klavierlehrerin ist in den Westen gegangen. Klaus Dieter Blödtner ist in den Westen gegangen. Meine Kinderfreundin, die Tochter des Ofensetzers, ist in den Westen gegangen. Ursula, die ich im Internat einst unter der Blutbuche am Platz der Freundschaft auf den Mund geküßt habe, ist in den Westen gegangen. Der enteignete Schwiegersohn des Sägewerksbesitzers, der zur Untermiete bei meiner Tante wohnte, ist in den Westen gegangen. Auch jener strenge Lehrer, der mir eine gute englische Aussprache und die Grundzüge der deutschen Aufklärung beigebracht hat, ist in den Westen gegangen.

Meine Tante kommt heulend zu meiner Großmutter in die Stube. Wenn sie heult, ist sie eine völlig andere Frau. Nichts mehr mit hopp, hopp und dalli, dalli. Das dicke Gesicht ist so naß und verdrückt wie damals bei meines Großvaters Tod. Meine »fichelante« Tante wird nun auch in den Westen gehn. Sie hat ihren Walter geheiratet. Seit sie das Kind hat, arbeitet sie nicht mehr als Neulehrerin. Er will das so. Walter ist schon oft nach Westberlin gefahren. Aber diesmal ist er nicht wiedergekommen. Er wurde kontrolliert. Er hatte Ostgeld in einer Zahnpastatube. Wenn er nach Westberlin gefahren ist, dann hat Walter immer etwas eingekauft für Lotte, für seine Mutter, sogar ich bekomme weiße Wolle für eine Mütze. Wolle ist das Wichtigste, jedenfalls für meine Großmutter. In Westberlin hat er auch, damit die Produktion überhaupt weiterging, bei Siemens Wolfram für das kleine Röntgenröhrenwerk in unserer Stadt geholt. Jetzt ist er dortgeblieben. Er hat sich denen zur Verfügung gestellt, die hätten ihm sofort eine Arbeit in Kiel versprochen. Die Augen meiner Großmutter wandern unruhig über die Gardine.

»Da kann er doch ruhich wiederkomm', er hat sich doch weiter nischt zuschulden komm' lassen, die von der Phönix, die ham ihn doch selber hingeschickt mit den Gelde.«

»Nee, Modder, den ihre Gesetze sind ihm zu dehnbar«, sagt Lotte. Sie wird ihm nachfahren in den Westen. Meine Großmutter wischt sich die Augen. Es ist schlimm für sie. Gott sei Dank, der Friede erlebt es nicht mehr, daß seine Lotte den neuen Staat verläßt, an dem sie doch selber mitgebaut hat mit ihren geschickten Händen und ihrer Fixigkeit und Tatkraft. Die Lotte wird allen fehlen zu Hause, im Konsum, im Kreistag.

Als Lotte weg ist, beginnt meine Großmutter zum ersten Male in ihrem Leben, Briefe zu schreiben. Sie könne nicht schreiben, hat sie immer gesagt. Jede Unterschrift für die Kohlenkarten oder die Kartoffellieferung muß ich machen. Sie scheut sich sogar, ihren Namen zu schreiben. Aber nun nimmt sie sich dünne, gelbliche Durchschlagpapiere aus dem Schreibtisch und bedeckt mit dem Tintenstift das dünne Papier von vorn und hinten. Die Schreibweise der Worte gibt Rätsel auf, wie zum Beispiel »Bolezei« oder »Kondrolle«. Die kaum lesbare Schrift der einen Seite drückt sich zwischen den Zeichen auf der anderen Seite durch. Meine Großmutter versteckt diese Briefe vor allen.

Nur ich darf sie sehen und muß sie »einstecken«. Lotte freut sich darüber und studiert sie sorgfältig. Dann fährt meine Großmutter für zwei Monate zu ihrer Lotte auf Besuch in den Westen. Als sie zurückkommt, erzählt sie, sie habe auf dem Balkon gesessen, und vor ihren Augen sei ein Haus gebaut worden in einem Monat. So was, was die können im Westen!

Die Schwester meines Vaters schreibt mir und fragt, ob ich nicht in den Westen kommen wolle, sie würde meine Ausbildung bezahlen. Es interessiert mich nicht. Was soll ich da, mich »schurischeln« lassen, wie meine Großmutter sagt? Ich liebe doch meine Mutter, und ich bin ja auch verantwortlich für den Weltfrieden.

4

Meine Großmutter freut sich über jeden, der zu ihr kommt, sogar über den Kassierer, der ihren Parteibeitrag abholt, oder den Gasmann oder den Mann, der für die Feuerbestattung die Marken klebt. Nur die Leute, die hausieren oder betteln, weist sie ab. Das Wort Wohltätigkeit ist ihr ekelhaft. Sie hat selber als junge Frau nur zähneknirschend Wohltätigkeit empfangen von frömmelnden Damen, für die sie jedesmal die Stühle erst abwischen mußte, wenn die sich setzen wollten. Sie mußte sich dann der Enge und Armut in der kleinen Badergasse schämen, das wollte sie nicht.

Wir bekommen aber fast täglich Besuch von allen weiblichen Verwandten meiner Großmutter. Vielen von denen schenkt sie etwas. Sie verschenkt all mein Spielzeug und alle Sachen, die mir zu klein werden, Kleider und Blusen von sich oder von meiner Mutter an Schwestern, Schwägerinnen und Schwiegertöchter, Gemüse aus dem Garten an jeden, der es brauchen kann. Fast jeden Tag kommt ihre jüngste Tochter Marie, die nur ein paar Minuten weiter am Markt wohnt. Ihre Schwestern Anna und Martha kommen, die Schwiegertöchter und die Schwägerinnen und die Töchter der Schwestern und der Schwägerinnen kommen. Es gibt oft Kuchen, mitgebrachten, oder von mir extra beim Bäcker geholten, oder selbstgebackenen. Dann sitze ich mit am Tisch auf dem Platz meines Großvaters, den kein anderer beansprucht. Ich bin ganz und gar Zuhörer.

Ich werde ein bißchen bequem so am Kaffeetisch in der Stubenwärme. Aber ich erfahre die Geschichten der Familie von jetzt und von früher und von ganz früher. Und ich mache mir meinen Reim darauf, wie meine Großmutter sagen würde. Die Frauen erzählen etwas Spannendes von ganz früher.

Die Großmutter meines Großvaters ist eine Weißnäherin auf der Weißenburg gewesen. Ein adliger Herr hat sie dort verführt und geschwängert. Ich rechne zurück. Das muß so 1866 gewesen sein. Die Näherin wurde ausbezahlt und mit einem Schäfer verheiratet. Der Schäfer Frosch war ein Sonderling. Er hat das uneheliche Kind, »de kleene Rese«, also die Mutter meines Großvaters, mit auf die Schafweide genommen. Rese wurde ein wildes, blondlockiges Mädchen. Mit siebzehn Jahren heiratete sie den Freund des Schäfers, einen Steinsetzer. Der Steinsetzer war ein kluger, wunderlicher Mann, der nach jahrzehntelangen Wanderungen »bis nunter nach Idalschen« und »bis nauf nach Finnland« in die kleine Stadt gekommen ist und dann mit der Rese vom Schäfer am Steinweg wohnte. Steenwaach heißt es im Dialekt, es ist die ärmlichste, wackeligste Häuserzeile der Stadt, am Wüstebach hinterm »Kalten Frosch«, im Schattental unterhalb des Schlosses. Dort wurde der Friede geboren.

Als mein Großvater vierzehn war, starb sein Vater, und der Junge mußte für seine Mutter und seine kleine Schwester sorgen, bis ein Freund und Genosse, der bucklige Schriftsetzer Max, die junge Rese heiratete und die alte Rese mit in den Haushalt nahm. Da konnte Friede auch heiraten, meine Großmutter, seine Marie.

Friede war überall so beliebt, daß der Turnverein und der Gesangverein ihm die Hochzeit ausrichteten. Sie mieteten den Saal und kauften ein Faß Bier, und es waren alle Genossen da und alle Verwandten. Für den kleinen Bruder meiner Großmutter war es unverständlich, daß ihn seine große Schwester nicht wie immer zu Hause ins Bett brachte, und er hat das Ständchen des Gesangvereins »... dann hole ich dich« gesungen in seiner Version, herzerweichend schluchzend auf der Treppe vor ihrem Hause: »und nachar holl' ich mer dich ...«

Mein Großvater hat immer gut reden können und ist ein schöner Mann gewesen. Er hat nichts, aber auch gar nichts im Haushalt geholfen, obwohl Bebels »Die Frau und der Sozialismus« sein Lieblingsbuch war. Er hat »zwee linke Hände« gehabt, der Kommunist, der Friede, »der hat nur für andre, nie für seine Familie gesorgt«, so reden die Besucherinnen und meine Großmutter zusammen über früher.

Ich kann zuhören, alle still betrachten hinter meinen

Brillengläsern. Fragen darf ich nicht, dann werden sie mißtrauisch, es kommt ihnen dann so vor, als ob ich ihnen etwas wegnehmen will. Sie schicken mich weg. »Haste nischt ze dun?«

5

Ich fahre mit meinem Onkel Karl, meiner Tante und meinen beiden Cousins auf Fahrrädern nach Wüstenhofsmühle. Die Kinder meiner Großeltern wandern »die Saale nunter« lieber als »die Saale nauf«. Da gibt es für sie das Paradies, die Wüstenhofsmühle. Das Paradies liegt in der Gegend, in der das Nähmädchen von der Weißenburg zu Hause war und wo der Schäfer Frosch einst seine Schafe weidete. Mein Onkel Karl ist so ein Naturmensch und Sonderling wie der alte Schäfer und der alte Steinsetzer vom Steinweg, am liebsten läuft er durch den Wald und singt. In der Zeit der großen Arbeitslosigkeit hat er im Sommer mit seiner Luise dem Mühlenbauern beim Heuen geholfen für Milch und Brot. Und er durfte ein Zelt aufbauen auf dem Wall zwischen den beiden Mühlteichen.

Hinter den Sommerbergen, die man aus unserem Kammerfenster sieht, und hinter dann noch einer zweiten dunstig blauen Hügelkette verläuft die Straße im schmalen Tal über Langenschade nach Friedebach. Von einem Hof kann man den nächsten, der hinter der Straßenbiegung liegt, noch gar nicht sehn. Mein Onkel sagt zu mir: »Du mußt ganz regelmäßig die Pedale treten, ganz regel-mäßig.« Ich lerne es mit Eifer. Ich lerne beim Fahrradfahren, ausdauernd und regelmäßig zu sein. Beim Klavierspielen und Schnellaufen, beim Nähen und Stricken, beim Schreiben und Saubermachen, überall kann ich das nicht, regelmäßig sein, aber beim Fahrradfahren, das ist gut. Wir, meine beiden Cousins und ich, helfen das Heu auf dem Heuboden verteilen, das der Mühlenbauer Kurt mit seiner Gabel vom Wagen hebt. Wir jauchzen.

Das ist was, was ich immer schon machen wollte, ins Heu gehn. Der ältere der Jungen wirft sich auf mich, drückt mich tief ins duftende, stachelige Heu, daß ich fast keine Luft bekomme. Ich spüre, wie er seinen hart werdenden schmalen Schwanz auf meinen Schenkel preßt. Entsetzt fahre ich auf und renne weg. Ich gehe baden. Der Teich ist weich und schwarz. Dort, wo ihn die Sonne bescheint, wird er an der Oberfläche warm, wenn ich mein Bein tiefer eintauche ist er kalt. Ich lege mich auf den Rücken, den Kopf weit in den Nacken gebogen schwebe ich unbeweglich mitten im Teich, die kleinen Risse vom Heu in der Haut brennen.

Ich laufe um den Teich herum barfuß über die Fichtennadeln am Hang, über das kurze trockene Gras auf dem Wall. Dicht am Wasser folge ich dem Kuhpfad. Der warme Schlamm, in den die Kuhhufe tief eingesunken sind, quillt zwischen meinen Zehen hervor. Ich setze mich weg von den anderen und flechte Binsenzöpfe. Vom grünen Rande des Teiches springen die grünen Frösche ins schwarze Wasser. Auf der Wiese fressen die Kühe die Handtücher. Meine Tante legt sich nackt hinter einen Busch auf den Mühlwall. Ihre großen Brüste mit den kleinen Brustwarzen bilden helle Hügel gegen die dunklen Fichten. Mein Onkel ist begeistert von meiner Tante. Bevor wir zurückfahren, werden wir in Rosas Stube gerufen. Die Bockwurst der Bäuerin Rosa ist die beste Bockwurst meines Lebens. Ich sitze auf dem Sofa und trinke kuhwarme Milch. Etwas Kühles streift meinen Arm. Aus den Polstern kommen zwei Schlangen. Ich springe auf, schreie, verschütte die Milch. Rosa und Luise und meine beiden Cousins lachen. Es sind doch nur die zwei Ringelnattern, die Hausgeister der Müller. Ins Paradies, nach Wüstenhofsmühle, fahre ich noch oft mit meiner Mutter, mit Freundinnen, nie mehr mit Onkel Karl und seinen Söhnen.

6

Ich habe ja noch einen Cousin, den Sohn meines lustigen Onkels Gustav, der gefällt mir jetzt besser als die anderen. Er kommt von der Berufsschule und ißt bei uns Mittag. Ich decke den Tisch. Nach dem Essen lehne ich mich neben ihm aus dem Fenster, wir zählen die Autos, die auf der Straße nach Weimar fahren. Er erklärt mir die Marken. Ich lerne IFA, F 9, SIM, ich lerne einen neuen BMW von einem neuen EMW, einen alten Hanomag von einem alten Opel zu unterscheiden.

Mein Cousin hat einen Freund, den bringt er eines Tages mit. Der Freund ist mir ähnlich. Er hat dunkle, lockige Haare, ist groß und unbeholfen und trägt eine Brille.

Das nächste Mal fragt mich mein Cousin, ob ich mit seinem Freund in die Tanzstunde gehen möchte. Meine Großmutter freut sich. Ich sage nein. So lerne ich nicht tanzen.

Ich gehöre doch zu denen an der Oberschule, die die Außenseiter sind. Viele gehören einfach nicht dazu. Eleonore gehört auch nicht dazu, sie hat eine noch dickere Brille als ich, steife Locken, schiefe Zähne. Ich erschrecke, wenn ich sehe, wie häßlich Eleonore ist. Außerdem bin ich vielleicht auch sehr häßlich, so genau weiß ich es nicht. Ich werde von den Jungen nicht mehr so beachtet, wie ich es früher gewohnt war. Das hat viele Gründe. Seit ich vierzehn bin, wachse ich schneller und werde größer als alle meine Mitschülerinnen, dabei bin ich sehr dünn. Ich habe einen tief sitzenden kleinen Busen und einen herausgestellten Hintern, lange schlanke Beine, einen schönen Mund, weiße Zähne und sehr große Füße. Manchmal habe ich einige Pickel. Aber meist ist meine Haut gesund und glatt und wird leicht braun. Mein Haar ist wild, dunkel und lockig. Beliebter sind mittelgroße Mädchen mit hoch sitzendem Busen, kleinen Mündern, blonden glatten Haaren und kleinen Füßen in zierlichen Schuhen aus dem Westen. Ob ich ohne Brille hübscher wäre, kann ich schlecht beurteilen, denn ich bin inzwischen so kurzsichtig geworden, daß ich mich ohne Brille nicht richtig erkennen kann. Man ruft mir nach: »Eine mit der Brille ist mein letzter Wille« und »Dann kam eine lange Dürre«.

Nicht alle, die häßlich oder dick sind, gehören zu den Außenseitern. Der Sohn des Arztes vom Nachbarort ist dick. Und die Tochter der Deutschlehrerin sieht mager und knochig wie ein Junge aus. Daran allein liegt es nicht, es ist mehr, daß man nicht dazugehört. Manchmal denke ich, es liegt hauptsächlich an den schlechteren Kleidern.

Ich gehöre jedenfalls zu den Außenseitern, ich gehöre nicht richtig dazu. Und was alle wissen, weiß ich meist nicht.

Einmal sind alle betreten und flüstern am Morgen in der Klasse. Edgar aus der 11. Klasse habe sich umgebracht. Er habe sich nachts auf die Schienen gelegt wegen einer unglücklichen Liebe. Edgar wohnte in einem der villenartigen Häuser am Hain, die früher den Leuten vom Schloß gehörten, es ist gelb getüncht, hat Türmchen und Schmiedeeisen um eine Terrasse hoch über der Stadt. Früher betrachtete ich dieses Haus oft neugierig. Hinter den dunkelgrünen Fensterläden und in seinen schattigen Zimmern vermutete ich Geheimnisse und Schönheiten. Wenn ich jetzt da vorbeigehe, muß ich immer an diesen Edgar denken. Alle wissen über alles Bescheid, nur ich nicht. Meine Mutter sagt über die Leute und die umlaufenden Gerüchte in der Stadt: »Kenn ich nicht, weiß ich nicht, interessiert mich nicht.« Interessiert es mich?

Der Zeichenzirkel der Schule ist auch so ein geschlossener Zirkel, die Lehrerin ist mit den Eltern der Schüler per du. Sie wollen mich im Zeichenzirkel zuerst nicht haben, obwohl ich sehr gut zeichnen kann. Der Zeichenzirkel fährt an die Ostsee. Meine Mutter bittet für mich. Plötzlich darf ich doch mit. In einer kleinen Dorfschule ist Stroh auf den Dielenboden gestreut. Da schlafen wir. Abends ist Tanz. Alle gehen zu dem beleuchteten Zelt vor der Schule und tanzen zusammen. Einer spielt Akkordeon. Ich liege im Dunkeln auf dem Stroh und weine, ich bin so alleine. Da höre ich Schritte im schmalen Gang. Dankwart aus der 12. Klasse berührt mich an der Schulter und sagt: »Komm raus, hör auf zu heulen, Candida, was für ein toller Name.« Und er tanzt mit mir. Ich bin Dankwart dankbar.

7

Lange Zeit lebe ich wie in Trance. Ich lese vor der Schule, in der Schule, nach der Schule und bis tief in die Nacht. Ich lese mich krank und wieder gesund. Meine Augen werden immer schlechter, die Gläser der Brille immer dicker. Ich verliebe mich außerdem heftig in den größten, schönsten und klügsten Jungen der Klasse. Ich verfolge ihn überall mit den Augen, zeichne sein Profil in meine Hefte und mache Gedichte über ihn. Verschüchtert und unsicher über meine Größe, meine Brille, meine Kleidung taumele oder haste ich durch die Stadt. Ich gewöhne mich daran, am Abend von einer Freundin, von einem Theaterbesuch, einer Verwandten allein nach Hause zu gehen.

Ich eile im schrägen Laufschritt und blicke so finster, daß die herumlungernden Jugendlichen meist nicht wagen, »eine mit der Brille ist mein letzter Wille« zu rufen.

Wenn sie es doch tun, erschrecke ich tief. Einmal an einem dunklen Wintermorgen auf dem Weg zur Schule greift mir ein Junge grob in den Schritt. So etwas kommt im Sommer auch im Schwimmbad vor. Ich versuche, das sofort zu vergessen. Wenn meine Mutter mit mir spazieren geht, möchte ich nicht, daß Leute aus der Stadt in unserer Nähe sind. Ich weiche auf Seitenwege aus oder zwinge sie, langsamer zu gehen, bis die anderen vorüber sind. Oder ich strebe danach, die Störenden rasch zu überholen, weil es mir unerträglich wird, von den »Leuten« beobachtet oder gehört zu werden. Ich vereinsame, obwohl ich viele Freundinnen in der Klasse habe, die mir wegen meiner Gutmütigkeit vertrauen, mir wegen meines Wissens schmeicheln oder mich für ihre Aufsätze und Textaufgaben brauchen.

Ich denke, daß ich nicht zu den normalen Leuten in der kleinen Stadt gehöre.

Spreche ich aus, was ich denke, ist es ein Schrecken. Das merke ich an Tante Marie, der jüngsten Schwester meiner Mutter, die ganz dazugehören möchte und sich Mühe gibt, so zu sein, wie die Leute sind. Sie fällt über jede Bemerkung von mir und über mein Aussehen und meine Kleidung in solche Empörung, daß sie mich anschreit und sogar ohrfeigt. Auch meine Mutter wird mit mir böse, weil ich mich so habe wegen »der Leute«, aber nur, weil sie selber so eine Furcht vor den »Leuten« hat, zu denen sie nicht dazugehört. Sie gibt das nur nicht zu.

Siebtes Kapitel

1

Lange ist es her, daß ich mit den Kindern aus der Bande an der Gartentür meiner Klassenlehrerin stand und hinauf in ihr junges Gesicht sah. Lange ist es her, daß ich mich bei Bachs Invention Nr. 13 verspielte und mir den gerechten Zorn meiner Klavierlehrerin zuzog. Ich hatte die Musik selber beleidigt. Tränen schossen mir in die Augen. Lange ist es her, daß ich gebannt auf die dirigierenden Bewegungen von Rudolfs kräftigen weißen Händen achtete, als er mit uns einübte »Verstohlen geht der Mond auf, blau blau Blümelein« und »Es leb der Bauer und sein Stand, es leb das freie deutsche Land ...«

Jetzt bin ich sechzehn und habe endlich wieder eine wirkliche Lehrerin. Sie heißt Frau Schön. Sie ist nicht schön. Ihr Haar ist grau, kurz geschnitten und nach hinten gekämmt wie bei einem Mann. Ihr Körper ist groß und dick, lebendig und elastisch. Sie trägt abwechselnd ihre drei Kleider, mehr so lockere Hüllen, die ganz gleich geschneidert sind aus einfarbigem Wollstoff, ein blaues, ein braunes und ein grünes. Sie sitzt breitbeinig hinter dem Lehrertisch, mit aufgestützten runden Armen in langen engen Ärmeln, aus denen bewegliche Handgelenke und Hände hervorkommen. Ihre Stimme ist tief, ihre Sprache ist kräftig und polternd, besonders wenn sie empört ist.

Ich heiße nicht mehr Hefe, und es gibt auch keinerlei Andachten mehr, die mich zu jenem Aufgehen oder Hinwenden verführen, das mir den Spitznamen eintrug. Ich gehe im Öffentlichen nicht auf, da bin ich jetzt mehr so zu. An der Oberschule in der alten Kleinstadt sitze ich versunken in einer der dunkelbraunen Kirchenbänke, die man 1904 in der Aula für die Gymnasiasten aufgestellt hat. Ich bin verwandelt in einen willenlosen Gegenstand, ohne Anteil an der Zeremonie. Wir haben Schülervollversammlung. Da ist niemand, dem ich glaube, und ich höre nicht zu und träume mich aus den bunten, neogotischen Spitzbogenfenstern hinaus nach früher, in die Geschichte. Ich betrachte das alte weiße Haus am Weinbergsweg, es hat einen Eingang mit vier dorischen Säulen. Frau Schön steht an der Aulatür. Sie erträgt die müde Dummheit der Nachplapperer vorne im Präsidium und die stumme, geduckte Menge nicht. Sie brüllt von ihrer Tür her: »Seid ihr Puppen oder Mummelgreise? Lebt ihr überhaupt?« Dann wird sie leiser und redet davon, daß es, als sie jung war, in der Sozialistischen Arbeiterjugend nie solche toten und dummen Versammlungen gab. Ich wende den Kopf nach ihr. Das ist es, sie weiß es, daß es anders geht, daß es möglich ist. Und sie ist meine Deutschlehrerin.

Sie liest mit uns Wintermärchen, Macbeth, Kohlhaas, Faust, Der alte Mann und das Meer, Galilei, Anne Frank. Über den Schulbänken aus der Kaiserzeit zwischen den dünnen Sonnenstrahlen, in denen der Schulstaub flimmert, lebt die Literatur. Ich schreibe jetzt die besten Aufsätze in der Klasse. Wenn Frau Schön aus meinen Aufsätzen vorliest, kommt mir das wie Literatur vor.

Einmal ruft die Lehrerin mich in die Bibliothek. Im Gegenlicht vor mir steht sie, sortiert Klassensätze gelblicher Reclambändchen von »Kabale und Liebe« und kann sich in ihrer Fülle kaum drehen zwischen den bestaubten Regalen. Dann hat sie plötzlich mein kleines Büchlein, das vom alten Papierhändler mit den vergilbten Ecken in den Händen. Sie ermahnt mich, auf so was besser aufzupassen. Und dann sagt sie: »Du schreibst. Das wird was mit dir, ich glaube, das wird.« Ich bin aufgeregt, ich möchte lange mit ihr reden. Aber, ich bekomme den erschrockenen Blick und die hastige Sprache und die flüchtenden Bewegungen, die ich immer habe, wenn lange Gewünschtes sich mir zu erfüllen scheint. Sie spricht im Vertrauen mit mir. Das ist was.

Ich stelle mich im Flur an ein Fenster und lächele, heimlich, nur so für mich. Hinter mir schurren die Schuhe der anderen Schüler, die von der Pause zurückkommen, über das von Scheuerwasser, Dreck, Gummisohlen und Fußbodenöl schwarz gewordene Parkett.

Im Unterricht erklärt Frau Schön den anderen: »Candida ist mehr so eine Sybille.« Ich weiß nicht, was eine Sybille ist.

2

In Mathematik ist es so: Die Textaufgaben kann ich enträtseln. Ich scheue nicht vor Ballistik zurück trotz meiner Friedenskämpferposition. Sobald Mathematik sich aber in die zwei Seiten einer Gleichung verwandelt, langweile ich mich und lasse mir gerne »den Rest« von den anderen machen. Für die Mathematikaufgaben gründen wir eine Kooperative. Fünf Mädchen treffen sich in der Stube meiner Großmutter. Ich erkläre den Ansatz. Gisela stellt die Gleichung auf, Sibylle entwickelt die Ableitungen, Ilse interpoliert, Rosi rechnet alles fehlerlos nach, und ich formuliere wieder den Lösungssatz. Der Mathelehrer ist unser Klassenlehrer. Er hat einen Klumpfuß, ist nicht groß und trägt immer weiße Hemden mit ganz feinen farbigen Streifen von früher, dazu schwarzgraue altmodische Anzüge mit Westen. Er ist von unbestimmbarem Alter.

Geduldig und freundlich ist er zu jedem von uns, auch zu denen, die gar nichts verstehen.

Einmal fahren wir mit den Rädern ins Paradies. Unser Klassenlehrer radelt mit seinem steifen Bein auf seinem steifen Fahrrad ganz regelmäßig mit uns durch die Kurven des Straßendorfes Langenschade nach Friedebach. Wir bleiben dort in der Scheune von Kurt und Rosa über Nacht, fast ohne Stroh und kaum mit Dekken. Wir frieren und können nicht schlafen. Daran bin ich schuld. Ich habe das vorgeschlagen, ohne mich vorher zu erkundigen, ob da auch Stroh ist. Unser Mathematiklehrer mit dem Klumpfuß und dem altmodischem Anzug packt sich auf den Scheunenboden. Es bedrückt mich, wie ich versagt habe bei dieser Fahrt ins Paradies.

Wenn ich in Mathematik zur Tafel gerufen werde, stehe ich verlegen neben dem steifen, kleinen Mann. Und ich blicke auf seinen hochsitzenden Scheitel im dichten grauschwarzen Haar. Ich knicke mit den Beinen ein und krümme mich, um kleiner zu sein. Obwohl er immer zurückhaltend ist und sehr vorsichtig in

Äußerungen, die nicht die Mathematik betreffen, sagt er eines Tages leise und bestimmt, er sei ein gläubiger Christ, ein strafversetzter Physiker von der Universität Jena, ein Schüler des großen Max Planck, ein kranker Mann mit vier Kindern.

Leidenschaft für die Wissenschaft entwickelt er in Physik. Seine Experimente haben etwas Feierliches. Ich beginne, Naturgesetze schön zu finden. Sobald aber Buchstaben und Zahlen die klare Sprache der Gesetze verkürzen, interessieren sie mich nicht mehr. Weg ist gut, s nicht, Zeit ist gut, t nicht, Kraft ist gut, p nicht, und so weiter.

Als ich schließlich in die FDJ-Leitung der Klasse gewählt werde, da verlangt unser Klassenlehrer, daß ich ihn besuche. Er wohnt in einer Villa neben der Kirche. Es ist ein bißchen wie bei meiner Klavierlehrerin, große Erkerfenster, Teppiche, polierte Hölzer. Seine Frau huscht herein und bringt Tee. Er fragt mich nach den anderen, nach der Apothekerstochter und nach der Pfarrerstochter und auch nach Hertha, die im Kirchenchor singt. Ich sage, was ich denke. Und ich denke, er denkt wie ich, aber warum sollte er? Er sagt nichts. Und ich merke, er sagt mir seine Meinung nicht. Dafür spielt er eine Sonate von Beethoven auf dem Flügel. Er kann gut spielen, wie damals meine Klavierlehrerin. Ich höre ehrfürchtig zu. Dann bringt er mich hinkend hinaus.

3

Der Direktor an der Oberschule ist ein Windhund, das Wort höre ich von meiner Tante, man spricht in der Stadt nicht gut von ihm. Die Schuldirektoren in der Deutschen Demokratischen Republik geben immer Geschichte, er auch. Geschichte ist mein Lieblingsfach. Ich melde mich oft. Aber er nimmt immer die Pfarrerstochter dran.

An der Ostsee im Ferienlager hängen bei jeder Gelegenheit ein paar der hübschesten Mädchen an seinem Arm. Er trägt neue Anzüge, hellgrüne und hellgelbe Hemden, glänzende Schlipse. Ich betrachte seine schicken Schuhe mit Mißtrauen. Sein Haar hat diese kleinen regelmäßigen Wellen, die mir bei Männern schrecklich sind. Der Stellvertreter des Direktors hat ebensolches Haar, aber das ist blauschwarz, seine dikken Lippen sind tiefviolett, er rollt das R so hart, daß es schnarrt. Wenn wir auf dem Hof antreten müssen, schnarrt er uns an. Er trägt immer Stiefel, das Weiße seiner hervorquellenden Augen ist gelb. Alles an ihm ist gelb, senfgelbe Hosen in Stiefeln. Beide Direktoren sitzen vor mir, wieder in so tiefen Sesseln wie jene drei Herren, die mich nach Klaus Dieter Blödtner fragten. Sie sagen »du« zu mir, sonst nennt man uns »Sie«. Nur die Zeichenlehrerin sagt »du« im Zeichenzirkel. Die Direktoren sagen, ich soll in die SED eintreten und Philosophie studieren in Jena. Das will ich nicht. Warum will ich nicht? Man erklärt mir ja nichts. Oder alle denken, ich weiß alles, dabei weiß ich nichts. Niemand kümmert sich richtig um mich. Ich will ja eigentlich Kunst, und ich will nicht in die Richtung der Kommissarin, gar nicht. Ich will lieber schöner aussehn und geliebt werden.

Ich weiß gar nicht richtig, was das ist Philosophie. Ich schreibe das Wort manchmal noch mit y – Phylosophie – und schreibe vielleicht auch Phylologie und Psichologie. So was kommt vor. Es gibt ein Fremdwörterbuch im ererbten Schrank meines Großvaters, aber nachschlagen gehört nicht zur Kultur zu Hause, man weiß es, oder bildet sich ein, es zu wissen. Man ist stolz darauf, ein Prolet zu sein und schon deshalb das Wichtigste lange zu wissen, sozusagen mit der Muttermilch aufgesogen zu haben. Wir, die Proleten, sind ehrlich, fleißig, hilfsbereit, lebenslustig, offen, ohne falsche Scham, herzlich und friedliebend. Sie, die »Bürgerlichen« wie meine Mutter sagt, oder die »Gebüldeten« wie Tante Lotte höhnisch sagt, die sind hochmütig, habgierig, verlogen, feige, verklemmt, zimperlich, lassen sich bedienen, bilden sich ein, was Besseres zu sein, und sind rücksichtslos. Wenn die Stimmung in der Familie sich gegen mich wendet, was manchmal vorkommt, dann, weil man Eigenschaften bei mir entdeckt, die dahin tendieren. Daß ich die Abendbrotteller als Paletten benutze, ist schlimm genug. Aber Philosophie, was soll das sein?

4

Wir haben alle papierne Lorbeerkränze mit Wachsüberzug aufgesetzt. Mit langen Schritten in zu kurz gewordenen Hosen und in schlotterigen Röcken über viel zu dünnen Beinen ziehen wir einer hinter dem anderen durch die Stadt. Wir hinken Bein oben, Bein unten entlang der Bordsteinkante und balancieren auf dem Brunnenrand am Markt. Wir ziehen große Bögen, und als wir schon aufgelöst am Fluß entlanglaufen im Sonnenlicht des Junitages, beschließen wir, nachts nackt zu baden.

Das tun wir aber nicht, sondern wir sitzen im Tanzlokal und rauchen. Der Rauch beißt mir in die Nase und in die Augen. Meine Brille habe ich abgesetzt, alles verschwimmt in weichen Farben. Ich werfe das Weinglas um und spucke große Töne über die fleckige Tischdecke hinweg. Wir sind im Mulostadium, sagt der Lateinlehrer, nicht Esel mehr, aber auch nicht Pferd. Ich nehme das auf einmal ernst. So was, Mulostadium! Mir geht es gut in den alten Bürgersitten der Kleinstadt, oder? Ich gehöre dazu. Ich habe den Platz fünf bekommen, das fünftbeste Abitur, erste Reihe auf den Plüschsitzen des Theaters. Wir bleiben im Parkrestaurant, bis wir hinausgeworfen werden.

Einige wohnen im Westteil der Stadt in den Villen, die anderen im Ostteil in mageren Mietskasernen, so ist eben diese Stadt eingeteilt. Heute wollen wir uns nicht trennen, alle gehören dazu, wir sind alle Mulos, wir rauchen und trinken Wein. Ich gehöre auch dazu. Endlich. Wir wenden uns nach Norden, Schloßaufgang eins. Eine Treppe, feucht und bröckelig, steigt an der ehemaligen Burgmauer entlang, hintenherum nach oben aufs Schloß, zwischen Pfarrhaus und Kirche. Der Sandstein ist grün überzogen und riecht modrig. In der dunklen Wärme schieben sich die Arme aneinander, helle Jungenhemdenärmel und nackte Mädchenarme, und wo sie sich sehr nahe kommen, ist es sogar ein wenig wärmer. Im dichten Schieben der Hüften und Schultern beim Aufsteigen ist es noch nicht entschieden, wer sich wem enger und dichter andrängen wird.

Dann kommen die Glühwürmchen. Sie sitzen in unseren Haaren, und wir fangen sie mit unseren Händen und berühren uns und zeigen sie einander in der warmen Höhle der Hand. Wir werden schon stiller, aber dann kommt noch einmal das laute Lachen, unser Schloß liegt im Mondschein vor uns. In großen Sprüngen rennen wir die Treppen zur Freilichtbühne hinauf. Am Nachmittag gab es hier oben eine Vorstellung. Mitten auf dem Brettergerüst steht der Flügel mit einer großen Schutzdecke verhüllt. Die heben wir ab. Er ist nicht verschlossen. Der Sohn des Farbenhändlers spielt. Wir tanzen auf der Bühne, singen und schreien in die Nacht hinauf. Der schmale Südflügel des Schlosses steht schwarz gegen den hellen Himmel. Da geht ein Fenster auf, und es ruft: »Ruhe! Polizei!« Wir fliehen von den mondbeschienenen Brettern in den Schatten der Kastanien, aneinandergedrängt beginnen wir uns zu küssen. Mich küßt ein Hübscher, der mir zum Geburtstag rote Rosen schenkte, dann küßt er eine andre.

Dann sind wir nur noch fünf, zwei Jungen und drei Mädchen. Ich denke, daß ich die fünfte bin, und laufe rasch den von Glühwürmchen erfüllten Schloßaufgang hinunter. Traurig bin ich nicht. Ich trage meine ersten Küsse wie eine Beute nach Hause.

5

Ich bin fertig mit der Schule. Plötzlich erfahre ich mehr von der Wirklichkeit der kleinen Stadt. Unter den Lehrern, die mich ausgebildet haben, beginnt ein furchtbares Schlachten. Meine geliebte Frau Schön flieht in den Westen, weil dieser Windhund von einem Direktor sie verleumdet und beschuldigt und vertreibt, sie sei »ideologisch nicht tragbar«. Dann flieht der Direktor selber in den Westen. Es stellt sich heraus, daß er ungeheuerliche Unterschlagungen begangen hat. Der zweite Direktor, der mit den schwarzen Locken und den gelben Augen, bringt sich bald darauf in seiner Wohnung um. Meine liebe Zeichenlehrerin wird berentet und stirbt danach sofort an einem Herzschlag. Der Sportlehrer kommt wegen sexueller Belästigung und Vortäuschung eines Doktortitels ins Gefängnis. Ein junger Deutschlehrer verliebt sich in eine Schülerin, läßt sich scheiden, heiratet die Schülerin und geht von der Schule weg.

Ich erfahre das alles nur langsam am Ende der großen Ferien wie einen Schatten von einem Schatten von einem Gerücht, ungenau und vieldeutig, aber ich erfahre es, ein wenig gehöre ich jetzt dazu.

Mein Gang ist inzwischen immer noch etwas schwankend, aber zielstrebiger.

Der Bürgersteig in der alten Stadt ist schmal. Ich umkurve alle Hindernisse, all die adretten Kleinstadthausfrauen, die sich langsam an den Geschäften vorbeischieben. Ich bin einen Kopf größer als sie und laufe doppelt so schnell. Diesen Gang habe ich von meiner Mutter. Er zerschneidet die Welt. Man liegt etwas schräg in der Bahn, den Kopf nach vorn, die Schultern hochgezogen, die Arme mit der Tasche an den Körper gepreßt. Man wechselt die beiden Füße rasch, indem man den Boden nur sehr knapp und fest berührt, von Abrollen oder damenhaftem Zehengang auf hohem Absatz ist keine Rede.

Ich stoße mit einem fröhlichen jungen Mann zusammen, der nach meiner Hand hascht und lacht. »Du bist doch die Candida? Weißt du nicht mehr im Luftschutzkeller?«

Siegfried aus Berlin! Der, der oben bei Müllers war! Er hat sich gerade einen billigen unmöglichen Anorak gekauft. Er zeigt ihn mir stolz. Es kommt mir vor, als ob er damit Ostarmut spielen möchte. »Ich mache die Abendschule in Jena. Am Tage arbeite ich als Dreher in der Phönix. Ich will Atomphysik studieren. In einem Jahr gehe ich an die TU in Dresden. Drüben in Solingen hab ich das nicht mehr geschafft mit der Abendschule, das war zu teuer, schon die Bücher. Hier helfen mir die Tanten, sie lassen mich da wohnen, waschen meine Socken und füttern mich«, sagt er und: »Darf ich heute abend mal runterkommen? Du könntest mir mit Büchern helfen« und »Bist du aber groß geworden!«

Daß ich so groß bin, das macht nichts, denn er ist größer als ich, aber er gefällt mir nicht richtig. Ich kann in seine Augen nicht hineinsehen, sie blinken und blenden hell und blau, umstellt von schwarzen, harten, geraden Wimpern. Sein Haar ist fast bis hoch zum Wirbel ausrasiert. Peter Porstendörfer und Horst Piper hatten eine solche Frisur, auch mein Mathematiklehrer, der mit dem steifen Bein. Mein geliebter Musiklehrer Rudolf dagegen trug die weichen dunklen Haare lang, aber der Akkordeon- und Mandolinen-Musiklehrer Herr Kalauka trug die Haare so wie Siegfried, hochrasiert. Nur bestimmte Männer und Jungen tragen die Haare so. Ich bin mir nicht ganz klar, was es bedeutet, aber es gefällt mir nicht.

6

Seit Siegfried eine Etage über mir wohnt, ist jedes Stück Treppenaufgang voller Spannung. Furchtbar ist mir die Vorstellung, ich könnte gerade aus der Toilette treten, wenn er vorbeikommt. Seine Tanten, wenn sie mich im Hause treffen, verwickeln mich in lange Gespräche. Sobald ich die Treppe sauber machen muß, fürchte ich, daß Siegfried heraufsteigt und mich von hinten sieht, gebückt, breitbeinig, der weite Rock über den Stufen hinten zu kurz und vorne beulig überhängend. Eines Tages tritt er auch wirklich hinter mich, als ich gerade wieder die gewundenen Ranken des schmiedeeisernen Geländers putze. Er lädt mich zu einem Spaziergang am Sonntag ein. Zum ersten Male in meinem Leben lädt mich ein Mann ein, mit ihm spazierenzugehen. Aber Siegfried? Über Siegfrieds Einladung freue ich mich nicht richtig, es ist nur so eine Art Genugtuung dabei. Ich habe mir selber eine in der Taille anliegende, ärmellose Bluse aus rotweiß gestreiftem Stoff genäht. Ich finde, daß ich damit ein bißchen wie ein Mädchen aussehe. Er hat einen hellgrauen Anzug angezogen und sieht wie ein erwachsener Mann aus. Schlips, ph.

Die Saale, die Wege, die Felsen, die Wiesen, der Wald. Ungenaue, aber um so heftigere Vorstellungen davon, dort mit einem, der mich liebt und den ich liebe, eingebettet zu sein, haben mich jahrelang beschäftigt. Ist es jetzt soweit? Wie habe ich mir immer gewünscht, daß ich einen hätte für die Spaziergänge, der all die Gerüche der Geschichte mit mir mitriecht, all die Sanftheit der Wiesen mitfühlt und all meine stürmischen Weltgedanken mitdenkt. So etwas kommt mit Siegfried und mir nicht vor.

Wir nehmen den Weg über die Stadtbrücke, durch den Park unter den großen Kastanien am Saaleknie entlang bis zum Wehr. Wie immer blicke ich hinunter auf den blauschwarzen Spiegel des Wassers unter den rotgelben Sandsteinfelsen an der Schillershöh. Meine Mutter sagt dazu »Riviera«, mit dem Wort erinnert sie sich daran, daß sie mit meinem Vater an der Riviera war, aber ich habe auch bei anderen Leuten gehört, daß sie zu der Stelle am Fluß Riviera sagen. Wie immer streife ich mit den Fingern links über den rieselnden Sand des Felsens oder rechts über die Eisenstange des Geländers, das davor schützt, hinunter in die Saale zu fallen.

Ich erzähle Siegfried, wie wir als Kinder über den Felsen im Ginster gespielt haben und daß meine Mutter und ihre Schwestern noch in der Saale baden gingen. Wir klettern hinunter auf die große Steinplatte, von der aus man ins Wasser steigen könnte, wenn die Zellwolle nicht wäre. Ich halte die Füße hinein, sie bekommen einen bräunlichen Film, meine weißen Söckchen werden schmuddelig, als ich sie wieder anziehe. Siegfried erinnert sich daran, was für eine Frau meine

Tante Lotte war. Sie sei immer halbnackt in der Wohnung herumgelaufen, das habe ihn als Junge kolossal beeindruckt. Wir steigen nicht in das nahe Dorf hinauf, sondern wenden uns in das einsame Tal hinter dem Marienturm. Dort setzen wir uns auf eine mit Margeriten, Schlüsselblumen und Butterblumen übersäte Wiese nebeneinander. Zwischen unseren sich aufstützenden Händen bleibt ein kleiner Abstand. Er wird nicht überwunden. Ich blinzele in die Sonne und sage nichts. Alles beklemmt mich. Wir klettern wegelos die Fichtenhänge hinauf in die Sommerberge. Dann sind wir auf der Terrasse oben und trinken Apfelsaft und sagen uns, daß wir beide gerne Apfelsaft trinken. Im Hinabsteigen sind wir stumm. Wir berühren uns nicht. Als wir an den Phönixwerken vorbeikommen, zeigt Siegfried mir die Fenster der Fabrik, einzelne kleine Scheiben sind hochgeklappt, dort steht er am Montag wieder hinter der Drehbank. Beim Abschied auf der Mietshaustreppe plappere ich verlegen und spitz: »Adieu Monsieur!« Da sagt er leise: »Du sollst nicht so nach der Literatur reden.« Er hat recht. Ich schäme mich, aber ich habe doch kein Vertrauen zu ihm.

7

Ich schicke eine Bewerbung ab nach Berlin an die Kunsthochschule in Weißensee. Hineingeschrieben habe ich, daß ich auch Zeichenlehrerin werden würde. Auf keinen Fall möchte ich später hart arbeiten müssen. Arbeiten, besonders unter dem Befehl kleinlicher Leute und in einem Wettbewerb der Schnelligkeit oder in völliger Gleichzeitigkeit mit anderen ist mir schmerzhaft. Ich kann überhaupt nicht in einer Reihe hinter dem Traktor die Kartoffeln aufsammeln. Mir tut im Ernteeinsatz immer alles weh.

Zeichenlehrerin, das stelle ich mir leicht vor. Man läßt die Schüler zeichnen und geht so von einem zum anderen und korrigiert ein bißchen. Oft kann man mit ihnen draußen sein. Bilder betrachten und beschreiben, das ist eines der größten Vergnügen, das ich kenne. Einige der abgeschickten Zeichnungen für meine Bewerbung sind Ansichten aus dem Kammerfenster, die Häuser der Gartenstraße, die Reihe der Pappeln vor den Phönixwerken, die Berge und der Marienturm. Ich bekomme die Antwort, daß ich nicht an der Kunsthochschule, wohl aber an der Universität in Berlin studieren darf, Kunsterziehung und Germanistik. Meine Großmutter versteht nicht genau, was das ist. Wenn jemand fragt, »Was studiert se denn?«, dann sagt sie hastig und verlegen: »Kunst und Wissenschaft!«

Am Abend kommt Siegfried. Wir gehen in mein Zimmer. Ich sitze auf dem Schreibtisch und blicke ein wenig auf ihn herab. Er sitzt mir gegenüber mit dem Rücken zum Klavier auf einem der leichten Stühle mit verblaßten Bezügen und abblätternder Goldbronze an den gedrechselten Beinen. Die Stühle sind noch von meinem Vater. Siegfried kippelt damit. Auf einem der Stuhlbeine dreht er sich hin und her, die Beine übergeschlagen, mit dem linken Arm nach hinten langend zum Klavier, an dem er sich wieder abfängt, seine Zigarette in der Rechten glüht. So redet er oder hört mir zu. Einmal, es ist schon spät, gerät er mit den

Stuhlbeinen in die Verlängerungsschnur für die Stehlampe. Das Licht geht aus. Ich stehe auf, seine Arme streifen mich, ich stecke den Stecker wieder in die Dose. Meine Großmutter schmeißt von ihrem Bett nebenan mit ihren Pantoffeln an die Kammertür. Siegfried geht.

Mit der Familie einer Mitschülerin ziehe ich früh am Morgen in die Heidelbeeren. Siegfried wundert sich sehr, daß ich so etwas mache, und sagt: »Wenn meine Frau später Heidelbeeren suchen möchte, dann setze ich mich eben daneben und lese ein Buch.« Ich wundere mich, daß Siegfried so etwas sagt. Meint der etwa mich? Beim Heidelbeerensuchen lerne ich, daß Arbeiten, die einem unerträglich mühsam erscheinen, gar nicht so viel Zeit brauchen, wie man zuerst denkt. Auch kann man damit anfangen, ohne daß man geschickt oder schnell ist, wenn die Geschickten und Schnellen solche freundlichen Menschen wie die Eltern meiner kleinen Freundin Regine sind. So schade ist es auch um die Zeit nicht. Die Zeit würde ich lesend oder träumend ebenso verbrauchen. Die wertvolle Zeit vergeht, aber auch das scheinbar Unmögliche hat sich inzwischen erfüllt. Die alte Aluminiummilchkanne ist voller Heidelbeeren, die ich selber gesammelt habe.

Siegfried will mit mir ins Wellenbad. Das Wellenbad gehört zum Zellwollwerk. Vom Werk lebt die ganze Gegend. Meine beiden Onkel und zwei Cousins arbeiten im Werk. Die hohen Schlote schicken bei westlichen Windrichtungen stinkende Gase das Tal entlang. Ich finde unser städtisches Schwimmbad viel schöner mit seinem fragwürdig trüben Wasser, seinen alten hohen Bäumen, seinem saftigen, mit Klee und Butterblumen durchwobenen Rasen, mit seinen abgeplatzten Anstrichen, dem glitschigen Beckenrand, mit seinem Duft aus den Gärten ringsherum und dem Geruch nach in der Sonne rissig gewordenem Holz.

Ich bin ja nicht blöd. Ich weiß, daß wir von Fabriken leben. Aber ich hasse die Fabriken und möchte nie in ihnen arbeiten müssen. Ich möchte nicht schwimmen angesichts aufragender Schornsteine und roter Klinkergebäude mit eisernen Gittern. Klee oder Butterblumen gibt es im Wellenbad nicht. Das Laub der wenigen Pappeln ist spärlich. Staub liegt auf den Sträuchern.

Siegfried geht gerne hin, ihn erinnert das Bad im Werk an sein Olympiastadion. Müßte ich mal sehn, das Olympiastadion, Westberlin. Er hat da das Schwimmen gelernt.

Schon die Fahrt ins Werk kann ich nicht leiden. Die Ausfallstraße nach Saalfeld quält man sich durch Schlaglöcher und frischen Teer. Genervt stelle ich mein Fahrrad in den riesigen Fahrradschuppen. Ich kann nicht glauben, daß ich es zwischen den Hunderten anderen wiederfinde. Die Kontrolle am Eingang ist streng. Nur jede volle Stunde dürfen die Badenden schubweis hinein. Man steht in der großen Gruppe auf dem Schotter vor dem Werkstor und wartet.

Der Beton der Schwimmbecken ist rauh, besonders rauh ist er im Wellenbecken. Die Maschinen saugen das Wasser ein und speien es brummend wieder aus. Siegfried jauchzt und hechtet hinein. Sofort klettert er wieder hinauf am hinteren hohen Rand des Beckens, dort, wo die Wellen herauskommen. Ich kann ihn kaum erkennen ohne Brille, hoffentlich winke ich dem

Richtigen zu. Ich hüpfe am seitlichen Rand im Rhythmus der Wellen hoch und reiße mir am Beton den Unterarm auf. Während ich Siegfried zuwinke, muß ich zugleich den komischen Badeanzug festhalten, damit die Kraft der Wellen ihn nicht von meinen mageren Schultern reißt. Ich habe so einen Badeanzug an, der aus dünnem, blumigem Stoff über lauter Gummifäden genäht ist. Er liegt an und kräuselt und pufft zugleich. Daß ich viel zu flache Brüste habe, fällt in solch einem Badeanzug nicht so auf, hoffe ich. Fröstelnd und verlegen sitze ich neben Siegfrieds weißen festen Schenkeln auf der Decke. Der Wind ist im Werk unangenehmer als im Stadtbad. Er fegt schärfer um die kantigen Gebäude, und er riecht nach Schwefelwasserstoff. Ich wundere mich, daß Siegfried so etwas gefällt, er lächelt und raucht. Als ich mich wieder besser fühle, beim Abschied im Treppenhaus, sage ich zu ihm, ich sei eben nicht weiblich genug. Da sagt er leise: »Doch, das bist du!«

Bevor ich nach Berlin fahre, gehen wir noch einmal ins Theater. Maria Stuart. Auf dem Heimweg klagt er: »Es gibt keine Dichter mehr, Gottfried Benn war der letzte.« Ich höre den Namen zum ersten Male. »Brecht«, sage ich. »Ach der«, sagt er.

Zweiter Teil

Erstes Kapitel

1

Hoch oben über der Spree, in dem weißlichen, trockenen Raum mit den beiden großen Glaskästen der Atelierfenster, Berlin Mitte, Burgstraße, da sitze ich neben einer Gisela. Das ist für mich kein gutes Zeichen. Ich mag den Namen nicht noch von damals her, als ich Staub essen mußte in der Jettinaer Straße.

Ich habe Aufnahmeprüfung. Hühner? Wir sollen Hühner zeichnen? Gisela blinkert mich mit ihren runden Augen und gebogenen Wimpern an und zeichnet ab, was ich zeichne. Ich hab noch nie Hühner gezeichnet. Meine Mutter hat Hühner gezeichnet, sie hat sie dann aus weißem Bettzeug ausgeschnitten und auf die große Tasche ihrer blauen Kindergartenschürze genäht. Nur daher weiß ich, wie man Hühner zeichnet. Ich versuche, mich zu erinnern. Wie alle anderen zeichne ich klein und hübschlich.

Der Professor läuft durch die Reihen und bleibt bei einem hinter mir stehn. »Aha«, sagt er. Ich drehe mich um. Ein großes Packpapierblatt ist mit lebensgroßen Hühnern vollgezeichnet. Man sieht ihre verschiedenen keulenartigen Körperpakete, sie sind mit rissigen grauen Strichen aufgebaut. So, denke ich, das sind wirklich Hühner. Der Zeichner hat eine Uniform an, NVA, ein Freiwilliger. Gisela kreischt begeistert auf. Sie kennt ihn. Beide waren zusammen auf der gleichen

Oberschule. Sie blinkert ihn mit ihren gebogenen Wimpern an und dreht sich dauernd nach ihm um. Jetzt fragt sie nicht mehr mich, was gemeint sei und was sie bei der oder der Aufgabe machen soll. Sie fragt jetzt den Soldaten.

Wir haben Ernteeinsatz am Anfang des Studiums. Das ist normal, jedes Studienjahr fängt so an. Mais ernten, das ist schöner als Kartoffeln, besonders, weil ich mich nicht so bücken muß. Ich breche die reifen Maiskolben ab und werfe sie in den Korb, dann kommen die Jungen und holen die vollen Körbe ab. Sie heben sie schwungvoll auf ihre Schultern und tragen sie zum Feldrand. Das Maisstroh ist weich, die Sonne wärmt noch. Ein bißchen riecht es so wie in den Kammern meiner Cousins und wie an den windabgewandten Seiten der See. Salze, Eiweiße, Samen. Ich recke mich und lächele den Studenten an, der mir den Korb gerade abnimmt. Es ist der mit den großen Hühnern. Sein Gesicht leuchtet. Er riecht gut, sein Haar hat eine dunkle Honigfarbe, seine Augen und seine Zähne blitzen. Plötzlich fährt in mich etwas, das ich noch nicht kenne. Es ist nicht der kleine elektrische Stoß, den ich sonst bekomme, wenn mich nur der kleine Finger oder der Umschlag der Hose eines Jungen streift, von dem ich mir verzweifelt wünsche, daß er mich wählen wird. So ist es mit dem hier nicht. Es ist mehr so, daß es mir in die Beine fährt und ich mich weich hinlegen möchte mit diesem fröhlichen, bräunlichen Jungen, der ein wenig kleiner ist als ich, von dem ich mir nicht einmal wünsche, daß er mich wählen wird. Das alles ist nur einen Augenblick lang so im Maisfeld, dann ist das wieder vorbei. Aber am anderen Morgen, als dieser Student sich im Hof mit nacktem Oberkörper wäscht, betrachte ich ihn. Ein David, geschickt, zierlich und kräftig. Sein Name ist Hans. Auf Packpapier hat er einen der Körbe gezeichnet, man sieht ganz genau das Geflecht, wie es ineinandergewunden ist, wie die Zweige sich spannen und sperren, mindestens so gut wie bei van Gogh. Wenn er den anderen etwas zuruft, ist seine Stimme hell.

Hans und Klaus, ein Schwarzlockiger mit glühenden Augen, und zwei Berlinerinnen, eine hübsche Blonde und eine hübsche Dunkle, die vier erobern sich Pferde und reiten über den Oderdamm. Sie sehen gut aus vor dem rasch fließenden Fluß. Ach, ich weiß doch, daß ich viel zu feige bin, ein Pferd zu besteigen.

2

Sechs Stunden hintereinander Zeichnen oder Malen. Künstlerische Praxis, das ist der Unterricht.

Die Tür geht auf, der gebeugte Mann im weißen Kittel tritt herein, legt den Finger auf die schmalen Lippen und hebt einen Pilz hoch. Und wie er langsam und leise den Pilz beschreibt, begreift man, was das ist, Natur und nach der Natur zeichnen und die Pilze zu »komponieren«, daß ihr Wesen begriffen wird, und wie man, wenn man das zeichnet, mitschwellen muß mit dem Pilz. Nach einer Stunde geht er durch die Reihen, er legt mir die Hand auf den Rücken und sagt voll Hoffnung: »Ja, es kommt, es kommt!«

Am Abend im Studentenheim lachen die anderen über mich: »Es kommt!« Aber diese Lehren des alten

Professors erreichen mich, ich konzentriere mich, ich neige mich von nun an voller Anspannung über mein Blatt. So lerne ich. Jeder Strich, den ich mache, soll einmalig sein, hart erkämpft und doch leicht und schön. Das begreife ich. Ich lerne den formsuchenden Strich, das kommt mir sehr entgegen. Ich verliere völlig das Bedürfnis, etwas wieder wegzuradieren. Wir zeichnen einen Fahnenträger, wir malen einen Fisch, eine Landschaft. Pilze, Fahnenträger oder Fisch, der Gegenstand ist es nicht. Wie meine Klavierlehrerin es fertigbrachte, daß ich bei Bach begriff, was das ist, Musik, so bringt der Alte es fertig, daß ich lerne, was das ist, Zeichnen, Malen. Er verehrt Cézanne.

Und in dem Augenblick, da ich fühle, daß das Arbeit ist, eine angespannte, einmalige und besonders feine Arbeit, da bin ich froh. Ich war ja zu diesem Studium gegangen, weil ich dachte, Zeichnen ist leicht, und weil ich nicht arbeiten wollte, und ich hatte mich deshalb geschämt. Das brauche ich nun nicht mehr. Nicht sehr oft lobt der Professor mich. Nur manchmal neigt er sich zu mir und flüstert: »Ja, ja, gut, Sie müssen die Spitze übernehmen!« Er lobt die geübten und eleganten Zeichnungen der blonden Berlinerin. Er lobt den kräftigen Strich und die Ausdauer von Hans. Er lobt Alexander, der voller Hingabe und Reinheit malt und zeichnet und der vor Freude rot wird, wenn es ihm gelingt.

In Alexander bin ich hoffnungslos und ausdauernd verliebt. Die Berührung seines kleinen Fingers versetzt mir schon einen elektrischen Stoß. Ich werbe hilflos um ihn.

In das leise Geräusch der über die Blätter streichenden Kreiden hinein singe ich: »Die Welt ist schöööön,

Mylord«, was Alexander und dem Professor sehr mißfällt. Alexander und der Professor sind der gleichen Meinung wie meine Großmutter, wenn man richtig arbeitet, dann ist man still. Die andern im Seminar geben eher dem Wunsch nach, ein bißchen zu schwatzen und zu singen und zu lachen. Ich lache schon immer sehr hell und laut. Unser Professor ist launisch wie alle Professoren. Plötzlich glaubt er, mein lautes Lachen gelte ihm. Im Flur drängt er mich in die Ecke, haucht mich mit seinem zuckerkranken Atem an und sagt zischend: »Wenn Sie noch einmal so lachen, fliegen Sie raus!« Das kann er nicht so meinen, er ist nur verwirrt, denke ich. Hans, den er sonst sehr lobt, dem droht er auch manchmal, ihn rauszuschmeißen. Ich hab keine Angst, ich bin eher froh, daß ich ihm wichtig bin.

Träume von Alexander. Diese Träume gehen nie sehr weit, nur bis zu einer zarten Annäherung seiner Lippen an meine Lippen. Seine Lippen haben die Form dieser bestimmten Art von Kostümknöpfen meiner Mutter, Lippenformen wie Knospen. Immer erinnere ich mich, wie ich als Kind, überwältigt von Schönheit, über der Reihe der lippenförmigen Knöpfe den lebendigen Mund gesucht habe. Es macht mir Vergnügen, Alexanders Knospenlippen zu betrachten. Sie erinnern mich auch an das erstaunliche Bild der umgekehrten Mundform, die ich sah, wenn ich umgekehrt unter dem Gesicht eines anderen lag, meiner Mutter oder einer Freundin, oder auf der Wiese im Hof unter den Gesichtern meiner Cousins beim Spiel. Die untere Lippe war dann die obere, und die obere war die untere. Aufregend ist das und zum Küssen schön.

Viele Studenten haben sich schon Zimmer in der Stadt gemietet. Alexander und ich, wir wohnen noch im Studentenheim. Es kommt vor, daß wir gemeinsam nach Hause fahren und den langen Weg durch die Siedlungshäuser des Vorortes nebeneinander herlaufen. Einmal sagt er plötzlich zu mir. »Mein Bruder hat so ein Mädchen zur Freundin wie du eines bist, aber ich bin nicht wie mein Bruder!« Ich soll etwas begreifen. Ich begreife es schon, aber ich träume doch, daß ich Alexanders Lippen berühre.

3

Ich wohne im Studentenheim mit drei anderen Mädchen zusammen. Zwei sind aus Brandenburg, haben im Stahlwerk gelernt und kommen von der ABF, ihre Eltern sind Arbeiter, sie freuen sich, daß sie Berufsschullehrerinnen werden dürfen. Die dritte, eine Studentin der Kunsterziehung aus dem Oderbruch, hält den Alexander für hochmütig und den Hans für völlig verrückt. Mit ihr kann ich also kein vernünftiges Wort sprechen. Sie heißt Edeltraud. Für Edeltraud bin ich auch eine unmögliche Person, wie ich schon aussehe, und der Busen, geradezu lachhaft! Edeltraud hat einen ungeheuer großen Busen. Sie interessiert sich überhaupt nicht für Kunst. Sie fährt jede Woche zu ihren Tanten nach Westberlin, die kaufen ihr alles. Pullover, Schuhe und lauter grün-schwarz-goldene Cremes und Wässerchen 4711. Edeltraud hat eine feine Haut, aber sie ist dick. Über Liebesangelegenheiten spricht sie nur in Andeutungen und lächelt seltsam dabei.

Dann ist da noch Nati. Nati kichert immer glücklich und behauptet, daß die Zärtlichkeit das Wichtigste wäre, wichtiger als die Leidenschaft. Sonntags trifft sie sich mit ihrem Freund, der ist NVA-Freiwilliger. Manchmal überlassen wir anderen drei ihr und ihrem Tom das Zimmer.

Die vierte, Manni, ist ein mageres, knochiges Mädchen, das sich die größte Mühe gibt, ihrer Freundin Nati nicht nachzustehen. Sie hat auch einen Freund. So zärtlich und zuverlässig wie Natis Tom ist aber ihr »Männe« nicht. Manni singt den ganzen Tag trotzig mit rauher Stimme Seemannsschlager: »Junge, komm bald wieder, komm bald wieder nach Haus!«

Im Studentenheim lachen alle drei Mädchen in meinem Zimmer Tränen über mich. Ich kenne keine Schlagersänger, ich habe noch nie mit einem Mann geschlafen. Ich war noch nie in Westberlin. Ich glaube an den Kommunismus, obwohl ich nicht in die Partei will. Ich verstehe alle ihre Berlinerischen Witze nicht. Ich habe eine unmögliche Frisur, nämlich gar keine. Meine Haare hängen einfach zu beiden Seiten herunter.

Wir essen im Zimmer, zu viert wohnen wir auf zwanzig Quadratmetern, vorn das breite sonnige Fenster.

Es geht nach Süden auf das unbebaute Brachland hinaus. Rechts neben dem Fenster befindet sich mein Klappbett, links Mannis Couch, dann folgt Natis Couch und Edeltrauds Klappbett. In der Mitte steht ein quadratischer Tisch mit vier Stühlen. Neben der Tür hat jede einen fünfzig Zentimeter breiten Schrank, und angebaut rechts und links an den Türrahmen sind vier kleine Wandschränkchen. Da heben wir Eßbares auf. Einen Kühlschrank haben wir nicht. Es riecht in unserem Zimmer wie im Internat, als wir belegte Brote oder Apfelgriebsche in den Papierkorb warfen. Es riecht immer ein bißchen nach altem Brot, ranziger Butter und fauligem Obst. Alles, was man in die Wandschränkchen stellt, riecht bald wie der hölzerne Papierkorb im Internat. Es riecht aber auch noch nach Seife, Creme, Shampoo und nassen Mädchenhaaren.

Im Studentenheim esse ich zu viel. Ich gehöre zu den Menschen, die essen, wenn sie weder arbeiten noch sich unterhalten noch anders vergnügen können. Also besuche ich öfter als nötig den kleinen Konsum am Ende des langen Flures im Studentenheim und hole mir Milch, Kakao, Zucker, Eier. Ich habe einen Schüttelbecher, da schüttele ich mir einen Kakaotrunk. Milch, Kakao, Zucker und ein Ei. Der Becher ist aus Plastematerial gepreßt, innen bilden Stege ein Waffelmuster, das macht beim Schütteln den Schaum.

Ich bin eigentlich mager, am magersten bin ich über dem Magen. Auf einmal ändert sich das. Mädchenspeck über dem Magen. Entsetzt betrachte ich die kleine Wulst, die sich unter meinem rosa Pullover aus Apolda abzeichnet. Beim ausführlichen Abendbrot um den quadratischen Tisch lachen die anderen drei unaufhaltsam und hektisch. Bald lache ich mit, bis mir der Magen weh tut. Worüber wir lachen und warum wir nicht aufhören können, wissen wir am Ende nicht mehr, nur die Magenschmerzen halten danach noch lange an.

Ich habe ein altes Radio von zu Hause mitgebracht. Edeltraud will nur RIAS hören und sonst gar nichts. Obwohl es im Studentenheim verboten ist, hören wir viel RIAS.

Nati mit ihrem Soldatenfreund hält manchmal zu mir, wenn ich Nachrichten hören möchte. Die RIAS-Schlagerparade aber, die ist Pflicht. So lerne ich Melodien und Texte kennen, die ich nicht kannte. Ich bin nicht unempfänglich für Kitsch. Es kommt peinlicherweise vor, daß ich vor mich hin singe »In einer kleinen Konditorei, da saßen wir zwei bei Kuchen und Tee«, aber meistens entsetze ich mich darüber.

Meine neue Freundin Antje ist in der Partei, und sie kennt den berühmten Dichter mit der Pfeife. Manchmal macht sie ein Gedicht. Wir sind uns einig über den Wahnwitz der Schlagertexte und den noch größeren Wahnwitz der ewigen Wiederholungen von nur einer Zeile im Refrain. Wir glauben fest, daß man bessere Schlager braucht, und wir bilden uns ein, daß wir die machen werden, wenn wir nur dazu kommen, wenn wir uns mit Musikern und Dichtern befreunden werden, ein Zimmer für uns haben, ein Klavier, Muße. Es ist wie mit dem Fliegenkönnen, wie ich immer dachte, ich müßte nur Ruhe haben, alleine sein und mich konzentrieren, dann würde es schon gehn. Nichts mit »wenn wir einst!«, der Augenblick ist der Augenblick. »Hic Rhodos, hic salta!«, das merken wir noch nicht. Wir schaffen nicht die besseren Schlager. Aber Antje dichtet und ich dichte. In meinem wackligen Klappbett schreibe ich am Abend in ein neues Büchlein, ein rotes Diarium, während Nati ihre Nägel feilt, Manni Briefe an einen fernen Manfred schreibt und Edeltraud sich sorgfältig eincremt.

4

All der Rhythmus, die Schlager und die Radiotanzmusik aus allen Zimmertüren des Heimes und an den Sonnabenden noch unten aus der Kantine, das tut seine Wirkung. Ich lerne, besser zu tanzen. Einmal bei einem Fest in der Universität tanzt Alexander mit mir. Seine Stimme schwingt durch mich durch. Ich bin danach wie rhythmisiert und dichte. Ich liebe einen Menschen, wenn ich seine Stimme durch seine Rippen schwingen höre. Oder nein, ich höre eines Menschen Stimme durch seine Rippen schwingen, wenn ich ihn liebe.

Nati und Manni sind weggefahren. Die dicke Edeltraud verlangt, daß ich mit ihr hinunter in die Kantine zum Tanz, der Fleischbeschau heißt, gehe. Der Steinfußboden ist nicht gereinigt, irgendwie klebt er. Es stinkt nach abgestandenem Essen, nach Keller überhaupt. Wenige setzen sich an die grauen quadratischen Tische im Neonlicht. Die Mädchen lehnen in der Nähe der Treppe nebeneinander an der Kellerwand. Dort kommen die Jungen langsam vorbei, und sie betrachten sich die Mädchen eine nach der anderen. Dann lehnen sie sich auch an die Kellerwand mit dem Bier in der Hand. Sie tauschen Bemerkungen aus, man kann sie manchmal hören. »Nix in der Bluse«, »zu fetter Arsch.«

Unter den Heimbewohnern des ersten und zweiten Studienjahres, die hierherkommen, bin ich schon aussortiert: zu lang, zu dünn, zu sonderlich, zu ungekämmt, zu ärmlich angezogen, außerdem Pädagogik, puh! Auch Alexander tanzt nicht mit mir, wenn er mit seinen Zimmerkollegen, den Sportstudenten, da hinuntergeht.

Manche der Jungen kommen von anderen Schulen. An der Ingenieurschule beim Ostkreuz, da gibt es einfach zu wenig Mädchen. Also kommen die Studenten von dort zu unseren Tanzabenden. Nach mir greift einer von denen. Mein Tänzer ist ein Student der Brauereiwissenschaft. »Nein«, denke ich, »Bier!« Bier ist gewöhnlich, riecht schlecht und schmeckt bitter. Die alten Männer in meines Großvaters Stube tranken Bier.

Zur Verabredung gehe ich nicht hin, wozu auch, er weiß ja noch nicht, daß ich eine Brille brauche. Ich habe ihn gar nicht richtig gesehn. Ich würde ihn auf der Straße nicht erkennen. Überhaupt, er hat so weiche, feuchte Hände und ist meistens stumm. Bier! Was soll ein Bierbrauer mit mir! Ich mache ein Gedicht über ihn, und aus. Wenn ich aber an der Ingenieurschule vorbeifahre mit der vollen S-Bahn am Morgen oder am Abend, dann denke ich ein bißchen an ihn. Nur so, da ist einer, der mich nehmen würde, vielleicht, aber ich will ihn ja nicht.

5

Jeder von uns hat ein zweites Fach neben der Kunst, mein zweites Fach ist Deutsch, es heißt aber Germanistik. Was das bedeutet, Germanistik, das lerne ich erst langsam verstehn, als ich schon meine Klausur in Mittelhochdeutsch schreibe. Germanistikvorlesungen haben wir im Hauptgebäude, das macht mir Freude. Man geht auf breiten Treppen, vorbei an Marmorwänden, unter Säulenkapitellen, durch hohe Hallen, man öffnet schwere Türen, lehnt sich aus Riesenfenstern und sitzt in ansteigenden Hörsaalreihen. Das ist dann wirklich wie Universität. Ich bin gerne im Hauptgebäude. Heimlich gehe ich in eine theologische Vorlesung, und ich luge in der Pause zu den Mathematikern hinein. Die haben vielleicht eine vollgekriekelte Tafel!

Oben in der Kunstgeschichte gehe ich in den abgedunkelten Vorlesungsraum zu einem alten Flamen, Professor Claessens, der leidenschaftlich artikuliert: »Das ist kein SSSStier, das ist ein Bild von PPPPaulus PPPPotter.« Vorne sehe ich das Bild mit dem kleinen dunklen Stier drauf, das ich einst von einem Zigarettenalbumbildchen abkopiert habe und das in der Küche meiner Mutter hängt. Mein Paulus Potter! Professor Claessens sagt auch: »Correggio, das ist es nicht, aber Carrrravadschiiioo!!« Wenn er »Mickelaaaannnngelo« sagt, dann hört man diese Größe im Klang.

Er beeindruckt mich, der Alte mit seiner roten Nase im Licht der Leselampe vorne am Pult. Nur er ist hell in der dunklen Kunstgeschichtsvorlesung im Hauptgebäude. Er beeindruckt mich viel mehr als ein näselnder, kühler Dozent, den wir Schlange nennen, der uns an hastig eingeworfenen »Monnääää«- und »Mannääää«-Diapositiven hastig zu beweisen sucht, daß Impressionisten auch nur Naturalisten sind. Was unser kleiner dicker Direktor, der Kommunist und ehemalige KZ-Häftling Professor Gute, erzählt in Propädeutik der Kunstgeschichte, das gefällt mir. Im roten Schlips und himmelblauen Anzug gestikuliert er, im besten Sinne vulgärmaterialistisch, fast wie meine roten Verwandten daheim. Er erklärt uns in gutem Sächsisch die Gründe für die Fülle der Venus von Willendorf. Die Horden hätten gebratenes Fleisch nicht gekannt, sondern nur die weicheren Innereien verschlungen, den Rest aber ins Feuer geworfen. Die Schwachen in der Urgesellschaft, zum Beispiel die etwas älteren Weiber, wurden verjagt und erhielten nichts von der Beute. Die kletterten vor Furcht auf die Bäume. War die Luft rein, dann schlichen sie zum verlassenen Feuer und lernten, das gebratene Fleisch aus der Asche zu klauben. Und so seien sie fett geworden und wieder beliebt und hätten allmählich das Matriarchat begründet, die Herrschaft der Matronen. Lustig ist es bei ihm, dem alten Genossen. Einfach zu lösen scheinen viele, scheinbar so heilige und geheimnisvolle Fragen.

Ein ganz junger Herr Doktor macht mir noch viel Spaß. Er tanzt fast diese Philosophie, den dialektischen Materialismus. Der Raum ist häßlich und nüchtern, aber er steht da in hellen Schuhchen, in seinem taillierten Anzüglein, lockig, leicht und beweglich vor der Tafel, Hochsächsisch diesmal. Und er zieht Kreise, Spiralen und durchkreuzt die Kreise und Spiralen, schwungvoll. Materialismus, Idealismus, »Entwickelung«, Bewußtsein, außerhalb, innerhalb, objektiv, subjektiv, alles ein Kinderspiel aus Skizzen und Denkmodellen an der Tafel. Ein paar Kreidestriche, und die Welt ordnet sich. Ich glaube plötzlich, ich könne etwas mit dieser Philosophie anfangen, und schreibe für den beweglichen, taillierten Lehrer mit den hübschen Locken und dem Puppenmund, der auch noch ein junger hoffnungsvoller Schriftsteller ist, meine erste Semesterarbeit über

Ethik und Moral in Liebe, Ehe und Familie. Ich sitze stundenlang im Arbeitsraum des Studentenheimes, studiere Friedrich Engels und schreibe seitenlang Philerphobie über Liebe, Ehe und Familie! Ich! Ja, ich gewöhne mir an, das Gebiet, das mich so verlockt und mir doch so verschlossen ist, zu bezeichnen wie die Xanthippe in der Kalendergeschichte von Brecht: Der verwundete Sokrates. Philerphobie scheint der richtige Ausdruck für mein Verhältnis zur Philosophie zu sein. Noch einer von den Studenten sagt so, Hans.

Irgendwie merke ich, daß ich nichts wirklich fasse, was da zu fassen wäre. Und das macht, daß ich nun meiner Existenz so ungewiß werde, daß ich in den kahlen Fluren des Studentenheimes schwankend herumirre, endlich meine Freundin Antje finde, mich an ihr festhalte und auf sie einrede: »Hilfe, ich zerfließe, ich zerfließe!« Sie weiß etwas, sie hat gerade biologisch abbaubares Waschmittel gekauft. Wir waschen im Keller unsere Sommermäntel und beobachten in der leise blubbernden braungrauen Brühe die Arbeit der Bakterien. Ich komme zu mir und rette mich zum zweiten Male vor der gefährlichen Philosophie.

6

Die anderen gehen ins Kino im Westen oder in die Museen. Einmal soll ich zu einer Tante von Siegfried fahren. Er hat mir das aufgetragen. Das ist in Lichterfelde West. Die Häuser sind gelbe Nazihäuser, das sehe ich sofort. Die alte Frau, die Witwe eines Offiziers, hat ihrem gelben Kanarienvogel einen Plastevogel zur Gesellschaft gegeben. Sie bewirtet mich auf umständlichen Tischdeckenschichten mit einem Stück sehr trockenem Kuchenbrot. Ich gehe schnell wieder weg.

Am Kurfürstendamm betrete ich einen Laden. Ich will mir für Ostgeld ein Wollekopftuch kaufen. Es glänzt so in dem Laden, daß ich schüchtern wieder gehn will. Dann zeige ich doch meinen Ostausweis und gebe meine Ostmark hin für ein rosaviolettes Wollekopftuch. Ich nehme die häßlichste Farbe, die vorrätig ist, und ich flüchte, das Portemonnaie ist noch offen, den Ostausweis in der Hand aus der glänzenden Glastür. Das Tuch kann ich nicht tragen, ich sehe schrecklich damit aus.

Wir, die Studenten der Humboldt-Universität, sollen Flugblätter in Charlottenburg und Dahlem verteilen. Dem aufgeregten Räuber-und-Gendarm-Spiel der anderen entziehe ich mich. Schließlich verliere ich den Anschluß. Aus Faulheit, aus Feigheit, aus Hochmut? Ich biege in eine stille Wohnstraße ein. Rechts und links zwischen rasiertem Rasen verschlossene Haustüren. Ich lege kleine Bündel der Flugblätter auf verschiedene Haustürtreppen. Dann renne ich weg und fahre mit der S-Bahn wieder in den Osten. In der Uni erzählen sie, wer alles von der Westberliner Polizei verhaftet wurde. Aus unserem Seminar ist ein Mädchen verhaftet worden, Sorbin aus Kamenz, hübsch, katholisch erzogen, ordentlich. Agitieren und dafür verhaftet werden, das hätte ich ihr nicht zugetraut. Das ist weit mehr, als ich mir zutraue. Meine Freundin Antje war ganz vorne, wurde aber nicht verhaftet. Sie hat mich gesucht. Sie will ja auch immer, daß ich in die Partei eintrete.

In meiner Seminargruppe gibt es eine Iris, Iris aus Güstrow. Iris ist nicht mitgefahren zum Agitieren. Bei Sachen, die sie blöd findet, macht sie einfach »Ph!«. Es ist ein Mädchen mit einer kantigen Stirn, blasser Haut, spröden blonden Haaren. Mit hoher Stimme spricht sie ein vornehmes Schweriner Platt. Jede Bemerkung von Iris geht hinten hoch und wirkt wie eine unschuldige Frage: »Die sind doch verrüekt? Das sieht man doech? Neich?«

Antjes Mecklenburgisch ist fester, es geht hinten nicht hoch, sie benutzt es hauptsächlich im Selbstironischen: »Ick bün ebends 'ne Drangtonne, propenvoll.«

Wenn es ihr ernst wird, ist das Platt weg. »Nein! Nein! Damit bin ich nicht einverstanden!« sagt sie heftig, hell und klar. Und dann geht es los, gegen alle oder gegen mich allein, das moralische Donnerwetter. Gerechtigkeit!

Iris sagt dazu nur verächtlich: »Son Quaak abers.« Iris fällt alles leicht. Sie bekriekelt, wenn sie sich langweilt, mit großer schräger Schrift in den Vorlesungen Zettel und schickt mir absurde Texte.

Sie bewirbt sich im Frühjahr für die Kunsthochschule, denn Lehrer werden in diesem Staat, das sei das letzte, das ist ihre feste Überzeugung. Iris sagt ganz ruhig: »Sozialismus ist doch Nonnsenns, die sind doch blöed? Oddeeer?« Niemand tut ihr was, alle dulden ihre Bemerkungen, die in der Tonhöhe weit über den Stimmen der Bestimmer liegen. Sie schenkt mir von Laurence Sterne den »Tristram Shandy«, ach, schon das Papier der Insel-Ausgabe! Dann schenkt sie mir eine Anthologie englischer Gedichte, links englisch und rechts deutsch. Ich übersetze die Shakespeare-Sonette, die da drin sind, noch mal und bin glücklich. Iris öffnet mir was, etwas andres als Antje, etwas nach oben Offenes.

Ich muß meinen ganzen Verstand zusammennehmen, um ihre hochgestimmten Aggressionen überhaupt zu verstehen. Für sich selber macht sie immer ganz ruhig das, was sie für richtig hält. Manchmal kommt sie montags nicht. Sie bleibt zu Hause in Güstrow und geht Segeln. Das Wetter ist so schön. Politische Ökonomie, Geschichte der Pädagogik oder die entsetzliche Vorlesung Didaktik, so etwas ignoriert sie. Dort sitzen die strickenden, schwangeren Genossinnen ihre Zeit ab und hören nicht zu. »Warum machen die das?« fragt sie. Ihr Singen im Ohr, betrachte ich die dicklichen müden Gesichter in den halbleeren Stuhlreihen mit noch größerer Verwunderung und beschließe, da auch einfach nicht hinzugehen.

Iris eilt für fünfzig Pfennig auf Studentenausweis mit mir in die Staatsoper, »La Traviata«. Sie zieht dazu ihre gestreifte Schlafanzugjacke an. Sie hört angestrengt zu, blaß mit ganz kleinem Mund. Ich muß heulen und habe doch grade bei Brecht gelernt, daß man das nicht darf, mitheulen. Nur dagegen heulen darf man. Iris lacht plötzlich hell auf über mich, aber glücklich lacht sie und einverstanden, nicht so kicherisch wie Nati oder Edeltraud. Ich fahre nun öfter nach Westberlin. Im Charlottenburger Schloß betrachte ich die Impressionisten, aber ich bin dort immer sehr unsicher. Iris aber ist in Westberlin wie zu Hause. Sie geht mehrere Male in »Orphee« ins Kino am Steinplatz. Da kennt sie schon die Jungs von der Kunsthochschule. Das bleiben für mich alles Wunderworte, »Der andalusische Hund«!,

»Orphee«! Im Institut beginnen sie zu agitieren, wir sollen nicht nach Westberlin. Ich bin ja eigentlich ein Schisser, und es ist mir auch nicht so wichtig. Ich laß es eine Weile sein. »Orphee« hin oder her. Ich glaube eben, daß ich zu den anderen halten muß, zum sozialistischen Lager. Denn das ist doch das historisch Kommende, das Gerechtere, das Menschlichere. Mein heftiger Hunger nach der geistigen Nahrung, den Iris völlig selbstverständlich findet, ist eben meine Arroganz, mein Egoismus, meine Unverantwortlichkeit.

Das ist alles – »eine Extrawurst gebraten« haben wollen und » Spüchte« haben, wie meine Mutter sagt, der mein Vater auch das Dichten verboten hat. »Die« verbieten es. Sage ich wie mein Großvater »Die« und nicht »Wir«. »Die« oder »Ihr« darf ich nicht sagen. Puterrot wird Antje vor Wut und schreit mich an: »Wieso ihr! Du gehörst doch dazu, was tust du so extra!«

Viele von den Genossen lehne ich äußerlich und gefühlsmäßig ab. Sie gefallen mir nicht, so die einzelnen. Immer habe ich deshalb ein schlechtes Gewissen. Meine Freundin Antje aber ist schön. Sie ist schlank und weiß. Ihre Haare schimmern, und ihr Pferdeschwanz fällt schwer bis auf den Hintern, ihre Augen sind wunderblau, ihre Brauen sind hochgebogen, ihre Stirn ist kindlich und rein. Auf einem langen runden Hals sitzt ihr eiförmiger Kopf, den sie oft nachdenklich neigt. Sie spitzt belustigt ihre Lippen, rümpft ihre Kindernase mit den weiten Löchern, kneift mir vor Aufregung in den Arm, daß es weh tut. Sie kocht mir Tee, sie hört mich an. Sie kann so gut laufen wie ich, so hell lachen wie ich, sie macht den Mund auf und sagt, was sie denkt, sie schwimmt mit mir und hält zu mir und erkennt, was ich kann und was ich nicht kann. Sie ist ehrlich mit mir begeistert, und sie schimpft ehrlich mit mir, und dafür liebe ich sie. Der Dichter mit der Pfeife hat sie als Abiturientin in die Partei verführt. Sie ist auch ein bißchen fanatisch, kategorisch, hochfahrend und mit Utopie und Energie geladen, daß ihre Genossen Angst kriegen. Sie kann Majakowski auswendig und donnert seine Verse in die Debatte. Außerdem, sie macht selber Gedichte.

In unserem Seminar ist ein gewisser Holger. Der macht auch Gedichte. Er ist älter und hat schon als Lehrer gearbeitet. In seinen harten Reden übertrifft er die Genossen bei weitem. Er streitet sich grundsätzlich mit Antje wegen Taktik und Strategie, Kleinbürgertum und wahrem Sozialismus herum. Nichts macht sie ihm recht. Wenn er seine gelbliche Hand auf den Schenkel der kleinen Hilde legt, erschrecke ich. Wenn er zynisch grinst und einen schmutzigen Witz erzählt, wende ich mich ab. Es fällt mir schwer, sein fettiges Lachen und seine einschüchternden Reden zu ertragen. Wenn er sagt: »Frauen, die im Bett philosophieren, sind unausstehlich«, erzeugt das in mir den Wunsch, im Bett zu philosophieren. Ich weiche ihm aus, aber das geht nicht immer. Er ist wie verdorben. Seine schmissigen Zeichnungen, seine abgenutzte gelbgrünblaue Malerei sind mir zuwider. Ich hasse Holger, ich bin aber zu feige, das offen zuzugeben. Holger haßt Hans. Hans spricht nicht mit so einem.

Gut, manche Genossen beeindrucken mich doch, ein von Bombensplittern Blinder mit seiner kindlichen, ihn immer begleitenden und mit ihm zusammen studierenden Frau, dann ein sehr kluger junger Mann mit einem verkrüppelten Arm, er ist von den Sonderschulpädagogen und hat eine Freundin, die ganz gerade abgeschnittenes, sehr dickes Haar hat und wie eine Kommissarin aussieht und sich auch so kleidet und so spricht. Einmal kurz vor einer Versammlung steigen die beiden Paare aus dem Fahrstuhl und stehen zu viert vor mir. Wie ich sie begrüße, fühle ich ihre Härte, ihre Entschlossenheit. Es geht ein dunkler Druck von ihnen aus. Ich steige an ihnen vorbei in die sechste Etage hinauf. Der Fahrstuhl hält in der fünften, nach oben geht es nicht weiter.

7

Hans meldet sich zu Wort, warum soll man nicht nach Westberlin fahren, Bilder ansehen? »Mach hier kein Faß auf!« sagt der FDJ-Sekretär, aufpassend, daß nichts aufkommt. Zwei eifernde Frauchen »in festen Händen«, eine mit geflochtenen Schnecken und eine mit rotbonden Löckchen, stehen auf und sind gegen Besuche in Westberlin, und »den Kriegstreibern keinen Fußbreit Boden!«. Die vollbusige Freundin eines älteren Journalisten redet verständnisvoll auf Hans ein. Eine ruhige und ernsthafte Frau mit Brille und Herrenschnitt, die auf der ABF war, redet von Verführung. Hans ruft laut: »Dann sind wir eben zufrieden mit dem, was wir haben«, und dann singt er leise: »Und laßt euch nicht betrügen, daß Leben wenig ist, Schlürft es in vollen Zügen! Es wird euch nicht genügen, wenn ihr es lassen müßt ...«, und ich singe ihm zu: »Soll das heißen, daß wir uns bescheiden und so ist es und so bleibt es sagen sollen, weil da große Herr'n geruhn uns vorzuschreiben, was da zukommt uns an Leiden und Genüssen.« Brecht hat recht. Hans hat recht. Er gefällt mir. Ich liebe das kleine Bändchen, die Hauspostille in schwarzem Leder mit Goldschnitt für vierzehn Mark fünfzig. Hans auch. So was führt in die Kollwitzstraße, in den Prenzlauer Berg, zu den Künstlern, die alle »auf dem vierten Hinterhof wohnen und eine unglückliche Liebe haben«. Hans gründet eine Gruppe. Sie mieten sich einen Laden in der Kollwitzstraße, der ist schmuddelig und kalt. Sie schneiden das Gasrohr ab, biegen es ein wenig in den Raum, manipulieren den Zähler und lassen es dann brennen. Das riecht! Sie malen dort.

Es riecht nach Gas, nach Ölfarben, nach kaltem Zigarettenrauch, nach den brüchigen Abwasserrohren und den von den Jungen oft zum Pinkeln benutzten, uralten Ausgußbecken. Es riecht wie in allen anderen heruntergekommenen Mietshäusern von Ostberlin.

Die Gruppe stellt aus, und ich darf da hinkommen. Bilder, richtige Ölbilder mit richtigen Ideen! Eine ärmliche Frau mit einer Katze, eine graugrüne Berliner Straße mit schwärzlichen Bombenlücken und der violettgraue Großstadthimmel darüber und Stilleben mit Teekannen, die sich biegen im Mitgefühl und vor Kummer, und Gitter von Aloepflanzen, die sich krümmen vor einem weißkalten Winterfenster, Holzschnitte. Schwere, dunkle Selbstporträts und weißliche Akte von frierenden, nackten Mädchen mit großen Augen, alles eher wie Balluschek oder früher Grundig, und doch wenigstens wirklich erlebt, mehr erlebt als die Pilze, die Fische oder der Schal und der Hut, die wir beim Professor so hingegeben malen. Das Eigene eben, ich male ja auch manchmal mein Eigenes. Ich muß nun unbedingt eine eigene Bude haben, damit ich was Eigenes erleben und malen kann. Antje oder Holger, die werden von der Gruppe nicht eingeladen. Ich möchte gerne zu den Ausstellungen von der Gruppe eingeladen werden. Die Assistenten gehen auch hin, beim Weggehen haben sie bedenkliche Gesichter und raten von weiteren »Aktivitäten« ab.

Zweites Kapitel

1

Es ist Sonntag. Ich sitze am Fensterbrett in der muffigen Küche im Studentenheim und modelliere ein Relief aus Ton, mein eigenes Gesicht. Am Fensterrahmen steht der Spiegel. Mit meinem Gesicht und mit dem Relief bin ich sehr unzufrieden. Es kommt mir so vor, als ob ich immer mehr dem Kaiser Konstantin ähnelc, ein Gesicht wie das der Kolossalstatue, so vertrieft und hängend scheint es mir und so plump in allen Teilen. Ich wasche mir den Ton von den Händen unter dem verkrusteten Schwenkhahn über dem Abwaschbecken in der Studentenheimküche. Das Studentenheim ist noch ziemlich neu. Draußen liegt der restliche Bauschutt, aber die hölzernen Rahmen um die Becken faulen schon. Alles ist noch oder schon wieder häßlich. Wie damals, als ich die Aufsätze neben Bernt Neuenfeld schrieb, muß ich pinkeln, weil ich nicht weiterweiß. Ich verlasse die Küche und gehe zum Klo.

Mädchen, die am Sonntag nicht nach Hause gefahren sind, bevölkern die Waschräume und die Duschen. Ihre freie Zeit verbringen sie stundenlang mit Haarewaschen und Wäschewaschen, Maniküre, Pediküre, Frisieren. Ich wende mich hochmütig ab. In diesem Augenblick begegne ich zwei nackten Mädchen, die aus der Dusche kommen. Die eine ist Sportstudentin. Hochspringerin, Sieglinde. Unter ihrer bräunlichen

Haut treten feine feste Muskeln hervor. Die flache Bauchdecke setzt mit einer wie geschliffen ausgeformten Wulst am Hüftknochen an. Verwunderlich. So etwas habe ich bisher nur in Kunstgeschichte bei den klassischen Griechen gesehen, bei Mädchen aber nicht. Federnd geht sie davon. Hinter ihr schwebt etwas Weißes, Schwingendes, Rosig-Durchsichtiges vorbei, von bläulichen Adern durchzogene Wölbungen, Buchten. Ich kenne das Mädchen nicht. Eine Masse nasser welliger dunkelblonder Haare. Achselduft. Mir tut das Herz weh. So tut es weh, wenn ich Alexanders Brustmuskeln sehe, oder wenn ich im Vorüberfahren vom Zug aus eine Wiese entdecke, die mehr leuchtet als der Himmel, oder wenn ich bloß an den grauen Armen einer großen Buche ins Blau hinaufsehe, tut mir auch so das Herz weh. Wegen Schönheit eben.

Die geschliffenen Muskeln und die knappen Maße der vorbildlich trainierten Sportstudentin, die von vielen der »modernen« Jungens begehrt wird, erscheinen mir nichts gegen das nasse, weiße, gebogene Mädchen. Die ist wie ein Trank.

Ich gehe in die stinkende Küche und haue mein Tongesicht zu einem Klumpen zusammen. Ich blicke an mir hinunter. Ich trage einen BH, aber meine Brüste füllen die spitzen Tüten nicht aus. Man sieht es unter der Bluse. Klar sieht man es. Ich stecke manchmal sogar Watte in die Spitzen. Ich betrachte mich im Spiegel, drücke Pickel aus und finde mein Gesicht zu groß, schwer und triefig wie das von Kaiser Konstantin.

Wir haben nicht Semesterferien, sondern vorlesungsfreie Zeit. Ich habe mich gemeldet für einen Produktionseinsatz. Ich will nicht das Geld, ich will wissen, wie die Fabrik ist. An einem dunklen Januarmorgen fahre ich mit der S-Bahn vom Studentenheim nach Ostkreuz. In Ostkreuz muß ich umsteigen. Oben auf dem Bahnsteig des Rings weht ein scharfer Nordost. Ich kann eisige Kälte ganz besonders an der Stirn nicht ertragen und verstecke mein Gesicht an der Rückseite des Aufsichtshäuschens. Fast stößt mein Brillengestell da an die rissigen weißglasierten Backsteine zwischen den rostigen Eisenbändern. Solche weißen Steine verkleiden auch den Innenhof unseres Institutes. Vielleicht waren sie früher schön, jetzt sehen sie verpißt aus, Ruß- und Rostschlieren. Der Bahnsteig ist schwarz von frierenden Menschen. Die Züge sind zwischen sechs und acht Uhr am Morgen immer überfüllt. Im Dunst des Raucherabteils stehe ich dicht an der Tür, abgewandt vom zusammengedrückten und schwankenden Menschenklumpen. An meinem hochempfindlichen Hintern spüre ich die fremden Berührungen. Aber die Brücke über den Fluß, die ist gut, da vergesse ich die Bedrängnis und genieße den Augenblick, breit und schwarz die Spree, weißes Licht ganz hinten im Osten, großer Horizont auch an diesem häßlichen Wintermorgen auf dem Weg in eine häßliche Fabrik. Die Nase tief in den selbstgestrickten Schal gesteckt, stumpf und noch müde lasse ich mich beim Aussteigen schieben in der Menge, die sich, die ganze Breite der S-Bahn-Treppen ausfüllend, hinunterwälzt und weiter bis hinein ins Elektroapparatewerk Treptow. Wir nennen es immer noch fröhlich »Imeni Stalin«. Im dunklen Winterhimmel leuchtet immer noch der rote Stern – Planerfüllung.

Es gibt jetzt überall solche kleinen bedruckten Kopftüchlein mit sorbischen Motiven, rote und blaue, die blauen sind beliebter. Ich kann das Tuch kaum hinten im Nacken verknoten, so klein ist es. Dann habe ich noch eine Schürze um, es ist die Kindergartenschürze von meiner Mutter, blau mit roten und weißen Zakkenlitzen, Hühner auf der Tasche.

Am langen Fließband in der unübersichtlichen riesigen Halle sitzen Frauen, die Schalter montieren. Das dürre Neonlicht fällt auf ihre Friseurlöckchen, ihre Haarnetze und Kopftücher, ihre spitzen oder runden Schultern in den buntbedruckten Kittelschürzen. Viele weiße Hände mit braungrauen Innenseiten schrauben und klemmen und schieben und biegen an den Schaltern herum. Hinter ihnen in der Halle rumpeln Maschinen. Eine alte Dicke und eine junge Dünne in der Mitte des Bandes heben ab und zu den Kopf und schreien einander irgendwas zu. Verstehen kann ich es nicht. Ich höre nur, wie die Frauen kreischen oder lachen. Die letzten beiden am Band, die Gütekontrolleurinnen, sind still, sie kommen mir besonders schnell vor, klack, klack. Das Band ruckt und ruckt. An seinem Ende stehe ich, sehe die Reihe der Frauenhände rechts und links, wie sie das Stück von der Mitte zu sich ziehen und es wieder zurückschieben in die Mitte, es ruckelt weiter und wird von den nächsten Händen genommen. Ganz vorne am Anfang des Bandes sitzt die sächsische Sophie, rotblonder Pony über grauweißem Gesicht. Mich hat man angewiesen, die Schalter vom Band zu nehmen und in Kisten zu packen. Hilflos, überlang, stehe ich vor den unaufhaltsam heranruckelnden Produkten. Sie drohen vom Rande des

Tisches hinunterzustürzen, weil ich sie nicht rasch genug herunternehme und einpacke. Das Bandende ist von Kisten umstellt. Ich muß mich weit darüber beugen. Ich stoße mir das Knie, meine Brillengläser beschlagen. Die Frauen lassen mit einem bestimmten nervenden Summton das Band anhalten. Die Gütekontrolleurinnen müssen aufstehen und für mich einpakken. Eine Woche geht das so, dann gibt man mir eine andere Arbeit an der Bohrmaschine. Ich nehme ein Metallteil rechts aus dem Eisenkorb, stecke es in die Leere und senke den Bohrer über einem kleinen Loch, um den Grat abzuschrägen für die Senkschrauben. Achten muß ich auf den regelmäßigen Zufluß der weißlichen Bohrmilch. Die Maschine ist alt, der Handhebel endet in einer kleinen eisernen Kugel, die gefällt mir. Klirr, werfe ich das Metallteil nach links. Auch an der Bohrmaschine bin ich zu langsam. Aber ich gerate nicht in die schreckliche Lage, daß dreißig Frauen wegen mir nicht weiterkönnen, nur weil ich dem Rhythmus nicht gewachsen bin.

Die sächsische Sophie trägt ein Haarnetz und eine Kittelschürze wie die anderen Frauen am Band. Sie nimmt den Rhythmus der ruckenden Schalter wie selbstverständlich auf, ihre Hände sind außen weiß und innen grau. Geschickt schließt sie Kontakte, sie erfüllt die Norm. Ihre kurzen weißen Beine in den Schnürschuhen stehen still nebeneinander unter der Bank am Fließband genauso wie die Beine der anderen Arbeiterinnen. Ihre Mutter in Plauen, die arbeitet Schicht in einer Textilfabrik. Sie machen da Übergardinen. Mit dem Ausschuß der Plauener Fabrik schmückt Sophie ihre Studentenbude. Gelbgrünliche Stoffe mit grauen

Dreiecken und roten Kreisen, und grüngelbliche mit braunen Dreiecken und orangen Kreisen. Sie näht sich einen Rock mit angeriehenen Stufen aus den Resten. Der Rock ist länger als die Kittelschürze.

Zwei Wochen Elektroapparatewerk. Ich bekomme 119 Mark. Die andern haben mehr verdient und sind zufrieden mit sich und ihrem freiwilligen Produktionseinsatz, besonders Sophie, sie hat das meiste. Ich hasse Fabriken, das darf ich nun erst recht nicht mehr sagen, fürchterlich.

2

Die ganze Fakultät ist von oben behängt mit bemalten Tapetenrückseiten. Die blonde Berlinerin verkleidet sich in einen Fernsehapparat. Schwarz umrahmt ein Stehkragen am Hals und der weite Ausschnitt über ihren Brüsten das abgerundete Viereck einer Bildröhre. Auf der Schulter ragt eine zierliche Antenne. Das ist eine sehr gute Idee für den Studentenfasching. Ich setze mir einen Lampenschirm auf den Kopf, nähe mir zwei Blitze auf die Pantalongs und sticke links und rechts Plus und Minus auf die Oberschenkel, hänge mir einen Handspiegel an die Hüfte und bin in »Hochspannung«.

Hans entdeckt mich, als ich die Treppe hinaufsteige. Er faßt mich an den Händen und tanzt, meine Idee bewundernd, ein bißchen um mich herum. Dann ist er wieder weg. Ich lehne für Sekunden in Alexanders Armen. Der verschwindet mit der blonden Berlinerin und ihrer zierlichen Antenne im Gewühl. Wieder kommt das Nichtdazugehören über mich.

Für ein Mauerblümchen bin ich zu auffällig. Ich falle einem Riesen auf. Er verstellt mir die Sicht, er stützt sich mit seiner kräftigen Rechten an der Wand ab, er hält ein hölzerne Latte, die er irgendwo gefunden hat, in der Linken. Das ist seine ganze Kostümierung. Er ist von hinten, vom Bauplatz aus durch ein Fenster hereingestiegen und hat gar nicht bezahlt. Er setzt mir den Lampenschirm ab, der meinen Mund durch seinen Drahtkreis versperrt, und gibt mir einen gewalttätigen Kuß. Seine Zunge ist groß und rauh. Es tut weh. Ich stoße mit den Füßen nach ihm. Dann sperrt er mit dem zweiten Arm die Wand ab und läßt mich nicht weg. Über die Latte, die er dabei immer in der Hand behält, steigen die anderen, die vorüberströmen, fluchend. Wir tanzen zusammen mit der langen Latte, die noch viel länger ist als er. Er heißt Kalle, er ist heftig, nüchtern und aufrichtig zugleich. Ich kann mit ihm genauso sein. Heftig und nüchtern und aufrichtig kann ich sagen, was mir nicht gefällt und was mir gefällt. Das gefällt mir. Wir gehen bald, die S-Bahn fährt noch. Er bringt mich bis hinaus vor die Tür des Studentenheims. Den weiten Weg erfüllt er mit seinen zutraulichen Reden. Er ist gleich mit Heiraten beschäftigt, spricht von der Ehe seiner Eltern und ob schwarze Frauen länger halten als blonde und daß ich wahrscheinlich die Richtige bin, daß er exmatrikuliert sei und Physiker, bei Narva arbeite und jetzt Medizin studieren wolle, und daß er es schaffen werde. Brille oder zu kleiner Busen, das seien doch keine Fragen. Ich sei es, das wisse er ganz genau, und er sei darüber froh, endlich.

Jeden zweiten Tag kommt ein Brief, der durch den Türschlitz im Studentenheim geschoben wird und der bei den drei anderen Mädchen lautes Johlen auslöst. Krakelige Jungenschrift, genaue Angaben zu Zeit und Ort von Verabredungen und heftiges und nüchternes Verliebtsein. Ich treffe ihn auf dem S-Bahnsteig Warschauer Straße, wenn seine Schicht vorbei ist. Aus seinem großen feuchten Mund kommen für mich höchst ungewöhnliche Reden zusammen mit ungewöhnlichem Atem. Er raucht nicht, aber er schwitzt viel, und sein Atem ist nicht gesund. Ich erkenne diesen Atem, es ist die Lunge, das weiß ich von meiner Mutter. Er hat das von der Lunge sofort erzählt. Beim Hochsprung in der Schule bekam er einen Lungenriß, eine Tb und eine Pneumonie, das macht, daß er seinen Hals und seine linke Schulter ein wenig schief hält.

Wir gehen zusammen weg. Essen in einem Kellerlokal, Kaffeetrinken im Mitropa-Restaurant, ins Zeitkino an der Friedrichstraße, knarrende, harte Klappsitze, es stinkt wie im Stall, und S-Bahnen donnern darüber.

Für Kalle brauche ich mich nie »zu verkleiden«, wie er das nennt. Schminke, die ich extra seinetwegen versuche, beschimpft er als Kriegsbemalung. Aber ich soll ins Kino mit ihm und immer im Westen für Ostgeld. Ich soll wie eine echte Berlinerin rennen, wenn die Bahn kommt, und nie bezahlen. Ich soll die Biologie und nicht die Philosophie als die oberste Idee anerkennen. Ich soll Henry Miller, Moravia, Hemingway lesen und nicht Ehrenburg oder Anna Seghers, auch nicht Brecht. Er sehe es doch bei Narva, die Proleten würden wie immer beschissen, er werde jetzt in die FDJ-Leitung im Werk gehen, um eine Delegierung zum Medizinstudium zu bekommen, und aus keinem anderen Grunde. Alle machten einander was vor, ich selber mache mir was vor, ich soll niemandem vertrauen. Ich soll ein Sakko für ihn aussuchen. Er könne noch ein bißchen warten, aber ich soll doch endlich mit ihm ins Bett. Alles das will ich nicht, kenne ich nicht, kann ich nicht. Sakko aussuchen, nicht gelernt, und noch nie mit einem ins Bett gegangen. Ich fürchte mich davor. Ich werde neunzehn Jahre alt, eigentlich ist es Zeit. Seine Briefe werden allmählich seltener und trauriger. Ich merke, er hat noch andere Mädchen, aber es hört nicht auf bis weit in den Sommer hinein. Wir gehen baden in Grünau, und dann komme ich mit in sein häßliches Zimmer, in dessen Ecke die Massen von leeren Bierflaschen stehen. Bier, das bittere. Auf dem Bett wehre ich mich und springe wieder auf.

Dann, ich bin im Praktikum im Pionierlager am Hölzernen See. Man ruft mich am Abend an den Schlagbaum, da steht er mit dem Rad, vierzig Kilometer nach der Schicht. Ich verschwinde einfach mit ihm. Die Kinder, für die ich verantwortlich bin, müssen ohne mich ins Bett. Wir streifen durch den Wald bis in die Nacht. Wir wälzen uns auf den warmen Kiefernnadeln und küssen uns wund, aber ich wehre mich immer noch. Ich bin eine dumme Gans. Zickig. Schisserig. Und, ich weiß genau, ich liebe ihn nicht, ich liebe ihn aus verschiedenen Gründen nicht. Als ob man dafür Gründe braucht. An Jungen wie Alexander oder an Hans, für die ich nicht in Frage komme, gefällt mir alles, die Stimme, jede Bewegung, ich höre, wenn sie etwas sagen, »aufs Wort«. Kalle will ich eben nicht gehören.

3

Künstlerisches Praktikum, im Sommer im Freien malen. Unser Professor fuhr bisher mit den höheren Studienjahren immer auf die Insel Rügen. Boote, Boote, Boote, Netze, Netze, Himmel und Meer.

Auf uns kommen die Folgen der Bitterfelder Konferenz. Produktion! Kunst zu den Arbeitern. Arbeiter in die Kunst. Der Bitterfelder Weg schickt den Professor mit seinen Studenten in das Braunkohlengebiet. Es paßt gar nicht zu diesem alten Herrn im Strohhut mit Band, in weißen Söckchen und weichen Sandalen.

Knappenrode, eine Mondlandschaft, die Braunkohlengrube, Förderbrücken, E-Loks, eine Brikettfabrik und eine verlassene, vollgelaufene Grube als See, der Knappensee.

Ruß und Sand, Sand und Ruß überall, dünne, dünne Pappeln, Rekultivierungspappeln wie im Zellwollwerk. Puh. Der Professor kriegt ein Zimmer im Dorf.

Wir kriegen eine Luftmatratze in einem Hundertmannzelt. Immer eine Reihe Mädchen, eine Reihe Jungs. Ich liege in der Mittelreihe mit dem Kopf einen Meter entfernt von Alexanders Kopf. Eine unsichtbare Wand trennt uns, das ist eine unausgesprochene Vereinbarung, daß so was jetzt im Zelt nicht gilt.

Jeder hat zu seinen Füßen seine Farben und seine Kreidebüchsen, seine wacklige Feldstaffelei und sein Klappstühlchen und am Kopfende seine Kleider.

Im Hundertmannzelt werde ich zwanzig Jahre alt.

Ich bekomme eine Karte von Kalle mit Himmel und Meer und »Ich liebe Dich!«, einen Kuchen von meiner Mutter, der schon alle Gerüche nach altem Papier und nach geölten Fußböden in den verschiedenen Paketlagern in sich eingezogen hat, und einen weißen Rosenstrauß, von Alexander im Dorf geholt, aber eben weiß. Ich stelle ihn in einer Milchflasche auf meinen grünen Pappkoffer. Wir gehen auch an diesem Tage Zeichnen im Gruben- und Brikettfabrikgelände.

Der Tag ist um. Wir stehen vor dem Zelt. Die Arbeiten werden von den Assistenten eingesammelt und besprochen. Hans hat eine Lore gezeichnet, diese Lore macht Furore. Wir werden ganz still angesichts der Lore, die Energie hat, plastisch und kräftig wie ein Wesen, das sich anstrengt und lebt. Die Assistenten flüstern wieder »Vincent van Gogh«. Und alle nennen Hans nun Vincent, nicht mehr nur höhnisch wie Edeltraud und solche, die ihn sowieso für verrückt halten, sondern mit Achtung und fast ernst. Alexander ist beeindruckt.

Dann kommt Alexanders Zeichnung dran, die Brikettfabrik. Kästen und Schlote und Himmel. Der Himmel über der Brikettfabrik birst vor Qualmkugeln und Dampfwülsten und Wolkenbergen, weiß und grau und schwarzgrau und schwarz, ungeheuerlich. Das ist das zweite große Zeichnungen-Auswertungs-Ereignis dieses Tages. Die Assistenten flüstern: »Pankok!«

»Bei Pankok sind es aber keine Kohlen-, sondern Sonnenwolken«, sagt Hans.

Was weiß denn ich? Wer ist Pankok?

Ich habe einen Strommast und darunter eine Lore gezeichnet, nachdem man mir beigebracht hatte, wie ich Statisches und Räumliches mit der flachgelegten Kante der schwarzen Kreide anreißen kann. Sie loben meine Fortschritte im Räumlichen und in der Kraft der Linie.

Natürlich ahme ich Hans nach, so gut ich kann, aber alles ist dünner und wackliger bei mir. Die Senkrechten treffen die Waagerechten nicht.

Dann ist es still, nur die Zeichenblätter, die ohne Kommentare noch gezeigt werden, rascheln. Plötzlich wird es schwarz am Himmel. Es stürmt über dem See, die Blätter fliegen davon. Wir sammeln sie ein und gehen hinein in das Hundertmannzelt.

Ich hocke vor meinem weißen Rosenstrauß und verteile den Kuchen meiner Mutter. Da wankt das Zelt, die riesigen runden Stangen heben sich aus dem Boden und hängen über uns schief in ihren Tauen.

Hans versucht, einen Mast festzuhalten, aber der reißt ihn mit in die Luft, und er schreit: »Raus, raus, ihr müßt raus!« Wir drängen hinaus. Es regnet nicht nur. Es stürzen die Wasser vom Himmel. Unter den Turnhemden spitzen sich die Brustwarzen, und unter den Hosen zeichnen sich die muskulösen Hinterbakken ab. Faltenrillungen wie in der Periode des weichen klassischen Stils.

Wir passen sowieso nicht alle in die drei kleinen Material- und Fahrradzelte.

Ich bleibe im Regen stehen.

Ich verwandele mich wieder in einen Gegenstand, duldend, aber beobachtend.

Das Hundertmannzelt ist zerrissen und liegt sperrig über unserem Gepäck, auch über meinen weißen Rosen und den Kuchenresten. Plötzlich öffnet sich ein Zeltfenster, das verschlafene Gesicht eines der Studenten erscheint: »Was ist los?« fragt er. Wir lachen klappernd vor Kälte. Am Abend ziehen wir in die Arbeiterbaracken um. Dann gehen wir noch in die Kneipenbaracke, denn es ist Bergarbeitertag. Der Professor setzt sich zu uns, aber die Bockwurstteller mit dem Senf, auf denen Zigaretten ausgedrückt werden, lassen ihn immer bleicher werden. Alexander und Hans neben ihm loben sich gegenseitig so lange, bis sie sich mit Bier begießen. Der Professor schüttelt den Kopf und geht.

Manche Mädchen müssen abwaschen in der Küche, ich auch. Der Senf, die Bockwurstpellen und die Zigarettenasche schwimmen im Spülwasser. Mir wird schlecht. Und ich habe doch eigentlich Geburtstag. Ich gehe hinaus und übergebe mich, und draußen steht Alexander und übergibt sich! Die Assistentin hat ihn geküßt. Er fürchtet sich vor ihr. Über uns donnern die Sterne.

4

Auf dem Knappensee schwimmen immer mal mehr, mal weniger Rußflocken von der Brikettfabrik. Wir baden und schaben hinterher das Schwarze von der Haut.

Das Herz tut mir weh, so schön sind Alexanders Brustmuskeln.

Hans zeichnet mich, wie ich im Sand sitze. Er zieht eine einzige lange Linie, Kalligraphie, ich sehe schön aus auf der Zeichnung. Von Antje macht er auch so eine Zeichnung. Wenn man danach geht, wie er zeichnet, hat Hans unbedingt recht. Und alle anderen haben dagegen unrecht. Wieso soll er dann verrückt sein?

Die arme kleine Hilde liebt ihn so, daß sie sein völlig verdrecktes Fleischerhemd mit in ihr Zimmer nimmt. Dann sucht er es fluchend und sieht, wie sie sich damit abquält, als sie es wäscht. Er schreit: »Was geht dich mein Hemd an!« Sie weint.

Wir müssen auch arbeiten gehen, nicht nur zum Zeichnen sind wir da. Wir schippen einen Graben. Im Graben liegt ein altes Bleirohr von der Wasserleitung des Dorfes, das hier schon weggebaggert ist. Wir holen das Meter für Meter raus, bevor die riesige Förderbrücke mit ihren Schaufeln sich darin verharkt. Sandschippen ist aber gar nichts für mich. Ich träume sofort von einem Kleinstbagger. Wie ein Maulwurf müßte der sein. Tiere sind überhaupt das richtige Vorbild für Maschinen. Ein Mähdrescher sieht auch wie ein Dinosaurier aus. Und die Förderbrücke ist ein Riesensaurier, das sieht man doch. Ein Schreitbagger erst, das ist ein Urmammut, klar!

Ich schwatze Majakowskische Utopien mit Antje, aber der Rücken tut mir weh.

Und Antje, die nie zimperlich ist bei Schippen und Kartoffelnbuddeln und Rübenhacken, die schreit plötzlich auf: »Ich will eine Dame sein!«

Sonntag ist Sonntag, auch in der Braunkohle. Stille, kein Förderbrückengerassel.

Ich fahre mit einem alten Bummelzug, der durch die dürren Kiefern der Niederlausitz dampft, von Knappenrode nach Großräschen. In Großräschen wohnt der Bruder meines Vaters, bei dem gerade die Schwester meines Vaters aus dem Westen zu Besuch ist.

Seit ich »so gut malen kann« und »in Berlin studiere«, schickt meine neue Tante mir ab und zu dicke Briefe in steiler Schrift, schwer lesbar, auch Päckchen, Schuhe und abgelegte Kleider ihrer reichen Nichten, ein Kopftuch mit roten Rosen bedruckt. Sie schickt mir Bücher von Böll, Geißler, Koeppen, die ich für mein Seminar Westdeutsche Literatur brauche. Der große Familienclan der Verwandten meines Vaters, Geschwister und Schwäger und Schwägerinnen, Nichten und Neffen und deren Kinder trifft sich regelmäßig zu Pfingsten auf dem Grundstück der schon vor meiner Geburt verstorbenen Großmutter Friedericke in Wolfhagen in Hessen. Es kommt der Dresdener Professor und der Leuna-Ingenieur, die Hannoversche Lehrerin und der Frankfurter Zahnarzt, der Schuldirektor aus Marburg und der Schulinspektor aus Frankfurt/Oder, ein berühmter Frauenarzt und eine französische Gräfin sind darunter. Beim Familientreffen werden von der Schwester meines Vaters legendäre Nachrichten über meine gute »Entwickelung« verbreitet und Fotos von mir herumgezeigt. Die neue Tante möchte mich nun in Wirklichkeit sehen. Ich erfülle ihr diesen Wunsch und fahre aus dem schwarzen Staub der Braunkohlenbaracken zu dieser Besichtigung.

Der Bruder meines Vaters wohnt in einem Jugendstil-Reformhaus, 1913 errichtet für die Grubeningenieure, für mehrere Familien, Hausgärten, ein gebohnertes Treppenhaus, dunkelgrün gekachelt, Messingschilder und Klingeln, gediegen. Drinnen Sonnenlicht, Teppiche, polierte Hölzer. Der alte Mann begrüßt mich herzlich und stellt mir seine noch immer heiß geliebte Ottilie vor, eine weiche kleine Hand, Kittelschürze und weißer Kragen, graue Locken, schwarze Augen und dichte Wimpern, hohe, noch immer schwarze Brauen. Dann kommt aus dem Badezimmer, laut aufkreischend vor Glück, die Tante, über siebzig, aber »jugendlich«, hundert Weißtöne vom Hut bis zu den Schuhen, geschminkt, gefärbt, mit krummem Rücken, breitem Mund und lauter Stimme.

Sie berührt mich mit ihren braunfleckigen Händen überall, strahlend über den unverhofften Gewinn. Der verlorene große Bruder auferstanden, sein Lachen, seine Riesenhaftigkeit, seine dunklen Locken, die er noch hatte, damals vor den beiden Kriegen. Der alte Mann erntet seine Saubohnen im Garten, sie werden gekocht und gemeinsam mit Begeisterung aufgegessen. Dann will mir der Onkel unbedingt sein Harmonium schenken. Wo soll ich damit hin? Ich habe doch ein Klavier! Er zeigt mir die Stilleben seiner Frau in der Küche, Gemüse in holländischer Manier. Ich lobe sie, sie sind fünfzig Jahre alt. Dann zeigt er mir die Fotos seiner Kinder, vier Söhne nebeneinander 1940, alle in Naziuniformen. Der Älteste, der »feinste«, der Rainer, der ist gefallen. Er macht noch immer eine Pause nach dem Namen.

Mittagsschlaf für das Ehepaar. Der Onkel schläft von zwölf bis vier nachts und von zwölf bis vier am Tag. Er ist tief zufrieden mit sich und der Welt, fest entschlossen, sich für den Rest seines Lebens nie mehr und über nichts zu ärgern. Die laute und anspruchsvolle Schwester erträgt das Paar mit Geduld.

Ich soll mit der Tante spazierengehen. Sie gehöre zu den Menschen, die nur im Freien frei reden könnten, sagt sie. Sie nimmt ihren weißen Spazierstock, und ich verbiege mich an ihrem Arme, weil sie so krumm geht, und ich verkrümme mich auf den häßlichen Straßen von Großräschen wegen ihrer exaltierten Sympathiekundgebungen und ihren Versuchen, sich mit mir gegen den »ganzen reaktionären, übrigen Familienklüngel« zu verbünden. Sie sei immer für den Fortschritt und gegen die Nazis gewesen. Denn schon ihr Vater war ein christlich Sozialer und ihr Bruder war Kommunist, und man sehe ja an mir, was das für ein wunderbarer Mensch gewesen sei. Am frühen Abend bringt sie mich zum Zug. Auf dem Kies des verwahrlosten Bahnsteiges steht sie mit ihren cremefarbenen Schuhen, ihren weißen Handschuhen und ihrem breitkrempigen Hut. Besorgt sehe ich die roten Flecken der Aufregung auf ihren Wangen und an ihrem Hals. Ich blicke aus dem Abteilfenster auf sie hinunter, ich fahre zurück in die Braunkohlengruben-Arbeiterbaracke. Das würde ich nicht tun müssen, wenn ich ihren Rat annehmen würde. »Du kannst jederzeit zu mir kommen, ich sorge für dich und lasse dich ausbilden in Frankfurt.« Ich schüttele den Kopf und denke auf der Rückfahrt: Alexander, Hans, Antje, meine Mutter und meine Großmutter, mein Institut in der Burgstraße, meine Universität, meine Braunkohlengrube, meine DDR! Als ich in die Baracke komme, hocken die Mädchen auf den Doppelstockbetten, die Zeichenbretter an die hochgestellten Schenkel gelehnt. Hilde sitzt nackt auf einem Stuhl. Wir zeichnen uns abwechselnd, ich komme auch dran, während die sächsische Sophie aus dem Felix Krull vorliest. Es ist wunderbar.

Wir sitzen in der Mittagspause unten im heißen Bauwagen auf der Grubensohle mit den Grubenarbeitern zusammen am verschmierten wachstuchüberzogenen Tisch. Wir lassen aus dem großen Kessel das undefinierbare Getränk, das Tee heißt, in unsere Becher rinnen. Voll Kohlestaub, schweißüberströmt sitzen wir da, alles außer den Turnhosen und Hemden haben wir schon ausgezogen. Gesicht, Arme und Beine sind nackt und schmutzig. Die schwarzen Füße haben wir von den dicken Gummistiefeln und den erdigen Fußlappen befreit.

Hilde sieht auch so schön aus. Sie kann in Lumpen sein, ihr schmaler Rücken, ihr weicher Busen sind stärker als Gummistiefel und Dreck. Auch meine Taille, meine schlanken Arme und Beine machen ein bißchen Effekte, so zwischen elegant und schmuddelig. Antjes Augen strahlen hell aus dem staubigen Gesicht, und ihre langen Haare quellen unterm Kopftuch hervor. Die weiße Haut der sächsischen Sophia bringt ungewohnten Glanz in die Baubude.

Alexander guckt herein, und er bekomme einen von seinen Begeisterungsanfällen. Er ruft uns hinaus, nimmt den Wasserschlauch, und wir tanzen im Strahl, gemischt aus Wasser und Kohlenstaub. Das Wasser perlt im braunen, fettigen Kohlegrus. Ein Traktor kommt vorbei, angehängt ist eine hölzerne Schleppe, mit der man Schienenteile holt. Naß und halbnackt wie wir sind, springen wir auf. Alexander breitet seine langen Arme aus und berührt uns abwechselnd leicht und liebevoll von hinten. Er schreit in das Kreischen der Ketten der Förderbrücke über uns, in das Krachen der hölzernen Schleppe und das Gewühle des aufwirbelnden Kohlenstaubes hinein mir ins Ohr: »Kreise, nur so kleine Kreise, wie wir hier einer sind, können wirklich sein!«, und sein Atem ist ein nach Honig duftender, heißer Wind.

Wir haben uns im Wellenritt über Sand und Kohle und Kies sehr weit vom Graben, den wir graben sollen, entfernt. Wir müssen zurück, die Pause ist lange vorbei. Alexander verschraubt wieder Schienen. Wir halten eine Elektrolok an. Der Fahrer lacht, bremst, fünf Mädchen auf einmal. Er läßt uns hinaufklettern. Wir können auf der Plattform kaum stehn. Als wir wieder absteigen, sagt er ganz bleich: »Das war verboten und lebensgefährlich, nackig und naß und barfuß auf einer E-Lok. Macht das nicht noch mal!« Er brummt davon, der Fahrdraht funkt.

Beim Zeichnen sitze ich gegen Ende des Künstlerischen Praktikums neben Hans auf einem Stoß von Schwellen. Sand, Dreck, Kohle, Eisen. Wir haben es eigentlich satt.

Und während ich noch versuche, die Schönheit der Biegung eines Gleises zu erfassen, zeichnet er einen Löwenzahn im Schotter. »Hundeblume«, sagt er.

5

Dann kommen die wirklichen Ferien. Ich habe keine von Schule oder Universität verordnete Gruppe mehr. Und es stellt sich heraus, ich bin ganz allein. Wohin? Wieder zurück, nach Hause. Zu Hause bei meiner Großmutter erfahre ich, daß Siegfried abgehaun ist, weil er keinen Studienplatz für Atomphysik bekommen hat. Er lebt jetzt in Wien. Dort studiert er Mathematik und bekommt von einer Stiftung ein Stipendium. Seine Mutter ist oben bei den Müllers zu Besuch. Sie hält mich auf der Treppe an. »So was«, sagt sie, »er hatte lauter Einsen, aber sie haben ihn nicht zugelassen, weil er aus dem Westen ist, schade, nicht?«

»Ja, schade«, sage ich. Ich habe ihn fast vergessen. Was soll ich mit dem einsamen Sommer anfangen? Es gibt noch ein Lager der Uni oben an der Ostsee, eine halb illegale Verbindung der Studenten und der LPG-Bauern von Hiddensee. Ich fahre mit der kleinen Hilde für ein paar Tage hin. Alexander und Hans sind auch da.

Hilde liebt Hans aus vollem Herzen.

Wie oft hat sie für ihn Tee gekocht. Tee kochen kann sie sehr gut. Sie spült die Kanne heiß aus, nimmt die richtige Menge, dann schließt sie den Kannendekkel im richtigen Augenblick, und der Tee ist bei ihr richtig Tee. Heiß, farbig, duftend. Sie hat es von ihrem Vater gelernt. Hans ist mehrmals den Schwarzen Weg vom Bahnhof Blankenburg aus nachts zu ihr in das Siedlungshäuschen gekommen. Er mußte zum Parterrefenster hineinsteigen, damit der Wirt nichts merkt. Ihr Tee hat ihm gutgetan. Aber dann hat Hans sich als Kleindarsteller zum DEFA-Film »Verwirrung der Liebe« gemeldet. Den Film sehen sich alle an, Anne Katrin Bürger und Angelica Domröse, hübsch! Er soll wohl zeigen, daß wir hier im Osten auch richtige Menschen sind mit Kummer und Freud', hauptsächlich beim Studentenfasching? Ph. Was weiß ich. Hans ist da nur hingegangen, um Geld zu verdienen, aber dabei hat er seine eigene Liebe verwirrt und hat eine andere zu lieben angefangen, eine blonde Berlinerin.

Hilde hat ja auch nie richtig was zum Anziehen, nur Abgetragenes, zu weites und zu langes Zeug. Oft trägt sie noch den Ringelpullover aus ihrer Kindheit und ihre flachen Kinderschuhe dazu. Aber gerade, als sie sich ein ziegelrotes Wollkleid gekauft hat für die Chinesische Oper, ein Kleid, in dem ihre schweren Brüste, ihr schmaler Rücken, ihre honigfarbenen Haare, ihre bräunliche Haut zur Geltung kommen, da sitzt hinter ihr Hans und neben ihm die Fremde, die Neue, von der sie gar nichts weiß. Hilde wird sowieso schnell ohnmächtig. Natürlich wird sie ohnmächtig und fällt zwischen die steifen Stuhlreihen des zweiten Ranges. Ich sitze neben der bleichen Hilde, hinter mir sitzt Hans mit seiner Liebe, vor mir auf der fernen Bühne tragen die chinesischen Sänger in hohen Tönen mit abgemessenen Bewegungen und in prächtigen Gewändern das streng geformte Leiden ihrer Helden vor.

6

Daß die arme Hilde in den Ferien auf Hiddensee den ganzen Tag vor sich hin singt wie eine leise Flöte, das halte ich kaum aus: »Dat du min Leevsten büst, dat du woll weest.«

Sie hat eine gute Stimme, ein bißchen angerauht, aber voller Klang kommt der Ton aus ihr herauf, eben wie bei einer Flöte, einer ganz traurigen. Ich laufe mit der flötenden Hilde über das kurze Gras der Hiddenseehügel zum »Toten Kerl«, dem wilden Strand im Norden der Insel. Die Sonne brennt. Im kalten Wind merken wir das nicht. So zwischen den Steinen, zehn Meter entfernt von den anderen, tun wir, was die schon seit mehreren Tagen tun. Wir ziehen uns gänzlich aus. Hilde ist sehr streng und altmodisch erzogen. »Der schönste Schmuck der Frau ist der Dutt«, sagt ihr Vater zum Beispiel.

Ich schäme mich eigentlich nicht, aber ich habe eben diese zu kleinen Brüste. Also legen wir uns erst einmal auf den Bauch und warten, ob wir das können werden, nackt sein, und den männlichen Studenten, die doch unsre Liebeshoffnung sind, alles, was wir haben, so zu offenbaren und dabei zu tun, als bedeute das noch lange nichts und es sei nichts dabei. Nach einer Stunde brennen die weichsten und zartesten Teile hinten auf den Kugeln. Hans und Alexander und die andern rufen uns. Wir sollen mitkommen. Sie wollen laufen, über die ganze Insel. Nackt, halb fliegen wir, halb stolpern und springen wir bis hinunter zum Sandhaken der Südspitze. Wasser, Sand und Licht, das Zusammenschmelzen von Meer und Land.

Hilde wagt sich in Hans' Nähe und lächelt ihn an. Eine geschürzte Oberlippe zieht sich über den Schneidezähnen zurück, zwischen denen eine kleine Lücke ist, wie sie Kinder haben. Die Augen bilden einen blinkenden Schlitz zwischen dickem Ober- und Unterlid. Hilde sieht genau aus wie diese lächelnde Regilindis, die in Naumburg im Dom steht der Uta gegenüber. Da unten am Sandhaken, zwischen Himmel und Erde, nackt, vergißt Hilde für ein paar Stunden den furchtbaren Verrat und lächelt für Hans. Wir schleppen uns zurück. Unsere zarteste Haut hinten auf den Kugeln brennt, und unsere Füße sind wund, als wir Kleider und Schuhe wieder anziehen kurz vor dem Dorf.

7

Die Leute im Dorf haben eine LPG. Aber es sind nicht alle drin. Die Insel ist eine Insel.

Wir schlafen auf einem gefegten Heuboden und helfen im Heu. In der Kneipe sagt Otto zu Hermann: »Mensch, schmeiß den Kram hin und komm zu mich als Knecht, da sollst du es besser haben, und es geht wedder aufwärts mit dich. Scheiß auf die LPG!«

»Dat werd nich besser«, sagt der LPG-Vorsitzende Arthur, »bis sie dat Loch zugemacht haoben, da unten in dem Berlin.«

Sie haben viele Pferde in der LPG, weil sie keine Traktoren haben dürfen und keine Autos fahren dürfen auf der Insel. Nur Arztauto, Feuerwehr und Lieferwagen. Eines Morgens, als ich mir unten am Wasserhahn die Zähne putze, da seh ich einen Hengst auf eine Stute steigen. Unter seinem gewölbten Bauch sticht es heraus, so rot, so zugespitzt und so lang wie ein großes Schlachtemesser. Es ist ein Toben mit den Hufen, ich fürchte mich. Viele kommen näher, stehen zusammengedrängt neben der Scheune und sehen zu.

Oben, wo ich einen der kleinen Schlafplätze habe, so in der Reihe, wie das in Scheunen ist, da hat sich außerhalb der uns zugewiesenen Fläche ein junges Paar mit Decken ein Zimmer abgeteilt. Der Junge, es ist Alexanders Bruder, bringt gerade eine Waschschüssel mit Wasser hinauf und stellt sie vor dem Mädchen auf den Boden. Ich höre, wie unnachgiebig und ausführlich das Mädchen die Ordnungsregeln für ihren kleinen Haushalt aufstellt. Ich denke, da hat Alexander nicht recht, ich bin nicht wie dieses Mädchen. Ich bin wilder, nicht so kultiviert, anspruchsloser und anspruchsvoller zugleich.

Antje kommt auch nach Hiddensee. Übernachtung in der Scheune sind der LPG verboten worden, die andern sind abgefahren. Wenn wir noch bleiben wollen, müssen wir uns ein Zimmer suchen. Das kostet Geld. Wir sind beide sehr groß und sehr dünn, aber Antje findet uns zu dick. »Wir müssen sparen«, sagt sie. Wir sollten uns überhaupt statt etwas zu Essen lieber Anziehsachen kaufen. Wir müßten noch dünner und noch besser gekleidet sein, an den Sachen dürfe es nicht liegen, daß wir nicht so richtig auf dem Liebesmarkt sind. Wir einigen uns auf Knäckebrot, Tomaten, Magerquark. Vier Tage halte ich das aus. Am fünften Morgen gehe ich mit schmerzendem Magen zur Post und schicke meiner Mutter eine Karte. Ich schreibe ihr immer diese einfachen, schon mit der Marke bedruckten Postkarten für zehn Pfennig, ein paar hastig hingeschluderte Worte, ermunternd, auf meine nächste Ankunft zu Hause verweisend. Wie mein Vater, denke ich. Dann kaufe ich mir Schnittkäse, Butter, Pumpernickel, Zungenwurst, Milch und Schokolade. Ich setze mich in den Schatten einer Linde und esse alles auf. Am Abend sage ich Antje, wie ich die Diät beendet habe. Sie reißt empört die Brauen hoch, aber dann lacht sie.

Wir verlassen die Insel und trampen von der See bis hinunter nach Thüringen zu mir nach Hause. Ich will ihr alles zeigen, meine ganze Kindheit. In der Nähe von Stralsund steigen wir auf die offene, schwarze, verklebte, stinkende Ladefläche eines Lasters für Fischabfälle und halten uns gegen den Fahrtwind am Führerhaus fest. Hinsetzen verbietet sich. Es geht weiter auf der Transitautobahn bis zum Hermsdorfer Kreuz in einem kompakten Konfektlastzug aus Lübeck. Die beiden Fernfahrer sind auf dem Wege nach Wien. Sie geben uns eine Riesentüte mit Pralinen und sagen beim Abschied: »Ihr seid zwei unmögliche Mädchen. So kriegt ihr nie einen Mann!«

Durch das helle Saaletal fährt uns ein Hobbyjäger, ein grauglatter Herr und Doktor der Medizin im offenen Wagen. Als wir aussteigen wollen, stellt er sein Gewehr quer: »Steigt bitte übers Gewehr! Wenn Jungfern übers Gewehr steigen, das bringt Jagdglück.«

Wieso Jungfern? Woher weiß der das? denke ich beleidigt.

Drittes Kapitel

1

Ich suche ein eigenes Zimmer. Ich hasse das meiste Gebaute in Berlin, die Neubauten der DDR, die Wohnburgen der Nazizeit und die Bahnhofsgotik der Gründerjahre, das kann ich alles nicht leiden. Leiden kann ich nur, was vor 1860 gebaut worden ist. Manche alten Mietshäuser mit den noch menschlicheren Maßen sind grau, verwahrlost, babylonische Brandmauern neben den Bombenlücken, schmutzige Höfe. In der Tucholskystraße stehen Häuser von vor 1860, so eben noch Wilhelm-Raabe-Häuser. Ich habe einen Zettel von der Studentenvermittlung und klettere die schwärzlichen Stiegen mit dem gedrechselten Geländer in den dritten Stock hinauf, klingele. Eine Alte öffnet, Schürze, Haarknoten, Umschlagtuch, 1860?

Ich stehe in einem schmalen Gang, Gerüche über Gerüche, verfaulte alte Lappen, Selleriekraut. Ofendunst? Der Gang ist vollgestellt mit einem kleinen schmierigen Tisch, mit abgeschlagenen Emailletöpfen und Eimern. »Das ist meine Küche«, sagt die Alte.

Nie könnte ich da auch nur einen Tee kochen, denk ich. Das Zimmerchen ist hell, es hat Mullgardinen vor dem Erkerfenster, ein Bett mit den bekannten Kugeln auf den Pfosten und dem kleinen Bogen zum Einsteigen in der Seitenwange. Eine betroddelte schneeweiße Bettdecke von 1910, ein wackliges Tischchen, ein

Stühlchen aus dem Kaffeehaus. Sonniges, armes, weißbehängtes und sehr übelriechendes Angebot.

»Wie alt sind Sie?« fragt die Alte. Ich werde einundzwanzig. »Ach, da wird sich für Sie gerade alles ändern, alle sieben Jahre ändert sich alles in unserem Leben, wissen Sie.« Ich sage: »Ich könnte das Bett herumdrehen, dann könnte ich in den Himmel sehn.« Das Fenster und der blaue Himmel dahinter sind das einzige, was mir gefällt. »Um Gottes willen«, sagt sie, »das wäre ein übles Zeichen. Mit dem Kopf zur Tür, das darf man nicht, so trägt man die Toten hinaus!«

Ich ziehe schließlich in ein Haus, dessen Torbogen, Prellstein und hohe Grundmauern noch zurückgehen auf 1780. Eine große alte Wohnburg aus Preußen, 1890 erweitert und umgebaut. Mein Zimmer ist hoch, hell, es hat zwei riesige Fenster nach Westen, eine Linde davor, ein Schulhof mit Bäumen als Aussicht. Es ist frisch tapeziert und leer. Vom Flur hat man ein Kabinettchen abgeteilt, dort ist das Klo. Bad gibt es nicht. Die Kohlen kommen in die Speisekammer.

Fräulein Gohlke, die greise Wirtin, war einst eine Volksschullehrerin. Sie blieb unverheiratet und hatte einen Zeichenlehrer und bildenden Künstler zum Freund. In ihrem Wohnzimmer mit den Plüschmöbeln ihrer Eltern hängen Bilder von ihm. Sie freut sich, daß ich Zeichenlehrerin werde, und schenkt mir sofort zwei alte Hefte der Zeitschrift »Bildende Kunst« von 1947. Hofer, Kandinsky, Marc, Klee. Meine Wirtin hört den ganzen Tag RIAS, wegen ihrer Schwerhörigkeit mit enormer Lautstärke. Es stört mich nicht. Ich höre selber dauernd Radio, oft auch RIAS, den bringt der alte Apparat einfach am besten. Alles paßt zu mir, und ich passe ihr auch.

Ich gehe für mein Leben in einem eigenen Zimmer einkaufen. Viel Geld habe ich nicht.

Wie und was soll ich kaufen? Ich habe nicht gelernt, worauf es ankommt.

Es ist nur einmal im Leben meiner Großmutter vorgekommen, daß sie aus Liebe acht Shakespearebände statt Kartoffeln gekauft hat. Und nie hat sie verlangt, daß mein Großvater, als er am Ende seines Lebens jene etwas besser bezahlten Posten hatte, ihr irgendeinen Luxus kauft, Sessel, einen Teppich oder Pelzmantel oder solche unnötigen Dinge, nie. Mein Vater hat meiner Mutter einmal eine echte Perlenkette gekauft. Sie hat das gar nicht richtig begriffen und den Punkt hinter der 2 für ein Komma gehalten.

Er hat gelacht.

Im Leben meiner Mutter kam es später nur ein einziges Mal vor, daß sie etwas sehr Teures gekauft hat, für mich ein Klavier, anstatt für sich eine Kücheneinrichtung.

Im Kleinen aber, bei Geschirr, Lampen, Kleidern entscheidet sie sich für das Billige. Billiges verdrängt allmählich die teuren Gegenstände von meinem Vater in der Wohnung meiner Mutter.

Ich kaufe für mein Leben in einem eigenen Zimmer die falschen, die billigen Dinge. Im Gebrauchtwarenladen an der Ecke Münzstraße stehe ich vor zwei verchromten flachen Metallgestellen mit schwarzen, lederbezogenen Matratzen. Bauhausbetten? Es ist genau das, was ich schön finde. Diese Betten sind aus der Welt, in die ich hinein möchte. Sie kosten jedes achtzig Mark, und man muß sie beide zusammen kaufen. Ich nehme ein halbes Ehebett mit Holzkasten für zwanzig

Mark. Dann nehme ich einen Korbtisch für fünf Mark, der wackelt. Ich muß ihn auf das Bettgestell stützen, damit er überhaupt hält. Für zehn Mark kaufe ich einen alten Teppich, den ich mit dicker, in heißem Wasser gelöster giftgrüner Stoffarbe anstreiche, er wird »hygroskopisch« und zieht alle Fusseln an. Der Kiefernholztisch hat Holzwürmer, die ich nachts vor dem Einschlafen ticken höre, und die Kommode hat einen häßlichen braunen Anstrich und häßliche imitierte Horngriffe aus der Nazizeit. Alles für fünf Mark. Das ist der Preis für etwas, das man genausogut wegwerfen kann.

Die Möbel sind nicht nur zerbrochen und zusammengewürfelt, sie riechen auch nach Armut und sehen danach aus. Ich sollte lieber einige Wochen ohne Tisch und Teppich von meinem Tablett auf dem Fußboden essen und auf einer Luftmatratze schlafen, mich von Brot und Salz und Milch ernähren, damit ich die teureren, echteren, von den in den Westen ziehenden Berliner Klavierlehrerinnen und Geschäftsleuten, Kneipiers und Ärzten zurückgelassenen besseren Möbel im Altwarenladen kaufen kann. Wenige unter den Studenten finden mit geübtem Blick in der sogenannten Möhle heraus, wenn unter einem häßlichen braunen Anstrich ein sehr alter Sekretär verdeckt ist oder in der Ecke vergessen und verstaubt ein Biedermeierstuhl steht, ohne Geflecht, aber echt.

Um sich diese Dinge zu erobern, sie für wenig Geld zu kaufen, mit Glasscherben die falsche Farbe zu entfernen, sie zu reparieren und zu neuem Glanze zu erwecken, dazu ist nötig, daß man das verlorene kulturelle Wissen, den richtigen Willen und das richtige Gefühl hat. Habe ich es nicht?

Ich merke das zu spät. Ich entscheide mich in diesen Fragen zu hastig für das Billige und scheinbar Nützliche. Mein Vater aber soll gesagt haben: »Das Teure ist immer das Billigere.« Die Dinge haben mich inzwischen belehrt, aber nicht eindringlich genug.

Bei der Wahl der Dinge falle ich immer wieder zurück in Gleichgültigkeit oder in den Nützlichkeitsanspruch, in das mütterliche Argument der Not und Anspruchslosigkeit, das ist die Herkunft, die schlechte Kinderstube, wie unser Professor sagt.

Was aber das Kleid betrifft, da ist es anders. Da haben wir uns selbst übertroffen, meine Großmutter, meine Mutter und ich. In der Stoff-HO habe ich bei Siegfrieds Tante, dem Fräulein Müller, einen gelblichen Wollstoff gekauft und Futterseide dazu. Meine Mutter hat bereitwillig bezahlt. Antje hat meine Mutter agitiert: »Es fehlen ihr die richtigen Kleider, glauben Sie mir, sie kann toll aussehen in richtigen Kleidern.«

Unter der Anleitung meiner Großmutter nähe ich das Kleid. Um meine schlanke Taille kommt ein breiter Sattel hoch bis zum Brustansatz, das ärmellose Oberteil vorn mit je drei Fältchen und einem Abnäher gebauscht und in Form gebracht. Der enge Rock mit Gehschlitz wird gefüttert. Das kleine elegante Jäckchen mit den langen Ärmeln auch. Ich zeichne den Schnitt sorgfältig auf den Stoff auf. Ich hefte grundsätzlich, bevor ich eine Naht mit der Maschine nähe, ich säume in feinsten Stichen mit passender Seide. In der Kirchgasse im Knopfladen lasse ich vier große und zwei kleine Stoffknöpfe überziehen. Ich lerne Knopflöcher mit der Maschine einfassen, umnähen und versäubern. Alles wie vom Schneider, die Abnäher akkurat! Das Kleid ist ein Meisterwerk. Ich sehe gut darin aus, hübsch, gepflegt und appetitlich, die dunklen wilden Haare steck ich hoch.

Ich gehe mit dem Kleid tanzen. Es tut seine Wirkung. Die Brille habe ich nicht auf. Ich brauche sie nicht. Man führt mich am Arm, lädt mich an die Bar ein und bringt mich nach Hause. Auf dem Heimweg bedrängt mich der Zahnmedizinstudent aus Westberlin zielstrebig. Er hat den ganzen Abend mit mir getanzt und den Wodka mit Soda bezahlt. Er quetscht mich in den Winkel meiner Haustür, er küßt und grabscht und bettelt und drängelt auf der Treppe. Mit Not entkomme ich. Alles wegen dem Kleid.

Antje borgt sich das Kleid, geht damit tanzen, und es tut seine Wirkung auch bei ihr. Sie allerdings fesselt einen hoffnungsvollen Mathematiker in Schlips und Kragen mehrere Wochen an sich. Sie werden ein Paar, aber sein sauberer Kragen und seiner Mama Haus mit Garten das ist es nicht und sein Kuß ist es nicht, das Kleid hat sie ja auch nicht mehr, so. Das Kleid hängt wieder in meinem Schrank. Ich traue ihm nicht.

2

Ich fahre Weihnachten nach Hause. Meine Großmutter hat Krebs. Ich merke mir, was sie sagt: »Das Schönste im Leben war die Arbeit«, »Wie viele Kleider ich genäht hab!«, »Wie viel Brot ein Mensch in seinem Leben aufißt, ich glaube viele Stuben voll«, »Das Leben ist sehr kurz, kaum hat es angefangen, hutsch is es vorbei«, »Ein paarmal um den Tisch rumtanzen möchte ich schon noch.« Und: »Nur nicht ins Krankenhaus! Laßt mich noch ein bißchen zugucken.« Und: »Geb mir den Schackeschpeare.«

Alle ihre Kinder und Kindeskinder gehorchen ihr und machen es so, wie sie es haben will. Nicht ins Krankenhaus. Wir richten ihr ein Bett in der Stube ein mit dem Gesicht zur Tür, und immer kommt einer und setzt sich ein bißchen zu ihr. Meine Tante Lotte aus dem Westen ist da, sie weint heimlich. Meine Großmutter wird in ein paar Monaten sterben. Ich frage sie, ob es sehr weh tut. »Sterben ist auch eine Arbeit«, sagt sie. Ich lege mich auf den Fußboden neben ihr Bett und rede mit ihr über Shakespeare.

Es klopft. Siegfried steht in der Tür. Nach drei Jahren einfach so. Lächeln kann er schön. Er ist aus Wien gekommen, er sei zu Besuch bei den Tanten. Ob ich mit ihm spazieren käme, Marienturm. Wir gehn. Wir gucken erst ein bißchen stumm in den schwarzen Winterfluß. Danach hakt er mich unter. Schnee liegt, ich rutsche. Er führt mich. Redefluß, Wien, das Stipendium, das eher rechte Studentenheim. Er habe sich geirrt, er wolle zurück in den Osten, wenn es ginge, oder wenigstens nach Berlin will er, noch ein paar Wochen in Wien, und dann will er da weg.

Ich höre zu und betrachte ihn. Ich hoffe nichts von ihm, ich fürchte ihn auch nicht.

Ich bin ganz ruhig. Ich bin einfach ein bißchen erhoben davon, mit ihm so nach oben zu steigen auf die Sommerberge im Winter. Er ist männlich, er ist stark, er hat eine schöne Stimme und kann schön lächeln, seine Hände sind weiß, trocken und warm, die schwarzen harten Wimpern um die hellen Augen stechen. Ich traue ihm nicht. Oben in der Gaststube trinken wir jeder drei Apfelsaft und reden und reden und reden. Ja, er kommt nach Berlin, ganz bestimmt, ja, auch wegen mir.

Es ist inzwischen draußen Nacht. Sterne, Schnee, Kälte. Auf dem Heimweg nimmt er meine Hand in seine Hand und reibt meinen Daumen mit seinem Daumen den ganzen Weg abwärts vom Marienturm hinunter durch den Wald und durch das dunkle Dorf, immerzu. Er führt mich, hält mich, wenn ich ausrutsche, drückt mich fester an sich, aber es wird nie ein Kuß daraus. Unten in der Stadt ziehe ich meinen Arm aus dem seinen. Im Februar kommt er, sagt er. Aufregend ist das schon. Wegen mir?

Ich soll ihm ein Foto schenken. Ostern könnten wir uns verloben. Wie bitte?

Meine Großmutter traut ihm nicht, so ein Quatsch, verloben. Ich lege mich wieder neben sie auf den Fußboden. Sie liest gerade den König Lear.

3

Ich lerne viel von denen, mit denen ich zusammen an der Uni lerne. Von Iris habe ich gelernt, daß es nach oben offen sein muß, daß Bücher, Bilder oder Filme verbieten oben zumachen heißt.

Antje macht mich mutiger, als ich sonst bin. Mund aufmachen, wenn es unbequem ist. So bißchen ein Held sein? Sport auch ein bißchen. Tauchen durchs

Becken im Hallenbad. Gerechtigkeit! Alexander hat mir gezeigt, wie kostbar alles ist, und daß man immer vibrieren muß nach außen und nach innen, freilich, mehr aus Freude als aus Angst. Hilde hat mir beigebracht, wie streng und tief Gefühle sein müssen und wie unbedingt. Und Sophia, die kleine Sächsin mit der weißen Haut, verlangt: »Weg von den Allgemeinplätzen, was heißt hier nur das Wesentliche? Man muß sich beim Studieren in etwas einzelnes tief vertiefen können!« Ich vertiefe mich in meine Semesterarbeit – das Mädchenschicksal in der deutschen Volksballade. Ich war bisher immer gelobt worden, daß ich mich so gut auf das Wesentliche beschränken könne, und ich habe bisher noch nie eine Arbeit verspätet abgegeben. Jetzt vertiefe ich mich. Ich lerne die Volksballaden auswendig. Ich suche alle Fassungen, ich entziffere feine bräunliche handschriftliche Eintragungen in den uralten Katalogbüchern der Staatsbibliothek. Es packt mich.

»Sie legten die Jungfrau über den Tisch und zerschnitten sie wie einen Fisch.« »Er nahm sie bei ihrer schneeweißen Hand.« »Ich geh den Turm wohl um und um, feins Lieb bist du darinnen, und wenn ich dich nicht sehen kann, so komm ich noch von Sinnen. Ach dürft' ich scharfe Messer tragen wie unsers Herrn seine Knechte, ich wollt mit Herrn von Falkenstein um mein fein's Liebchen fechten. Mit einer Jungfrau fecht ich nicht, das brächte mir ewige Schande, nimm du nur den Liebsten dein und zieh mit ihm außer Lande. Außer Lande zieh ich nicht, ich hab ja nichts gestohlen, und wenn ich was hab liegen lahn, darf ich's mir wieder holen.« Ich mach mir Melodien drauf. Die meiste Literatur ist aus der Nazizeit, ich mach mir gar nichts draus. Ich vertiefe mich, so daß ich viel zu spät abgebe und nur eine Drei kriege.

Sophia bringt mir noch etwas bei, Rhythmus, Rhythmus sei für das Leben und für die Kunst eine Grundregel. Sie sagt es, dabei steht sie mitten in einer Besprechung vom Stuhl auf und wiegt sich vor uns in ihren schmalen Hüften über ihren weißen kurzen Beinen: »Alles ist Rhythmus!« Wir sind betreten. Wir ahnen, was mit Rhythmus auch gemeint ist. Neuerdings tuscht sie ihre langen hellen Wimpern, bleicht sich die Sommersprossen und erhöht den Rotschimmer ihres Haares. Rhythmus fehlt mir, das ist wahr. Gehenlassen, Wartenkönnen fehlt mir, das sagt die kleine Hilde auch. Ich lerne es, obwohl es gegen meine Natur ist, so gut ich kann. Ich warte auf Siegfried.

Ich träume, daß ich in einem metallisch glänzenden Meer schwimme auf eine Betoninsel zu. Da sitzt Siegfried drauf, in Badehose, weiß. Es ist mehr so eine Plattform, auf der man Geschütze aufstellt. Alles ist hart, salzig, blendend hell, steinern und eisern, militärisch. Er zieht mich aus dem Wasser. Die Betonkante, über die er mich hochzieht, tut mir weh, harte Sonne und harter Wind. Der Traum warnt mich vor Siegfried. Er kommt, als ich mit meinem Mädchenschicksal in der deutschen Volksballade fertig bin.

4

Die Klingel an der Wohnungstür ist schrill, es ist das Lauteste an Klingeln, was ich je gehört habe. Meine Wirtin ist schwerhörig und über achtzig. Trotzdem ist sie früher an der Tür als ich. Siegfried beugt sich zu ihr hinunter, Diener. Er gefällt ihr. Auf meinen kleinen dreibeinigen wackligen Tisch, der von dem vorderen Bettpfosten gestützt wird, legt er zur Begrüßung fünf Hefte »Der Spiegel«. Es sind die ersten Spiegel, die ich lesen werde.

Ich koche ihm Tee. Das Zimmer ist hell und groß, die Möbel sind scheußlich. Er lächelt und sagt: »Wie in Paris.« Als wir die graue, ausgetretene Mietshaustreppe hinuntergehen, sagt er wieder: »Wie in Paris!«, und er lacht leise. Wir fahren in den Westen und gehen in ein Café und dann in ein riesiges Kino. MGM, Vom Winde verweht. Ich genieße den weichen Sessel, ich kann meine langen Beine ausstrecken, so weit ich will. Ich lege den Kopf zurück und blinzele auf die Breitwand. Der Film fängt mich nicht. Und überhaupt da und im Café und überall auf dem Kudamm denke ich: »Ihr Bourgeois ihr, ihr verblödeten Kriegsgewinnler.« Direkt sage ich es nicht, aber ich bleibe unbeeindruckt vom Kudamm. Siegfried verwirrt das. Ich hebe den zerzausten Kopf in den kalten Wind und laufe im schäbigen Mäntelchen abweisend neben ihm her, der mit seinem Trenchcoat, weißem Hemd und Schlips ganz dazugehört. Er ist gutmütig. Er hat Geduld mit meinem Hochmut, er bringt mich nach Hause die schmutzige, nach Armut stinkende Treppe hinauf: »Wie in Paris!«

»Ein sehr netter junger Mann«, sagt meine Wirtin. Wieder sind wir nicht zusammen ins Bett gegangen. Wir verabreden uns. Er will mir seine Freunde zeigen, sie wohnen in einem Hinterhaus in Charlottenburg. Es ist die Straße, in der ich vor einem Jahr Flugblätter auf die Treppen gelegt habe. Alles ist in Ordnung und sauber, aber auch leer und fremd. Ein nervöser junger Mann führt uns in ein schmales Zimmer. Vorn unter einer tief hängenden Leuchte steht ein Glastisch, Regale. Hinten, weiter am Fenster, Sessel und Couch.

Siegfrieds Freund heißt Gunther, er studiert Architektur und ist im ASTA. Sie erklären mir, was das ist, ASTA. Ich rede vom Sozialismus und davon, daß meine Kinder sicher in eine Krippe kommen werden. Sie schweigen einen Augenblick. Dann gibt es Tee, und zu meinem Entsetzen packt Siegfried Brote aus, zusammengelegte Brote, die er auf den Teller bei seinem Freund auswickelt und aufißt. Antje und ich und Alexander und Hilde oder Sophia, wir bewirten uns alle gegenseitig mit einer Lust und einer Erfindungsgabe! Ich bin es auch von meiner Großmutter gewöhnt, jeder, der kommt, ißt mit. Stullen mitbringen, wenn man jemanden besucht, unfaßbar! So etwas habe ich noch nie erlebt. Und es entsetzt mich. So wie vielleicht die junge Frau des Architekturstudenten sich entsetzt, daß ich mein Kind in eine Krippe geben will. Ihr Kind liegt nebenan in einem größeren, mit allem Nichtherzeigbaren verstellten Zimmer. Dort näht sie in Heimarbeit Blusen. Davon leben sie.

Sie wohnen zur Untermiete. Es gibt eine Wirtin. Im Flur muß man leise sein. Das Bad ist elegant. Kacheln, Chrom, Glas, indirekte Beleuchtung, teure Kosmetik.

Das Eleganteste ist das Bad, dann kommt der Glastisch. Im Zimmer nebenan, wenn sich die Tür öffnet, sieht man nur die Rückwand eines Schrankes, da befinden sich das Ehebett, der Arbeitsplatz der Frau und der Platz, wo das Kind schläft. Die junge Frau muß öfter durch die hohe Tür in das Nichtherzeigbare. Gunther hat sie geheiratet, weil sie schwanger war. Sie hat keinen Beruf. Sie ist sehr still, so bescheiden lieblich wie vielleicht die kleine Hilde sein könnte. Ihre Hände sind ein wenig rötlich. Als ich mit Siegfried bedrückt und stumm nach Hause gehe, sagt er, sie hätten gesagt, das glaubten sie ihm nicht, daß das was werden könnte mit uns. Ich denke, die haben recht.

Wir sind gegen ein Uhr nachts wieder vor meinem Haus. Es hat gefroren, ich habe dicke Strümpfe, aber dünne Schuhe an. Meine Frostbeulen aus dem Internat melden sich. Wir gehen nicht nach oben. Siegfried hat mich untergehakt und reibt meinen Daumen. Das ist alles. Wir frieren. Wir gehen in der leeren eisigen Straße auf und ab bis nach zwei. Dann reißt er sich los. Es fährt keine Bahn. Er läuft bis in den Wedding zu seinem Vater. Ich werde im Bett nicht warm. Wenn ich die zwei Bauhausbetten hätte, dann brauchte er nicht durch die kalte Nacht, denke ich noch. An gegenseitiges Aufwärmen denke ich nicht, überhaupt nicht. Ich schleppe ihn das nächste Mal zu Antje. Sie reden und reden und hören bis eins nicht auf, das ist die Stunde, die ich nicht überstehe. Ich gehe. Am anderen Tag sagt sie, es sei vier geworden. Sie hätte ihm gesagt, daß ich nie in den Westen gehen würde. Bis vier?

Schließlich weitet sich der Kreis. Es geht nicht mehr um die Absicht Siegfrieds, mich zu heiraten. Davon ist keine Rede mehr. Davon, daß er in den Osten kommen und hier weiter Mathematik studieren will, auch nicht. Um Siegfried doch noch zu beeindrucken oder meine Mitstudenten mit Siegfried, werde ich öffentlich und erfinderisch. Die Höhen der Kultur erstürmen wir gerade mit der Besprechung des Romans von Anna Seghers »Das Vertrauen«. Bei Gunther, dem ASTA-Menschen, gilt Anna Seghers viel. Also beschließe ich, diese Anna Seghers einzuladen. Antje hat auch so eine Neigung, mit denen zu reden, die da »etwas Wirkliches, Echtes« zu wissen und zu wollen scheinen, etwas, das unsere Lehrer uns nicht vermitteln können. Sie hat diesen Wahn, seit sie den Dichter mit der Pfeife kennt. Sie hat einmal Kurt und Jeanne Stern für ein Gespräch mit dem Seminar zu mir ins Zimmer geholt. Die beiden »Prominenten« saßen da auf meinem Überseekoffer neben dem Ofen und krümmten sich über meine Teetassen auf dem wackligen Korbtischchen.

5

Ich weiß ungefähr, wo Anna Seghers wohnt. Eines Tages fahre ich mit der blonden Berlinerin nach Adlershof. Wir sitzen uns in der S-Bahn gegenüber, und sie erzählt mir von einem Traum, einem ganz farbigen Traum, in dem die Atombombe am Horizont blüht. Wir bekommen beide Gänsehaut und sind uns näher als sonst. Ich lerne ihren Mann, den Maler Harald, kennen, der auch so ein umwerfendes Lächeln hat wie Siegfried, nur noch viel umwerfender. Sie zeigen mir das Haus, nahe ihrem Haus, in dem Anna Seghers wohnt. Dann gehe ich da hin und spreche mit der Haushälterin. Ich erkläre ihr alles. Ich erkläre ihr, daß wir mit Studenten aus Westberlin über das »Vertrauen« und über Deutschland sprechen wollen.

Ich bin einfach in diese Wohnung gegangen und habe der Haushälterin erklärt, worum es geht. Ich mache oft so etwas. Wie die Müllerstochter in Rumpelstilzchen. Da ich keinen Vater habe, behaupte ich selber von mir, daß ich Stroh zu Gold spinnen kann. Und dann brauche ich ein kleines Männlein, das mir hilft. Oft finde ich so ein Männlein. Meine Unverfrorenheit ruft die Arme der Götter herbei. Diesmal ist es der ASTA-Mensch. Der Hinweis, daß Studenten aus dem Westen kommen, hat die Schriftstellerin bewegt, sich eine Stunde lang mit uns in einen nüchternen Seminarraum zu setzen. Wir haben die Klappstühle in einem Kreis aufgestellt. Sie setzt sich auf einen der Stühle und blickt uns der Reihe nach an, fragt nach denen aus Westberlin. Es sind nur drei. Siegfried, Gunther, der ASTA-Mensch, und seine Frau. Da ist Anna Seghers ein wenig enttäuscht. Wir werden davon schüchtern.

Ihre ruhige schleppende Stimme bestimmt uns. Sie fragt, wer unserer Meinung nach ihr Vorbild sei. Wir wissen nicht, daß es Balzac ist. Da schäme ich mich, weil ein Germanist im vierten Jahr lange schon Georg Lukács gelesen und begriffen haben muß. Ich bin doch dumm. Es ist traurig. Sie beschreibt noch, wie sie arbeitet. Daß sie sich große Karten an die Wand heftet mit allen Orten und Menschenbeziehungen, die sie für einen Roman braucht. Mir ist aufgefallen, daß es in ihren Büchern viele strenge und tapfere Chinesen gibt.

Ich stelle mir vor, wie lang die Linie auf der Karte gezogen sein mag, die nach Peking führt. Die Schriftstellerin, die das Leben der Verfolgten und Armen in den entlegensten Orten der Welt kennt und beschreibt, ist aber eine Dame. Sie ist viel mehr eine Dame als die kleine Französin Jeanne Stern es war, damals auf meinem Überseekoffer. Die Schuhe der Schriftstellerin sind zweifarbig. Zweifarbige Schuhe sind für mich das Beste an Schuhen. Die Stoffe ihrer Bluse, ihres Rockes fallen elegant, ihre Haut ist weiß, und ihre Bewegungen sind vorsichtig, vornehm. Die jungen Germanistinnen oder Kunsthochschülerinnen, die Kunst machen, haben das nicht mehr, diese Damenkultur. Aber sie. Auf einem Foto, es wurde in Paris 1935 gemacht, da hat sie einen weichen Filzhut auf. Solch einen Hut hatte meine Mutter auch. Die klugen Frauen aus den frühen dreißiger Jahren mit ihren ernsten Gesichtern und den klaren Augen und ihren weichen Filzhüten, die gefallen mir. Ich habe die Anna Seghers schon gern. Aber sie bleibt nicht lange bei uns. Es ist ungemütlich in dem Kreis aus Klappstühlen. Sie läßt ihren Fahrer rufen. Die Westberliner kennen »Das Vertrauen« noch nicht. Die Ostberliner können zwar erzählen, was es mit dem Vertrauen auf sich hat, aber sie sind sonst zu dumm. Warum habe ich sie gerufen?

Ich bringe Siegfried zur S-Bahn. Es wird wärmer. Bald ist Ostern. Seine Mutter hat mir zum Fest einen Kuchen geschickt und einen Brief, fast wie einer Schwiegertochter.

Die Stadt stinkt. Aus allen Ritzen steigen die Gerüche der Nachkriegszeit auf. Im Osten der Stadt, besonders in Berlin Mitte, halten sie sich auch 1961 noch unerbittlich. Trümmerstaub, Teer, Fäulnis. Von der Rolltreppe der Kellerbahn winke ich Siegfried zu. Er hebt die linke Hand. Es blitzt ein Ring auf. Verlobt? Die Tür geht automatisch zu. Siegfried lächelt. Sein Lächeln verbirgt mir alles, wie schon immer. Was weiß denn ich. Er meldet sich nicht wieder.

Viertes Kapitel

1

Deutschland, eigentlich interessiert es mich nicht. Früher bei der »Morgenandacht« im Internat und als ich noch Neue deutsche Volkslieder lernte, »... von Vaterhand, von Mutterhand behütet und bestellt, ein ganzes deutsches Vaterland am heißen Herz der Welt ...«, da hab ich verschwommen an ein großes Land und an viele gute Leute darin gedacht. Jetzt fällt es mir immer schwerer, in Fragebögen als Nationalität deutsch hinzuschreiben. Vieles an den Deutschen, an denen in meinem Lager, gefällt mir nicht und an denen im andern Lager erst recht nicht. Wie diese Witwen im Westen schon aussehen, so eine wie die Tante von Siegfried oder die Wirtin des ASTA-Menschen, oder die mit meinem Vater verwandten Witwen, deren Fotos mir allmählich geschickt werden. Deutsche.

Deutsche sind Mörder, das begreife ich jedesmal, wenn ich mir vorstelle, wie jüdische und polnische Kinder aus den Betten gerissen worden sind in die Viehwaggons der Deportationszüge und ihre Mütter ihnen nicht helfen konnten. Deutsche! Ich gehöre auch dazu? Ausradierwahn, Reinheitswahn! Ich kann das Wort Hygiene deshalb schon nicht leiden, und meine eigene Mutter ist Hygienesachbearbeiterin geworden und verhängt Quarantäne bei ansteckenden Krankheiten. Das hat gar nichts mit dem Reinheitswahn der

Nazis zu tun, aber ich kann das Wort Quarantäne nicht leiden.

Einmal habe ich Zeugenaussagen gehört im Radio bei meiner Großmutter in der Küche, als die gerade badete. Ich stand starr mit eingezogenem Bauch neben der Zinkbadewanne. Und ich habe auch ein Seminar Westdeutsche Literatur belegt, ich als einzige von den Kunsterziehern in meinem Semester, weil ich das wissen wollte. Koeppen und Geißler und Böll. Die beschreiben diese Deutschen! Eigentlich will ich nichts zu tun haben mit denen.

Am besten gefallen mir noch die in der Braunkohle oder die LPG-Bauern im Ernteeinsatz. Ich bin immer voller Achtung den Reinemachefrauen gegenüber, das hat meine Großmutter mir beigebracht, aber die finden das nur komisch. Und all die deutschen »Arbeiter und Bauern«, mit denen ich zu tun bekomme, die können mich gerade nicht leiden. Aber das bilde ich mir wahrscheinlich nur ein. Gerade die aber sagen mit einem mir unverständlichen Stolz: »Wir sind doch schließlich alle Deutsche.«

Uniformen ertrage ich überhaupt nicht, und den Westsachenwahn hasse ich. Dabei höre ich jeden Sonntag im RIAS Friedrich Luft. Ich stehe neben dem Radio. Wie zu Hause hängt der Spiegel dahinter. Ich sehe mich im Spiegel an und höre Friedrich Luft, und danach höre ich noch: »Ich glaube an die Freiheit und die Unantastbarkeit der Würde jedes einzelnen Menschen.«

2

Mit meiner Großmutter geht es zu Ende, aber ich habe Prüfungen und Praktikum und muß unterrichten, Deutsch. Die Kinder sind schrecklich und werfen mit Kreide. Die anleitende Lehrerin ist schrecklich, winzig, ohne Mann, verwelkend, quengelig, kleinlich. Nachts liege ich wach und heule laut und lange in meinem halben Ehebett, weil ich nicht bei meiner Großmutter bin, die stirbt, und weil ich auf keinen Fall eine Lehrerin werden will.

Dann bin ich zu Hause, und sie ist schon tot und begraben. Ich nehme mir das sehr übel. Die anderen in der Familie finden es vernünftig. Prüfung! Unten bei meinem Onkel Karl höre ich vom Bau der Mauer. Er regt sich furchtbar auf: »Wir sind schließlich alle Deutsche!« Es ist mir egal. Ich will sowieso nicht in den Westen. Siegfried habe ich nie mehr gesehen. Ich gehe zum Grab meiner Großmutter. In dem kleinen Viereck für die Urne steckt neben den Blumen ihr altes Küchenmesser. Wer war das?

Mein Professor stirbt auch. Er fehlt mir. Alle Lehrer, die ihm folgen, treten eben nicht voll Spannung in der »Künstlerischen Praxis« hinter mich und sind begeistert oder verzweifelt, und rufen wie er: »Ja, ja, es kommt« oder »Nein, nein, auwei, auwei!« Sondern sie sind lauwarm und sagen: »Man kann es so machen, man kann es aber auch so machen.« Ph! Und dann malen sie rosa Grenzposten in blaugelbgrünen Uniformen, wie Holger ungefähr, der den antifaschistischen Schutzwall lauthals richtig und notwendig findet. Ich und mein Kontakt damals zu den Westberliner Studenten, das sei so eine gefährliche sektiererische Abweichung gewesen. Einmal sind wir am See in der Braunkohle auf einem Pfad hintereinander gelaufen, und er hat etwas Verächtliches zu Antje gesagt, damals fühlte ich einen schrecklichen Zorn, den ich sonst nicht kannte. Wenn ich hinter Holger stehe und auf sein dünnes Haar über der Halbglatze sehe, dann denke ich: »Dich bringe ich um!« So was! Bin ich auch so fast ein Mörder, ich?

Ich bin auch immer traurig wegen Alexander. Alexander liebt nicht mehr die blonde Berlinerin. Alexander liebt jetzt einen Ausbund an Tugend. Das ist ein Mädchen, das einfach alles kann, Singen, Klavierspielen, Nähen, Malen, Tanzen, Kochen, Backen, lieb sein. Sie ist viel kleiner als er. Das Schönste an ihr sind ihre Teichaugen, die sie ernst auf ihn richtet. Jeden Morgen bringt sie ihm etwas vom Wege mit, ein Blatt, einen Stein, eine Frucht, eine Blume, eine Zeichnung. Ich hasse sie nicht, aber ich denke auch nicht so zärtlich über sie wie über Hilde oder Antje oder viele andere. Bevor er noch mit ihr geschlafen hat, besucht mich Alexander und sagt, er wolle mich malen. Ich setze mich hin, da in meinem Zimmer, und lasse mich malen. Ich bin traurig und still. Er redet sich um Kopf und Kragen. Aber ich weiß nichts zu sagen. Ich liebe ihn, das weiß er doch, das sieht er ja. Er geht. Ich denke, was wollte der, wollte er mich? Ich kann doch nicht anfangen, wenn ich es nicht kann. Vielleicht wollte er auch nur mit mir darüber reden. Ich weiß es nicht. Über ihn und das tugendhafte Mädchen denke ich, sie sind beide noch unschuldig und müssen es sich eben gegenseitig beibringen. Das geht offenbar auch.

Hans ist nicht mehr da. Er hat sein Examen gemacht und muß schon unterrichten. Er hat geheiratet. Seine Frau studiert Philosophie. Hilde weint viel und wird öfter ohnmächtig.

3

Anfang Oktober gibt mir die sächsische Sophie hastig, so im Vorübergehen, einen Zeitungsausschnitt: »Menschenhändler verurteilt«. Ich soll aufpassen. Vielleicht, daß sie mich noch holen oder befragen. Besonders dem Holger soll ich nichts sagen. In dem Artikel, den sie mir in die Hand gedrückt hat, steht, daß man Siegfried zu zehn Jahren Zuchthaus verurteilt hat.

Er hat Pässe gefälscht. Leute über die Grenze gebracht. Eine Kirsten war mit dabei und ein junger indonesischer Student. »Der Staatsanwalt charakterisierte den Angeklagten als einen Menschen, den in erster Linie seine feindliche Einstellung zum Arbeiter-und-Bauern-Staat auf den Weg des Verbrechens zur bewußten Schädigung der DDR trieb.«

Ich lese den Ausschnitt im Winterwind auf dem Weg zur S-Bahn, dann hole ich Siegfrieds Bild heraus und betrachte es. Es muß mir davongeflattert sein in diesem Augenblick. Zu Hause finde ich nur noch die leere weiße Papphülle zwischen meinen Papieren. Siegfried ist weg.

Die Mauer steht wenige hundert Meter nördlich von meinem Zimmer, dort wo er damals hinging, als er in der Eisnacht nicht mit mir hinauf in mein Zimmer kam, warum sind wir nicht hinaufgegangen? War ich dagegen oder er? Ich weiß es nicht mehr. Jedenfalls hatte ich das falsche Bett gewählt von Anfang an. Nachts liege ich viel wach und lausche auf Schüsse. Aber ich kann es nicht unterscheiden, ob ein fernes Geräusch ein Schuß ist oder eine Platzpatrone oder ein im Wind krachendes Blech. Mein ganzer Zorn und meine ganze Enttäuschung brechen erst aus, als die Wehrpflicht beschlossen wird. Wütend schweige ich zu Holgers Salbadern und blickte zornig unter jede Soldatenmütze. Was können die armen Jungens dafür. Wir müssen auch auf einen Schießplatz. Ich schieße enorm daneben. Wieder verwandele ich mich in einen Gegenstand: Ich gehe nicht zu den Vorlesungen. Ich lese mich krank, Zauberberg und Dr. Faustus und lauter so was.

Ich male, ich schreibe, ich gehe kaum raus, ich lebe von Milch und Brot. Ich pflege mich nicht. Es ist mir egal. Ich merke erst, was mit mir los ist, als ich eines Tages in der kalten Küche von meiner Wirtin einen Zettel finde: »Wenn Sie nicht mit mir reden, müssen Sie ausziehen!« Da tut sie mir leid. Ich setze mich zu ihr. Die Wangen der Greisin zittern weich und weiß. Sie fragt nach Siegfried. Ich schreie in ihr Ohr: »Ich weiß nicht, wie es ihm geht!«

4

Plötzlich verlieben sich die DDR-Studentinnen in Leute aus Algerien, aus dem Kongo, aus Guatemala, aus Italien. Auch Antje oder Sophia sind begeistert von den schönen, geistvollen jungen Männern aus dem Ausland, die jetzt hier studieren, Stipendien bekommen und Plätze im Wohnheim. Was ist mit denen? Sind sie die Verkörperung der Hoffnung auf die Revolutionen im Westen? Sind es die Linken aus dem Westen, die man, das immerzu versprochene Paradies der Menschengröße suchend, jetzt mehr lieben kann als die nahe dumme Wirklichkeit? Ich weiß es nicht.

Es ist die Zeit, in der wir alle träumen, daß wir in die S-Bahn steigen und nach Westberlin fahren, um dort mit jenen wunderbaren Freunden aus dem Ausland uns zu treffen, einfach so, wir steigen Zoo aus und merken plötzlich, wir können nicht mehr zurück. Für mich ein Entsetzenstraum.

Einen der Guatemalteken treffe ich auf einem Ball. Wir tanzen zusammen und küssen uns. Und ich glaube zu wissen, warum das geht. Es geht, weil nichts stimmen muß, keine Versprechen, keine Hoffnung, sondern nur der Augenblick und eine allgemeine Menschenliebe und Lebenslust. Wir sind sehr fröhlich. Und er sagt, er müsse sowieso gehen, zurück nach Guatemala und vielleicht in den Tod, das sagt er mit herrlichen Zähnen herrlich lächelnd. Er hat zwei Jahre Philosophie studiert, das muß genügen, und überhaupt, sie gingen jetzt alle zurück. Er hat seine Arbeit auf deutsch auf einer winzigen Reiseschreibmaschine mit Perlschrift geschrieben. Die Maschine will er nicht mitnehmen. Es gibt keine Schreibmaschinen zu kaufen. Er wird sie mir überlassen, billig, wenn er geht. So stehe ich im Märzwind am Hinterausgang der Humboldt-Universität einem guatemaltekischen Kommunisten gegenüber und gebe ihm 150 Mark und nehme den Kasten von ihm in Empfang. Dann gehen wir nach verschiedenen Seiten ab. Zu Hause übertrage ich meine Gedichte aus den Diarien in Schreibmaschinenschrift. Die Typen sind klein und ganz rund, Perlen eben, sie passen zu Gedichten.

5

Im Schneegestöber im Februar treffe ich Hans auf der Straße. Wir strahlen uns an. Ich bin größer als er. Er kann sich in meiner Nähe vor dem Schneewind dukken. So geht er eine Weile hinter mir und ruft und lacht mit seiner hellen kräftigen Stimme. Ich soll ihn im Laden besuchen. Er malt viel. Da soll ich mal hinkommen, sie stellen wieder aus. Ich gefalle ihm, er gefällt mir, warum? Ich weiß es nicht.

Allmählich bildet sich jetzt in mir ein anderes Leben aus, eines gegen mein Leben als DDR-Studentin und künftige Lehrerin und neugieriges kluges Mädchen und Intellektuelle mit schlechter Kinderstube. Es ist ein heftiges weh tuendes Künstlerleben, das immer mehr Raum einnimmt. Wenn ich durch die Straßen gehe, schwanke ich wieder so wie mit siebzehn. In den Vorlesungen und Versammlungen sitze ich als Gegenstand. Wenn ich nach Hause zu meiner Mutter fahre, dann starre ich in die nachtdunkle Scheibe des Zugabteils in mein verschattetes Spiegelbild. Der Rhythmus des Schienenstoßes erzeugt in mir Gedichte. Ich muß aufpassen, daß ich nicht laut spreche vor den Leuten. Ich trage Skizzenbücher mit mir herum und zeichne im Zug ohne Scheu. Manchmal erstarre ich auch vor Unglück. Ich bin all die Jahre ohne eine wahre Liebe geblieben. Aber wenn ich doch immer zeichnen kann und malen und dichten, wie soll ich da jemals ganz unglücklich sein? Nie!

Ich sehe, wie diese Stadt Berlin ein Babylon ist und wie schwärzlich oder ärmlich bunt die Menschen sind. Und ich male es. Ich male und zeichne die Krümmungen der Kohlenschlepper, das Wimmeln auf einem Schulhof, sich streckende Zweige. Puppen, die meine Mutter genäht hat. Die seltsamen zerschossenen Fassaden ehemals kostbarer Gebäude und schwarze arme Höfe, und das macht mich glücklich und unglücklich zugleich.

Rhythmen zeichne ich ständig, mit jedem Stift auf alles. Oft gehe ich zu Hans und sehe zu, wie er malt. Ich zeichne sein Kind, es hat tiefschwarze Augen und einen Turmschädel. Und ich darf mir aus dem Riesenhaufen der Sammlung von Reproduktionen, die Hans und seine Frau angelegt haben, meine Maler aussuchen: Giorgione, Holbein, Goya, Runge, Manet, Kirchner, Häckel, Jawlenski, Grundig, Petrow-Wodkin, Picasso, Fougeron, Orozco.

Ich betrachte jetzt Freundinnen und Freunde mehr als Modelle. Ich male und zeichne sie, verwandle sie in Skizzen und Ideen. Aus Alexander und der Tugendhaften mache ich eine Lithographie, er beweglich und weitgreifend, sie rechtwinklig streng in allen ihren Teilen ihm zugewandt. Hilde male ich als nackte Flötistin, Hans als glücklichen Narren und Sophia weißhäutig und rothaarig im Bett. Antjes Halsneigung läßt mich nicht los, und ich zeichne sie, wo ich sie sehe. Kalles riesigen, feuchten Mund zeichne ich groß auf ein Blatt mit meiner schwarzen Kreide. Nur Siegfried male oder zeichne ich nie. Ich habe ihn auch nie etwas über Malerei sagen hören. Nie.

6

Meine Mutter verliert mich in diesem Jahr. Ich bin einundzwanzig, und erst jetzt verschweige ich ihr, wohin ich da will, und wozu ich jetzt bereit bin, wie weit ich die Norm, die bürgerliche und auch die sozialistische, verlassen werde. Das fühle ich jetzt.

Es ist mir auch einfach lästig, immer noch nicht mit einem Mann geschlafen zu haben. Ich brauche da meine Freiheit, denke ich.

Kalle wohnt jetzt in der Nähe, ganz oben in jenem grüngestrichenen Haus gleich an der S-Bahn. Wir treffen uns manchmal zufällig auf der Straße. Er war inzwischen verheiratet und ist wieder geschieden. Er studiert tatsächlich Medizin. Ich lade ihn ein. Ich kaufe Wein. Er merkt gleich, was ich will. Ich fühle gar nichts und weiß nicht, was ich mir da antue. Hinterher sagt er: »Wenn ich gewußt hätte, daß du so bist, dann wäre ich vor drei Jahren ganz anders zu dir gewesen.« Es klingt enttäuscht.

Er betrachtet noch eine Weile meine Bilder, schüttelt den Kopf über meine Bücher und geht. Ich beginne mich zu bewegen wie jemand, den man haben kann. Und siehe, der Maler der blonden Berlinerin will mich. Ich liege fünf Minuten mit ihm auf dem Fußboden seines Ateliers und höre sein Herz hämmern, dann reiß ich mich los. Ich bin jetzt nicht mehr traurig und nicht mehr froh, aber ganz entschlossen. Ich lasse mir von Sophia alle meine unbezähmbaren unfrisierten dunklen Locken abschneiden. Jetzt sind meine Haare so kurz wie Kalles sind, eine Bürste.

Die meisten finden es gut! »Mal was anderes!« Ph! Nur Alexander findet es nicht so gut. Und die alte Frau nicht, die aus dem Fenster hängt in der Linienstraße, eine alte Prostituierte, fett und mit rotem Haar. Jedesmal plärrt sie etwas, wenn ich auf meinem Wege zu Antje an ihr vorbeikomme. »Hast 'ne Laufmasche, Määchen!« »Koof dir mal 'n anständchen BH!« Diesmal plärrt sie: »Siehst aus wie 'ne Lesbe, Mensch!« Da wird mir klar, was solche Leute denken, wenn sie mich nun schon das zweite Jahr durch die Linienstraße ziehn sehn und immer mit Antje. Ich wäre nie auf den Gedanken gekommen, etwas anderes von ihr zu berühren als die kräftige Hand, die runde Schulter oder ihre Kinderstirn. Ich küsse selten jemanden. Fast nie. Nicht mal meine Mutter mehr auf die Wange.

Aber ich träume vom Küssen. Im Traum ist es immer Alexander, und der Kuß ist diese leise Berührung, die meinen ganzen Körper anfüllt. Ich wache davon auf und freue mich. Auf die Tugendhafte bin ich überhaupt nicht eifersüchtig. Ich weiß lange, daß ich ihn nicht kriege. Daran bin ich schon gewöhnt. Wenn sie tot wäre, dann vielleicht. So was, so was, wie kann man so was denken, denke ich, sie ist lieb.

7

Kalle kommt nicht zu mir. Ich rufe ihn auch nicht an. Es war ja nichts, es war ja mehr wie beim Arzt, ohne Zauber. Aber es kommt ein Zauber, ein unmöglicher Zauber ist das. Ich mache ihn mir selber, und es ist eine Sünde, wie man so sagt.

Hans macht seine Ausstellung in der Oderberger Straße. Über dem schmuddeligen kleinen Laden hängt ein abgestoßenes weißblaues Schild »Milchhandlung«. Das Schaufensterrollo klemmt. Schief verdunkelt es zwei Drittel der Scheibe. Im Laden hängen die Sachen von Hans, Frauenporträts auf Papier, Holzschnitte an Reißzwecken. Form und Farbe gewordene Liebe, so denke ich. Ich bin angekommen bei einem, der wirklich Kunst macht. Das glaube ich fest. Es ist besser als das, was ich sonst in den Ausstellungen öffentlich zu sehen bekomme. Es ist viel besser als die Sachen unsrer Assistenten. Besser auch als Alexanders Sachen, die voller Hingabe sind und wahrhaftig, aber doch auch sehr vorsichtig und zahm.

Den Laden hat Hans an einen ehemaligen Schüler vermietet, einen Jungen, der ist neunzehn, drei Jahre jünger als ich. Ein Lächler. Der Junge ist blond und schön und stumm. Er hat gerade Schultern, die hin und her schwingen, gerade Beine, alles so im rechten Winkel, ein bißchen wie bei der Tugendhaften, große graublaue Augen, gebogene Wimpern, einen großen Mund und eine große Nase. Es ist etwas mit ihm. Er erzählt es mir zögernd mit einer tiefen Baßstimme, die aus seinem knappen Knabenkörper hervortönt. Er ist das Kind eines italienischen Fremdarbeiters, und seine

Mutter ist tot, und er macht Gedichte, und er sammelt alles, was von Dostojewski zu kaufen ist. Er dreht Stummfilme, er schreibt. Weil er so stumm ist, schreibt er alles auf. Und er lernt Italienisch, denn er möchte eines Tages seinen Vater finden. Er steht um fünf Uhr am Morgen auf, weil er in Karow Elektromonteur lernt. Er hat ganz wenig Geld. Und er ist ein Christ. Er liebt eine Marianne, die zehn Jahre älter ist als er und eine Christin. Aus dem, was er aufschreibt, macht er kleine schöne Bücher, die er selber bindet.

Und ich? Ich mache mir einen Zauber aus diesem Jungen, der mir gefällt, aber der mich gar nichts angeht. Ich bin größer, älter, lauter und keine Christin, gar nicht.

Ich lade ihn ein. Er kommt am Abend, nach der Arbeit, müde. Für die Abschlußmappe mache ich noch Zeichnungen und Malereien. Es ist Juni. Die Sonne scheint lange durch die Lindenzweige vor meinem Fenster und wirft goldene Muster auf die Tapete. Der Junge sitzt in seinem karierten Hemd und seinen Jeans vor mir. Ich zeichne ihn, es ist still. Dann lesen wir uns Gedichte vor, eigne und fremde. Zauber. Eines Abends sage ich, er könne bleiben über Nacht. Ich halte es aber für ein Unrecht. Ich mache ihm ein Bett auf der Matratze auf dem Überseekoffer und noch einem Koffer, es ist zu kurz. Als wir im Dunkeln liegen, stehe ich aus meinem halben Ehebett auf und gebe ihm einen Kuß. Er schlingt die Arme um mich wie ein Kind, das man ins Bett bringt.

Hans ist betrunken, als ich am nächsten Sonntag in den Laden komme. Er verprügelt den Jungen, grundlos, wie mir scheint und zum Schreien ungerecht. Ich schreie ihn an. Ich erlebe zum ersten Male, wie Hans ist, wenn er betrunken ist. Und ich denke da schon, daß er sich betrinkt, wenn er eine Sünde fühlt und einen Unrat und ein Unrecht. Und daß er dann das Unrecht auf sich nimmt und aus der Haut fährt und ein Ungeheuer wird wegen des Unrechts. Alle anderen kommen sich dabei unschuldig vor und in eine Katastrophe verwickelt, an der nur er schuldig ist. Nur er ist im Unrecht. Wir anderen sind »hilfreich und gut«. So ist es mit Hans, denke ich.

Das Studium ist zu Ende, und alle meine Freunde und Freundinnen sind zu Paaren geworden. Ich bin übrig, oder ich gehöre nicht dazu oder so. Der Junge soll es nicht sein und kann es nicht sein, das ist klar. Meine Träume, die bisher von der Vorstellung der Berührung von Alexanders Lippen ausgelöst wurden, werden von anderen Vorstellungen abgelöst. Ich träume, daß ich ein Kind von dem Jungen bekomme, ein winziges rothaariges Mädchen mit weißem Gesicht.

Gequält von der Süße der Amselstimmen draußen vor dem Fenster, fasse ich mich selber an, und da passiert es mir an mir selbst, leicht, süß. Das also ist es. Jetzt weiß ich es. Ich bin sogar glücklich, aber ich schäme mich. Warum? Mit Karl und mit dem Jungen war es nichts. Aber Liebe ist das doch nicht. Ich will Liebe.

Antje heiratet. Sie heiratet einen von den italienischen Kommunisten, die sie kennengelernt hat, den ältesten, den, der für immer in der DDR bleiben will. Er bekommt eine Stelle an der Uni. Sie kriegen ein Kind. Seine schönen Augen werden ernst und traurig, wenn sie erklärt, daß sie, schwanger wie sie ist, erst mal aufs Land geht. Aber er hat ihr doch von dem Helden erzählt, der er war, der feurige Revolutionär, der nach Sizilien gegangen ist, weg von einem katholischen Seminar zu Danielo Dolci und in eine Hütte ohne Tür. Mit den Landarbeitern hat er gelebt, agitiert unter Lebensgefahr. Braucht so einer ein »Häschen«, wie er zärtlich immer zu ihr sagt? Er freut sich, daß sie verheiratet sind, weil er nun, immer, wenn er nur will, mit ihr schlafen kann. Daraus wird nichts. Sie wird aufs Land gehn, an eine Schule auf dem Dorf. Er soll nicht zimperlich sein und was auf sich nehmen. Kommunist eben.

Antje geht aufs Land, wo sie doch in Berlin bleiben könnte, weil sie schwanger und verheiratete ist. Sie geht auf eine Dorfschule nahe der Stadt, in der ich arbeiten werde. Wir werden nicht ganz und gar verlassen sein und uns beistehn.

Ich habe es nicht eilig, in die fremde, armselige Kleinstadt zu kommen. Erst einmal fahre ich im Sommer mit einer Studentengruppe nach Prag. Lindenduft, die Musik der barocken Bauten, der Fluß, der Garten im Waldsteinpalais. Die Schönheit tut weh, und ich sitze und zeichne die Dächer von Prag, und ich bin alleine. Ich esse die Knödel und die aufdringlich nach Fleischextrakt riechenden Fertigsoßen in der Studentenküche, Tee im Duritglas, immer auch Kuchen zum Nachtisch. Und ich betrachte die Männer, mager, mit Halbglatzen meist, die Frauen oft auffällig geschminkt, viel gefärbtes rotgoldenes Haar, Lackgürtel um ärmliche Kleidchen, ein wenig verbraucht in der Haut, huschig. Es geht ihnen nicht so gut?

Die Studenten, die uns betreuen, sind rasch und schlängeln sich zielstrebig mit angewidertem Gesicht durch Aufsichten, Beamte und Touristenmassen. Ich zeichne ein Porträt von Ivo aus Louny, dem Studenten der Germanistik, der voller Verachtung die Trägheit und Plumpheit seiner deutschen Gäste beobachtet. In jeder Pause liest er, Dostojewski. Mit mir beginnt er zu reden. Er freut sich über meine Fragen, und er weiß viel. Wir gewöhnen uns aneinander und gehen schließlich grundsätzlich nebeneinander her, wenn aufgebrochen wird zu neuen Busfahrten und Besichtigungen. Bald suchen wir uns, weil es sonst langweilig ist. Er sagt ernst und leise: »Es gibt kein Ausruhen von Tätigkeit, es gibt nur den Wechsel von Tätigkeit.« Ab und zu singt er aus dem Onegin: »Ja lublju tebja, Olga.« Es ist klar, daß er auf keinen Fall mich meint, sondern die stille, kußmündige, flachgesichtige Olga, die uns auch betreut, und die uns so verächtlich und höflich behandelt wie er.

Ich begreife, was mit diesem Volk immer passiert ist, als ich in den gotischen Kirchen die Überwucherungen von Barock wie Krebsgeschwüre an den schönen strengen Pfeilern sehe. So wurden sie zurückkatholisiert und später zurückgedeutscht und schließlich sozialistisch vergewaltigt, immer zurückgekitscht mit Schwulst, Illusionierung und Gewalt. Sie sind davon sich so durchschlängelnde und verächtlich blinzelnde Schlauköpfchen geworden. Schwejks.

Ich gehe viel allein herum und zeichne begeistert Fassaden. Die sind wie Musik, in ihrem Rhythmus und ihren Maßen schwingendes und klingendes Barock. Aber in den alten gotischen Kirchen von Prag möchte ich den barocken, gegenreformatorischen Wust abkratzen, damit wieder das Haus hervorkommt, wie sie es einmal gemeint haben. Beim Zeichnen spricht mich ein älterer, betulicher Mann an. Er möchte mich fotografieren. Ich halte still. Als er mich ausfragt, fühlt er, wie deutlich ich DDR bin. Er sei nicht so für eine »Bardei«, sagt er, er sei mehr so »nee-uh-tral, östreichisch ebends, Freil'n, gelt?«

Fünftes Kapitel

1

Es ist soweit. Fünf Jahre durfte ich studieren. Jetzt muß ich Berlin wieder verlassen. Holger hat nie aufgehört zu versichern, daß wir alle dahin gehen werden, wo der Staat uns braucht, daß wir Berlin nach dem Studium natürlich verlassen werden. Man braucht uns nördlich oder noch nördlicher von Berlin. Wir gehen alle dahin. Bezirk Frankfurt/Oder oder Neubrandenburg. Nur Holger bleibt in Berlin.

Es ist soweit. Wir sind die Verbannten. Draußen in der Republik in sandigen Gegenden, wo es verkommene Gutshäuser, trockene Kiefernwälder, die riesigen Getreidesilos, die häßlichen Neubauten, das verbotene Armeegelände und viele von diesen Leuten gibt, die mehr oder weniger von früher und von ganz früher sind. Das ist fast in der »Taiga«, wie sie in Sachsen sagen, weit weg von zu Hause, fern von Berlin. Ich gehe zu der mir zugewiesenen Schule, der Vordereingang ist zu. Am Hintereingang, auf den Fliesen des Flurs, empfängt mich der Direktor, straff, untersetzt, eine warme, kurze, behaarte Hand, dunkelroter Schlips, dunkelblauer Anzug, die Wulst des dichten zurückgekämmten schwarzgrauen Haares über einem dicklichen Gesicht. Ich rede ihn grundsätzlich mit »Herr Direktor« an. Er sagt, ich würde sowieso nicht bleiben. Ich antworte: »Ich werde hier arbeiten.«

Das hohe Zimmer, in das ich ziehe, hat zwei Fenster nach Norden. Ich darf es auf Staatskosten tapezieren lassen. Das macht es nicht besser. Es ist feucht, sehr feucht. Ich friere. Das Haus gehört den Fräulein von Schwanebeck, unverheiratet gebliebenen Töchtern eines preußischen Offiziers aus dem Ersten Weltkrieg. Die Fenster gehen alle auf den Friedenspark. Den Friedenspark kann ich nicht sehen, ohne an die 1945 von der SS dort an den Bäumen Erhängten zu denken, von denen man mir erzählt hat.

Die beiden Fräulein von Schwanebeck unterscheiden sich kaum, die eine ist ein bißchen geiziger, die andre ein bißchen schwerhöriger. Rosige Mittelscheitel, noch dichte weißgelbe Haare, braune Altersflecken und solche weichen Greisenwangen und große Ohren wie bei meiner alten Wirtin in Berlin. Preußinnen von ganz früher. In der Nähe sei einst das Gut der Schwester von Bismarck gewesen, sagen sie. Ich würde gerne mehr wissen, aber ich muß meine Fragen wie bei meiner Wirtin in Berlin in große weiche Ohrmuscheln schrein, das ist nicht leicht.

2

Ich bin aus der feuchten Villa derer von Schwanebeck ausgezogen. Mein Bett steht jetzt in einem kleinen Zimmer, hoch hinausgebaut aus einem der engen Kleinstadthäuser. Trocken wenigsten und nach Süden, mit einem Waschbecken drin und mit Blick auf den Kirchplatz. Der Wirt ist ein Schneider. Er hält tatsächlich Ziegen, wie man von Schneidern sagt. Ich kaufe ihm

Ziegenmilch ab und mache Kefir daraus, bis ich mich ekele und das Milchtier durch das Waschbecken spüle.

Der Wirt unterhält sich ein wenig mit mir. Er sei aus dem Warthegau, das sei deutsch und überhaupt, wir seien schließlich alle Deutsche, und das sei doch furchtbar, wenn der Bruder auf den Vater schießt! In der Folge wird mir mehr und mehr schlecht, wenn ich an der Werkstatt und dem stinkenden Ziegenstall vorbei zum Klo auf dem Hof muß.

Ich liege nicht mehr nachts heulend in meinem halben Ehebett, weil ich eine Lehrerin geworden bin. Ich korrigiere nachts oder bereite mich vor. Mit eingezogenem Bauch stehe ich vor den 9. Klassen und gebe Literatur und Grammatik und Musik und Biologie und Zeichnen und fahre am Unterrichtstag in der Produktion auf die Rübenfelder.

Ich verdiene Geld. 580 Mark. Vom ersten Gehalt kaufe ich mir ein neues Radio. Ich höre beim Waschen, beim Frühstücken, beim Korrigieren immer Radio. Eines Morgens höre ich von Funkzeichen, die uns aus dem All erreichen, und ich bekomme eine Gänsehaut. So etwas darf nicht stimmen, so was nicht, dann bricht mir alles zusammen. Dann begreife ich die Entfernungen und tröste mich mit den Millionen von Lichtjahren, die seither vergangen sind. Alles ist halb so schlimm, beinahe hätte ich an so etwas geglaubt, um Gottes willen.

Auf dem Weg zum »Dienst« komme ich an der Puschkinschule vorbei. Durch die Ansammlungen der Schulkinder schlängele ich mich achtlos hindurch. Ich habe es eilig. Mir ist etwas Wichtiges für meine Deutschstunden eingefallen, ich unterrichte gerade

Wallenstein und grübele nach, wie ich die Friedenssehnsucht von Max Piccolomini erklären könne. Aber, ich komme nicht weiter. Der Weg ist versperrt. Da stehen sich kleine Jungen von der Puschkinschule mit vorgestreckten Armen gegenüber, Maschinengewehre imitierend, »rtrtrtrtrtrtr, peng peng, peng!«. Sie bedrohen sich gegenseitig und brüllen dabei lauthals: »Frieden! Frieden! Frieden!«

Ich fahre oft mit dem Fahrrad zu Antje aufs Dorf. Sie wohnt in der winzigen Stube bei einer winzigen alten Kätnerin hinten hinaus nach dem Garten. Als Antje ein Kind war, hatte ihre Mutter einen Neubauernhof, und sie wollte immer eine Bäuerin werden. Sie ist glücklich auf dem Dorf, nur ihr italienischer Ehemann ist nicht da. Aber er besucht sie am Sonntag. Noch ist alles abenteuerlich, der Winter fern. Die Äpfel leuchten in den Bäumen. Sie ist im siebten Monat. Sie legt sich auf den Fußboden. In ihre blauen Augen fällt der blaue Septemberhimmel, und sie zeigt mir, die Füße zum Halt unter den Schrank gesteckt, die Übungen für die schmerzlose Geburt, die sie sich angelesen hat. Man kann das auch in Kursen lernen. Wenn ich je ein Kind kriege, will ich auf keinen Fall in so einen Kurs. Leute, die gemeinsam Turnübungen machen, nein. Ich lerne es von Antje. Ich merke mir alles genau, Atemtechnik, Pressen. Gut für später. Wir gehen hinaus. Die Kinder rufen meiner Freundin begeistert nach: »Frau Marinelli, Frau Marinelli!« Wie das klingt auf uckermärkisch! Sie können ihre Zeichenlehrerin gut leiden.

Antje zitiert für mich Majakowski, überläßt mir ihre Dias zu Picassos Guernica, das sie doch nicht in der vierten Klasse unterrichten kann. Und sie bringt mir bei, was Mondrian gesagt hat: Das Ende der gesellschaftlichen Konflikte sei das Ende der Kunst.

Wir beide aber, wir wollen lieber Konflikte und Kunst.

Wir sind einverstanden damit, daß wir hier sind in der Verbannung, daß unsere Schüler wie leere Eimer sind, die noch nie etwas von dem gehört haben, was wir gehört haben, und daß wir sie vollgießen können. Wir fangen schon an, die Gegend, in der wir arbeiten, zu lieben. Wir machen aufgeregt und voneinander begeistert große Schritte, größere als Frauen eigentlich sonst Schritte machen.

3

Es ist schon gegen sieben abends. Die Ehefrauen meiner Kollegen schmieren für ihre Männer und Kinder die Abendbrote, reiben die Mohrrüben, schneiden die Apfelstücke, brühen den Kräutertee. Die Männer drehen am Fernsehkanal oder sie waschen das Auto. Der Direktor hat einen blauen Moskwitsch. Der Parteisekretär hat einen grünen Wartburg, der stellvertretende Direktor einen gelben Skoda, aber der ältere Deutschlehrer, Stadtverordneter der NDPD, hat nur einen Trabbi. Ich habe keinen Ehemann, keine Kinder, keinen Fernseher und kein Auto. Ich bin in keiner Partei.

Auf das schwarze, ölverschmierte Parkett der Aula habe ich eine dicke Schicht Zeitungspapier gelegt, darauf zwei Reihen Blätter vom billigen Butterbrotpapier.

In ausgewaschenen Konservengläsern habe ich Holzbeizen aufgelöst, wasserlösliche und spirituslösliche. Der Spiritus stinkt. Die kleinen Tütchen mit der Farbe, die ich jetzt öffne, haben manchmal schon Feuchtigkeit angezogen, und das Pulver ist krümelig geworden. Hans hat mir gezeigt, daß es diese Tütchen hier gibt. Er hat sie in der Drogerie in der Rosenstraße entdeckt. Eichenholzfarbe dunkel, spirituslöslich, giftfrei, VEB Farb Chemie Quedlinburg, Einzelverkaufspreis 19 Pfennig. Feuerrot, Giftgrün, Pariser Blau, Eiche hell, Mahagoni.

Leuchtende Farben von enormer Färbekraft. Mit ein paar Tütchen könnte man die ganze altersgraue Stadt umfärben, soweit sie aus Holz ist, und sie ist an vielen Stellen aus Holz. Ich fange erst einmal in der Schule an. Ich streiche die gelöste Holzbeize mit großen, groben Pinseln auf die Butterbrotpapiere. Sie wellen sich. Ich streiche sie von beiden Seiten ein. Am Morgen sind sie trocken. Vor dem Unterricht gehe ich in die Aula und sammele meine raschelnden farbigen Butterbrotpapiere ein, nicht ohne sie begeistert gegen das Licht zu halten. Wegen dem Spiritusgeruch gibt es Ärger. Am nächsten Abend färbe ich wieder. In den Dellen der Blätter haben sich mehr Farbteilchen als auf den Höhen abgesetzt, mein »Ersatzglas« bekommt vom Hellen ins Dunkle schmelzende Töne. Manche Spirituslösungen sind zu stark. Auf den Blättern schillert ein Film wie auf Ölpfützen, auch ein Effekt. Der Geruch muß aus der Aula. Ich lasse ein Fenster auf über Nacht. Das gibt wieder Ärger, na und?

Der Herr Kanter, der vor mir Zeichenlehrer war, hat ein Holzgestell gebaut als Einsatz für das Fenster im Treppenhaus, so ein hölzernes, gut gefügtes Gestell könnte ich nicht bauen. Ich werde es nutzen. Die von den Schülern bemalten Pergamentstückchen, die er da hineingeklebt hat, finde ich häßlich. Auf einem Blatt, weiß und glatt, hebt eine Turnerin ihr Bein. Mit ausgebleichter Aquarellfarbe hier und da ein bißchen angetönt, himmelblaue und rosa Fahnen und Mädchenfähnchen und Jungenhöschen. Das reiße ich alles einfach raus. Rücksichtslos zerknülle ich die Zeichnungen von Schülern, die noch an der Schule lernen, und werfe sie weg. Ich werde es viel besser machen, so glaube ich. Kräftige Linien aus Karton geschnitten, dahinter meine leuchtenden Holzbeizen-Butterbrotpapiere. Thema? Ich brauche ein Thema! »Revolutionäres Thema«, sagt der Lehrplan. Also »Das Rot im Leben der Arbeiterklasse«. Auf jedem Feld wird ein Stück von dem gebeizten Butterbrotpapier feuerrot aufleuchten, als Fahne, als roter KZ-Winkel, als Armbinde, als Blut, als Blume. Das wird sein wie bei wirklichen alten Glasfenstern, wie in der Kirche.

Das Fenster ist nach zwei Monaten fertig. Es leuchten die Holzbeizen aus dem VEB Quedlinburg und die geklauten Ideen von den »progressiven Künstlern aus dem kapitalistischen Lager« – Siqueiros, White, Guttuso. Maler, von denen ich Bücher gekauft habe, die ich der 12 B zeige. »Der Kampf um die Fahne«, das ist ein Bild zum 17. Juni. Das hat der italienische Malereiprofessor gemalt, der Freund von dem italienischen Mann von Antje. Auf einer heftig bewegten Straße von Berlin reißen zwei heftig bewegte Jungen an einer heftig flatternden roten Fahne. Der Italiener kann etwas dazu malen, wozu die andern nur vorgestanzte Formeln runterbeten? Ein Junge sucht sich den »Kampf um die Fahne« aus, viel rotes Butterbrotpapier braucht er mit tiefroten Dellen und hellroten Höhen, damit die Fahne bewegt ist. Und dann nehme ich noch meine Erinnerungen dazu, um den Schülern Ideen einzuflößen. Meine Großmutter versteckt die anders rote Fahne im Kleiderschrank. Einem der Mädchen rede ich das ein. Sie kann kaum zeichnen. Ich muß für sie die Hände machen. Na und?

4

In der kleinen Stadt bin ich in meinen freien Stunden sehr allein. Aber es gibt zwei Lehrerinnen, denen mein Besuch angenehm ist. Sie bewirten mich. Ich lasse mich gern bewirten. Die Biologielehrerin der Schule zeigt mir ihr Appartement im Neubaublock. Wenn sie ihre Schrankwand öffnet, sieht man die hohen akkuraten Stapel der selbstgestrickten Pullover, türkis, weiß, rosa. Sie kocht mir Tee und öffnet ihre Keksdose. Die zweite ist die Deutschlehrerin, die mich als Mentorin betreut. Ich helfe ihr manchmal, die Kinder am Abend ins Bett zu bringen und die dünnen Abendbrotscheiben zu schmieren. Ich sitze dann mit am Abendbrottisch, ihrem Mann gegenüber. Er nennt mich auf eine Weise eine Künstlerin, die mich beleidigt. Er malt selber Aquarelle, die den Bildern Holgers nahe kommen, und er macht, nachdem er eine gewisse Anzahl der dünn belegten dünnen Brotscheiben gegessen hat, das Westfernsehen an mit der Bemerkung, er als Parteisekretär müsse das tun. Der Direktor darf das nicht wissen, der sei in diesem Punkt anderer Meinung. Ich soll also schweigen.

Ich sehe beim Parteisekretär Westfernsehen und schweige. Im Zimmer hängt eine Gipsgravur, eine genormte weiße Linie von gleichmäßiger Stärke, ein Wurm von einer Linie. Ein Akt auf Hellblau. Das hat der Herr Kanter gemacht. Beim Parteisekretär am Abendbrottisch erfahre ich etwas über den Zeichenlehrer Kanter, der vor mir an der Schule war. Er hat in der Hospitationsstunde die Farbenlehre behandelt. Mit den Schülern war er sich in der Diskussion einig, daß Rot die Farbe der Wut ist. Er wurde von der Oberschule entfernt. Seine Stelle habe ich bekommen. Ich habe also »Das Rot im Leben der Arbeiterklasse« in den von ihm gebauten festen Holzrahmen einfach hineingeklebt.

Herr Kanter kommt manchmal dort zu Besuch, wo ich zu Besuch bin, zu der einen oder der anderen Lehrerin. Er hat eine strenge Frau. Sie kommt selten mit. Mal geht er mit der einen, mal mit der anderen Lehrerin, manchmal auch mit beiden zum Schwimmen. Er schneidet danach Brustlinien und Hüftlinien von Frauen als weiße Würmer in hellblau angestrichenen Gips.

Vielleicht denken sie alle, ich hätte etwas gewußt von seiner Hospitationsstunde und vom Rot, auf das man nur wütend sein könne, und ich hätte deshalb das Butterbrotpapier rot gefärbt und das »Rot im Leben der Arbeiterklasse« gemacht, grauenhaft!

Gut, er ist sowieso dagegen, also gegen die Roten, aber wie gut Holzbeizen färben, das hätte er wissen können als Farblehrer bei den Malern in der Berufsschule. Ich schäme mich trotzdem, wenn ich ihm begegne, weil ich unwissend aus seinem roten Unglück Nutzen zog. Was für ein Nutzen schon, ich mach mich halb lächerlich, halb reibe ich mich auf, aber ich merke es nicht immer so, und meist freu ich mich doch.

5

An der Schule ist ein guter Mensch. Kurtchen, der Physiklehrer. Kurtchen hat während des Zweiten Weltkrieges Sprengladungen gelegt und nach dem Krieg Sprengladungen entschärft. Er trinkt, sagen sie. Er ist älter als die anderen, er hat eine feine Frau und einen feinen Sohn. Wenn Kurtchen etwas sagt, sagt er es leise, man muß genau hinhören. Immer höre ich nicht so ihn. Einmal erzählt er mir, daß die Druckerei geschlossen wird und daß es da so schöne alte Handabzugsmaschinen gibt. Ich gehe in die alte Druckerei neben dem Hause derer von Schwanebeck am Friedenspark. Da steht sie, meine Maschine. Ich liebe sie sofort. Sie ist von menschlicher Größe, die geschwungenen Beine, die handliche Kurbel, das gußeiserne Rad, Jugendstil! Wie glänzen ihre beiden Stahlwalzen, und wie sicher fährt der Stahltisch durch sie hindurch. Ich darf sie haben, umsonst, für die Schule. Die Jungens aus der 12 B bauen sie ab, fahren sie auf dem Plattenwagen durch die Stadt und bauen sie im Kartoffelkeller des Internats wieder auf. Nur im Kartoffelkeller darf ich sie aufstellen, im Gang zwischen stinkendem Gemüseabfall unter einer schwachen, nackten Glühbirne.

Ich liebe meine Maschine. Dicke Packungen alter Ausgaben des Neuen Deutschland lege ich auf ihren Tisch unter den Filz und schicke unermüdlich die Linolschnitte der Schüler durch sie hindurch. In der Poliklinik hole ich mir Röntgenplatten, wasche die schwarze belichtete Schicht ab, die gallertartigen Fetzen verstopfen das Spülbecken im Chemieraum. Mit angefeilten Stopfnadeln ritzen die Schüler der 11 B »Lesende« in die durchsichtigen Platten. Geduldig stehen sie im Keller und reiben Farbe in die Rillen.

Mit meinem grünen Pappkoffer fahre ich nach Oderberg in ein stillgelegtes Ziegelwerk. Trockene rötliche Bruchstücke vom Ton darf ich mir aus dem Abfall sammeln. Der Blechgriff des Koffers reißt mir in der Hand, als ich den Ton in die Schule trage. Dort hocke ich mit zwei Jungen aus der 9 A. Und wir kneten in einem alten Essenkübel, bis über die Ellenbogen verschmiert, die klumpige Masse stundenlang weich. Porträtmasken sollen entstehen. Auf die Schulbänke legen wir Tonklumpen aus. Der Nachbar dreht sich zum Nachbarn und knetet sein Gesicht. Ich habe inzwischen gelernt, wie meine Schüler lernen können, daß das Auge eine Kugel ist, die in einer tiefen Höhle ruht. Hans hat es mir beigebracht, denn seine Frau Margarethe hat solche großen Augen und Augendeckel, da kann man sehn, was das Oberlid für eine Form hat. Ich zeige es jedem. Der Schultag ein Fest, jede Kunststunde ein Glück, so ist es doch oft. Kaputt liege ich danach auf meinem halben Ehebett und kriege schon wieder Einfälle für morgen. Eine Brunnenstele möchte ich aus den verwunderlichen Masken gießen. Was ich alles will! Kurtchen denkt mit nach, wie das gehn könnte. Er findet mich nicht verrückt.

In der alten Tischlerei hinten in der Friedensstraße frage ich nach Lindenholz. Ich will auch Holzschnitte machen. Ein sehr alter Tischler lächelt mich an und verspricht mir Pappelholz. Ich hole es ab, schönes glattes helles Holz. Ich gehe mit der 9 B auf den Bahnhof zeichnen. Fachwerk und gußeiserne Säulen, der Bahnsteig, die alten Bänke, der Schienenstrang. Wartende zeichnen wir, bis mich die Aufsicht verjagt. Zeichnen und Fotografieren auf Bahnhöfen ist verboten. Das weiß ich doch nicht. Die Zeichnungen sind fertig, die nehmen wir mit. Die 9 B schneidet die Zeichnungen vom Bahnhof mit stumpfen Schnittwerkzeugen ins Holz. Das Holz ist weich, und die Drucke mit meiner Maschine werden gut.

Der Direktor hospitiert in der 11 A. Wir zeichnen Selbstporträts. Ich gehe streng nach Holbein vor, formsuchender, formgebender und formbetonender Strich. Für ein Auge brauchen wir eine Stunde. Der Direktor fragt, ob das rationell sei. Alle Selbstporträts nach der Holbeinmethode werden ähnlich. Zur Elternversammlung hängen sie im Treppenhaus. Ein Vater der 11 A ist so begeistert, daß er mich an sich drückt, peinlich.

Wenn ich durch die Tür komme, strahlt mich die Klasse 11 A an.

Im Literaturunterricht spiele ich ihnen Biermann vor. Das Band habe ich von Hans und Margarethe, genannt Gretchen. Ich unterrichte Gedichtinterpretationen mit Biermanns Versen: »Die Mauer steht, Wind drüber weht, von Süden und nach Norden, ein Bild von dir, ein Blatt Papier, ist Wind ist Wind geworden.« Und das geht sehr gut.

Meine Mutter besucht mich. Ich nehme sie mit in den Unterricht. Danach blickt sie mich mit ihren großen grauen Augen an: »Das ist doch keine Arbeit!«

6

Ich übe auf dem Klavier in der Aula eine Liedbegleitung. Morgen habe ich Musik in der 9 A und der 9 B. Den Musikunterricht gebe ich nach einem kleinen Musikkatechismus, den ich mir gekauft habe, und vor jeder Stunde lerne ich etwas genauer: Dominante und Subdominante, Tonarten, Quintenzirkel, Kontrapunkt, Polyphonie, Fuge. Das mühevoll von mir Gelernte kann ich am andern Morgen plausibel erklären, so wie ich es selber gerade verstanden habe. Viele Schüler sind dankbar. Endlich sagt ihnen mal einer was. Das ist gar nicht so schwer mit den Noten. Die, die Klavier lernen, lächeln stolz. Trotzdem ist es mit dem Musikunterricht wie mit der Müllerstochter. Ich kann gar kein Stroh zu Gold spinnen. Ich verspiele mich auf dem Klavier, ich kann die Stimmen selber nicht sauber halten. Ich habe kein absolutes Gehör und zu wenig Rhythmusgefühl. Und wie man dirigiert, hat mir nie einer gezeigt. Ich benutze eine Stimmgabel, ist ja lächerlich, ich! Mir wird heiß und kalt, aber die Schüler merken es nicht so.

Manchen macht der Sozialismus eben deshalb so einen Spaß, weil sie machen dürfen, was sie gar nicht gelernt haben. Ist das wahr? Meine Großmutter jedenfalls war auch so eine, die hat Hausschuhe gemacht und Zimmer tapeziert, aus alten Herrenanzügen neue Damenkostüme geschneidert, verschiedene nicht zusammengehörende Möbel durch einen orangen Anstrich zu einer freundlichen Zimmereinrichtung für meine traurige Mutter umgemalt, Kunststickereien auf kaputten Wolldecken entwickelt, alles, was sie nicht gelernt hat. »Die Dinge waren danach«, sagte mein Großvater. Auf den Sohlen der Hausschuhe zum Beispiel rutschte man unsicher hin und her. Sie waren nicht fest genug mit den Kappen verbunden. So ist auch mein Musikunterricht, ich rutsche ein bißchen unsicher hin und her.

Also, ich singe mit ihnen. Kampflieder, ja, muß ich ja, will ich ja auch. Aber ich bin die Lehrerin, ich suche die aus. Was ich nicht leiden kann, gibt es nicht. Zum Beispiel »Ich trage eine Fahne« oder den kleinen Trompeter und »Es steht ein Mann, ein Mann, so fest wie eine Eiche!«, grauenhaft. Es gibt bei mir nur: »Allons enfants de la patrie« und »Madrid, du wunderbare« und »... gib mir die Hand, mein schwarzer Bruder« und »... unser Feldzug fand sein Ende erst am Stillen Ozean«, na so was ungefähr. Wozu ich direkt beauftragt werde, die Nationalhymne, die gibt es auch: »... Deutschland einig Vaterland« ... bum, bum, bum ..., »Alte Not gilt es zu zwingen«, bum, »und wir zwingen sie vereint, denn es muß uns doch gelingen, daß die Sonne schön wie nie über Deutschland scheint, über Deutschland scheint!« Es ist nur für ein Jahr. »Nächstes Jahr kriegen wir eine Musiklehrerin«, sagt der Direktor.

7

Als es Winter wird, fällt es mir doch schwer, schon gegen sechs Uhr zum Unterrichtstag in der Produktion mit dem Bus in die LPG zu fahren. Wieder Fußlappen, Rauhreif, Mistkarren, Rüben einmieten, Kartoffeln sortieren, Blechnäpfe, Malzkaffee, unbeschäftigtes Herumstehen oft. Ich ekle mich wieder und bin jedesmal froh, wenn gegen 12 Uhr der Bus kommt, der warme Bus. Ich blicke mich immer um, wenn ich mit dem Bus fahre, und ich vergleiche die in den Mänteln und Hüten und mit den Aktentaschen mit denen in den Wattejacken, den Schapkas und den Gummistiefeln. Die in den Mänteln sind einander sehr ähnlich, alles dasselbe. Die in den Wattejacken sind alle ganz unterschiedlich, das fällt mir auf, jeder ist da ein ganz anderer. Die Busse fahren nach Schwedt. In Schwedt wird der Sozialismus aufgebaut, Raffinerien, Kunststein- und Papierfabrik und Wohnblocks.

An meine Tür klopft einer in einer Wattejacke. Es ist der Junge. Er wurde hierhergeschickt, Elektromonteur für Schwedt, eine Brigade Elektromonteure. Er schenkt mir ein Büchlein mit seinen Gedichten. In seinen Gedichten bin ich eine Königin. Er schläft mit mir in meinem halben Ehebett, aber es geht nicht richtig. Ihn mit noch feuchten Schenkeln die steile Stiege hinunterzubringen vor die Haustür vom Schneider, in die Gasse hinaus, die nach Ziegenstall und Frostluft riecht, das ist dann doch so wie in einer schönen alten Geschichte. Ich geh wieder hinauf und male für den Jungen ein Bild. Die Kirche, die Dampfwolken der Bahn, ein bißchen wie Petrow-Wodkin.

Es sind nur wenige solche seltsamen Traumabende da oben in dem in die Luft gebauten Zimmer über dem Ziegenstall. Es geht nicht mit uns. Es ist auch zu hart im Winter, Kabel montieren auf den Masten. Der Junge hat einen Unfall. Nach einem Monat kommt er aus dem Krankenhaus. Da ist er sehr von mir abgewendet. Eine Krankenschwester habe ihm klargemacht, daß das nicht geht mit uns. Das sag ich doch. Ich denke mir, sie wird mit ihm geschlafen haben. Traurig bin ich darüber nicht. Bald ist er Soldat. An der Grenze hält er Wache im kalten Wald. Ich bekomme noch viele Briefe und Gedichte von ihm.

Sechstes Kapitel

1

Das ganze Jahr über ist für mich das Mittagessen in der kleinen Stadt ein Problem.

Ich kann mir was machen auf dem Elektrokocher, vom Wirt abgekaufte Eier oder eben Schulspeisung. Es ist weit bis zur Schulspeisung, noch hinter dem Kloster in einer Baracke neben dem Jugendkulturhaus am Ende der Straße des Friedens. Weiter hinaus kommen dann nur noch drei große Gebäude: die Parteizentrale, die Kinderkrippe und die Berufsschule. Das ist schon gegenüber dem Friedhof.

In der Schulspeisungsbaracke stehen lange Tische, bedeckt mit eingerissenen Wachstuchdecken. Ihre bräunlichen Blümchen unterscheiden sich kaum von den Suppen- oder Puddingflecken. Die Stuhlreihen stehen eng. Die Kinder stoßen sich und verschütten viel. Die fünf möglichen Essen der Schulspeisung sind: Eintopf mit Pudding, Blutwurst mit Sauerkohl, Spinat mit Ei, Makkaroni mit Jagdwurst, saure Eier mit Kartoffeln und Krautsalat. Im Krautsalat finden sich Maden, die Kinder schrein.

Die Lehrer der Oberschule essen da nicht, sie essen zu Hause oder in einer Gaststätte. Ich beginne, in Gaststätten zu gehen. Es gibt grundsätzlich zu allem Rohkost aus Rotkohlsalat und Weißkohlsalat, dazu Salzkartoffeln. Man sagt mir, das mit der Rohkost sei eine Anordnung von oben. In allen Gaststätten schwimmt das Essen in viel heißem, gelblichem Fett.

2

Das Schuljahr ist zu Ende. Ich sitze in einer mondhellen Nacht auf dem Plumsklo der Dorfschenke, wo die Zwölften ihren Abiturball feiern. Vor der Brettertür mit dem eingeschnittenen Herzen unterhalten sich zwei Mädchen. »Die ist doch doof, also ich finde sie auch 'n bißchen verrückt, irgendwie keine Ahnung von der Wirklichkeit.« »Aber das Glasfenster, das ist toll.« »Na ja, aber so politisch«, sagt die andere. Ich hocke da mit angehaltenem Atem und weiß nicht, wie ich da hinaus und an denen vorbei kommen soll.

Drinnen im Saal fordert mich einer der Schüler zum Tanzen auf, einer, den ich sehr gerne habe, aus der 11 A. Ich ziehe meine Schuhe aus und tanze mit ihm barfuß, dann bin ich leichter und nicht so groß. Ich habe nie die richtigen Schuhe zum Tanzen, nie.

»Sie dürfen nicht alles glauben, was man Ihnen vormacht, das ist eine Oberschule, wer kommt schon auf die Oberschule, und alle brauchen gute Zensuren und eine gute Beurteilung. Die tun so, als ob sie Sie gut leiden können, aber das machen die Ihnen nur vor, glauben Sie es nicht, jedenfalls nicht von allen.« Auf dem Abiturball wird von den Schülern die Wahrheit gesagt? Niemand kann einem mehr was tun, oder was?

Ich kaufe meiner Mutter einen teuren Kleiderstoff und ein paar teure Schuhe und verlasse die Stadt.

Es ist Sommer. Plötzlich will ich nichts mehr mit diesen Schülern und diesen Kollegen zu tun haben, auch mit den grünen oder roten Wartburgs oder den blauen Moskwitschs nicht, in denen sie mich ins Theater fahren oder zum Baden an die uckermärkischen Seen. Gut, daß es den Zug gibt. Er fährt oft. Im Bahnhof stinkt es nach Wurstsuppe und Urin, eine gemeine Mischung.

3

Ich habe frei, ich fahre jetzt immer öfter zu Hans und Margarethe, seiner Frau. Die freuen sich, wenn ich komme. Ich koche für sie Spaghetti, so wie der italienische Mann von Antje sie kocht oder wenigsten beinahe so gut. Ich kaufe die Spaghetti, das Fleisch und das Tomatenpüree. Frisches Basilikum allerdings, das kenne ich gar nicht, das holen die Italiener im Osten sich aus dem Westen. Getrockneter Thymian, das geht.

Hans und Gretchen haben kein Geld. Sie hat nur das Stipendium, und er ist von der Schule weggegangen und malt. Es ist für mich nirgendwo so schön wie bei den beiden. Gretchen gehört zu denen, die in Haushaltsauflösungen kaputte und überstrichene Biedermeiermöbel entdecken. Scheinbar desinteressiert bietet sie für eine Kommode zwanzig Mark. Sie zieht sie zu Hause mit kleinen Scherben ab, streicht über das schöne alte Holz und zwitschert vor Freude, als sie eine zarte Intarsie entdeckt. Hans baut Holzbänke und rundet die Fensterbretter ab, reißt Türen raus und baut die häßlichen Profile der Scheuerleisten ab. Er wäscht die Farbe von den Wänden, bis er auf den glitzernden Kalkanstrich kommt, dann bemalt er alles. Auf dem Fensterbrett stehen die Plakatfarbennäpfe. Keinesfalls dürfen sie frostempfindlich sein und müssen immer gegossen werden wie Blumentöpfe, bedeckt mit der dünnen Schicht Wasser, die sie gelöst hält.

An der Wand im kleinen Zimmer schimmert ein Blau wie von Giotto. Gretchen ist überall. Sie schwimmt auf der Wand knapp unter der Linie, die die zwei Blaus trennt, Himmel und Meer. Unter der Decke fliegt ein Soldat im schweren Soldatenmantel, der Mantelzipfel hängt von seinen steifen Stiefeln, ein feierliches Dreieck. »Soldat, Soldat in grauer Norm, Soldat, Soldat in Uniform«, brummt Biermann vom Tonband.

Ich stehe davor und liebe das Bild. Hans merkt das. Ich merke, wie seine Hand, die er auf meinen Hals legt, das gleiche weiche Hinlegenwollen auslöst wie schon sein Lachen und der Geruch damals im Maisfeld. Ich drehe mich um, recke mich in voller Größe auf, sehe in seine dunklen Augen zweifelnd herab und gehe in die Küche zu den andern.

Heller Geist herrscht bei Hans und Gretchen, aber nur ein ganz dünnes Scheibchen Seife liegt auf dem Klo in den Rillen des Waschbeckens, und immer Jazzplatten und immer kein Geld. Am Abend singen wir selber, oder wir machen Misuk mit Gitarren, Flöten, dem Klavier, mit Pappkartons und Maultrommeln. Misuk sagen wir dazu wie die Brechtleute, weil wir natürlich all diese Instrumente nicht gut genug beherrschen und unser Improvisieren nur ein witziges Tönen und Klingen sein soll.

Gretchen kocht ein paar Stangen Porree mit Salz und Kümmel ohne Butter. Es gibt Schmalzstullen und chinesischen Tee. Irgend jemand von denen, die allmählich die Küche füllen, hat billigen Rotwein, Erlauer Burgunder für drei Mark, mitgebracht. Sie lachen auch an diesem Küchentisch über mich, aber sie lachen wieder anders als die drei Mädchen im Studentenheim. Ich weiß nichts und kenne niemanden und muß alles erst lernen. Sie bringen mir bei, was sie wissen. Als ich ihre Lieder mitsinge, lachen sie wieder und sagen, ich würde singen wie vom grünen Baum.

Ich zeichne viel. Ich zeichne Margarethe mit ihrem Wunderbusen und den großen Augen. Ich zeichne das Kind und die heftigen Gesichter der Freunde Margarethes. Freunde aus dem Jazzklub, junge Philosophiestudenten, Freunde von Gretchen und, junge Maler oder Zeichenlehrer, Freunde von Hans. Fast alle sind sie widerspenstige Kinder von Widerstandskämpfern, dem Biermann nah. Jüdisch oft, aber darüber reden sie nicht. Sie reden auch weniger von Pullovern oder von Autos, sie reden von Gedichten, von Politik und von Malerei und von Musik. Manche haben Eltern, die sind aus dem Exil in London in die DDR gekommen, um den Sozialismus aufzubauen. Den Kindern gefällt dieser Sozialismus nicht. Sie wollen einen andern.

Ich fühle mich wie angekommen bei den Leuten meines Vaters, den Intellektuellen und den jungen Kommunisten aus Neukölln. Ungefähr so muß es bei ihm gewesen sein, nur noch mehr Politik und mehr Geld und weniger Kunst. Etwas scheint allen gemeinsam. Waren ihre Eltern gegen die Nazis und sind die deshalb jetzt im Recht oder sogar an der Macht, dann sind die Kinder gegen die Macht überhaupt und wollen Kunst.

4

In der kleinen Küche mit dem Fenster zu dem Berliner Hinterhof, auf dem wie auf vielen Berliner Hinterhöfen eine magere Kastanie steht, nahe der Staatsgrenze, der Berliner Mauer, im Kerzenlicht, auf einer schmalen Bank, die Hans gebaut hat, neben diesen meinen neuen Freunden, die Kunst machen wollen, unbedingt Kunst, koste es, was es wolle, da hocke ich und rücke mit dem Hintern auf und denke, ich gehöre dazu.

Sie haben alle kaum Geld, aber ihre Eltern können ihnen jederzeit etwas geben, selbst meine Mutter kann mir jederzeit etwas geben, das macht sie auch, obwohl ich doch verdiene. Nur bei Margarethe und Hans ist das nicht so, die haben wirklich kein Geld. Ihre Eltern haben einfach nicht so viel übrig, sind keine Professoren oder Filmemacher oder Abteilungsleiter. Ich übernachte in dem kleinen Zimmer, in dem Hans' Farben stehn. Am Morgen fahre ich weg. Ich lasse ihnen ein bißchen Geld da.

5

Ich besuche meine Mutter. Ich liege bäuchlings auf der seidenen Steppdecke noch aus der Zeit von meinem Vater, meine Füße fühlen den kühlen Bogen des Metallbettes. Zwischen den Wäscheknöpfen des Wehrmachtsbettbezugs vom Marienturm lugt grüngolden die alte Schlaraffiamatratze hervor. Meine Mutter kocht mir Mittagessen. Und ich esse grundsätzlich nur mit dem silbernen Besteck mit dem verschlungenen Monogramm.

Ich betrachte zum hundertsten Male mit meiner Mutter zusammen die Reliquien von meinem Vater, die Ansichtskarten aus Italien, auf der Rückseite bedeckt mit flüchtigen Bleistiftkürzeln. Ich kann sie gut lesen. »... bin ab Montag wieder in Bordighera, poste restante«, Poststempel Juli 1938. Ich finde auch die Briefe, die er 33 aus der Festung Spandau geschrieben hat, dünnes Durchschlagpapier mit der Zensorschere beschnitten, die muß ich besonders vorsichtig wieder zurücktun. Meines Vaters Nachgelassenes umgibt mich.

Mein Vater ist bei mir und um mich. Und endlich spricht meine Mutter ruhiger und ohne Ausweichen mit mir von seinem Tod. Wie sie ihn eingekreist haben mit anonymen Briefen, mit Berufsverbot, mit dem Entzug der Approbation, mit der Drohung erneuter Verhaftung, wie ihn der Hitler-Stalin-Pakt fällte, wie sie ihn fand im Badezimmer, die Schuhe schwebend über dem Wannenrand. Wie sie schrie und wie man sie wegzog, mich in ihren Arm legte und ihr verweigerte, ihn noch einmal zu sehen. Ich liebe ihn, ich verstehe ihn. Und mir geht es ja gut, auch weil noch so viel auf mich gekommen ist von ihm, meint meine Mutter jedenfalls, das helle Lachen und sein wacher Verstand. Sie liebt mich. Aber sonst bin ich sehr allein.

Es klingelt, draußen steht Hans, ohne Gepäck, nur so in Hose und Hemd, neben ihm ein Herr, ein älterer Herr, vorn auf der Straße parkt ein riesiger grauer

Mercedes. Hans ist getrampt, der Herr kommt von der Leipziger Messe, er ist aus dem Westen. Er möchte noch ein bißchen herumfahren in der DDR, was kosten und was sehn. Ich bitte sie herein. Gretchen und die kleine Tochter kommen mit dem Zug. Wir holen sie ab. Der Herr übernachtet in meiner Mutter Küche, oh Gott!

Am anderen Morgen fahren wir mit dem Herrn im Mercedes an die Saaletalsperre. Das Wasser ist braun, das machen die Papierfabriken oben vorm Walde. Gretchen und der Herr baden nicht, aber Hans und ich. Wir schwimmen lange fröhlich nebeneinander. Für den Fremden ist die DDR wunderbar, besonders wunderbar findet er die Konditorwaren, weil, sie schmekken eben ganz anders als im Westen und außerdem überall anders, er probiert sie in jedem Ort. Wir lachen, das kann doch nur die Margarinecreme sein. Wir dürfen teilhaben an seinen Konditoreibesuchen, wir sind entschieden schlanker als er. Er ist aus einem Ort, der richtig nach dicken Torten klingt, Bopfingen. Gretchen nennt ihn Herr Kondi aus Bopfingen. Ach, es ist sehr angenehm, so von Torte zu Torte im Mercedes herumgefahren zu werden. Der Herr ist begeistert von Gretchen. Sie ist nicht nur schön, sie ist auch großzügig und klug, und witzig ist sie auch. Meine Mutter füttert uns alle mit Rouladen. Wir füttern das kleine Mädchen mit Erdbeeren. Der Herr reist ab.

Hans ist fröhlich. Die Geldsorgen sind verdrängt. Ich zeige den beiden alles, was ich liebe, den Fluß, das Schloß und den Hain. Ich kaufe einen Plattenspieler und zwei Jazzplatten. Wir breiten uns in der engen

Wohnung meiner Mutter rückhaltlos aus, wir nähen und malen, tanzen, betrachten die alten Fotos aus Italien, machen Misuk und stöbern in den Büchern, die noch da sind von früher. Ein statistisches Jahrbuch von 1937. Ein Jahrgang der Satirezeitschrift »Der wahre Jakob« von 1912, »Der Pfaffenspiegel«, die Bibel meiner Mutter mit der Widmung von der letzten Prinzessin von Schwarzburg-Rudolstadt, Thekla, die komischen kleinen Heftchen von meinem Vater aus seiner Praxis als Badearzt: »Morgens ein Glas Buttermilch, mittags ein Glas Joghurt und abends 200 Gr. Magerquark.« Wir lachen viel. Das Wort Wahlverwandtschaften benutzen wir schon.

Als ich wieder nach Berlin komme, holen Gretchen und Hans mich vom Zug ab. Ihre großen blauen und seine heftigen braunen Augen leuchten mir entgegen, so freuen sie sich auf mich, oder nicht?

6

Meine Freundin Antje ist eine, die die Wirklichkeit zwingen möchte. Sie sieht es selber oder vertraut mir, wenn ich so was sage wie: »Hans ist ein wirklicher Künstler, man muß etwas für ihn tun.« Wir machen in der kleinen Stadt einen Grafikverkauf für ihn. Lächerlich wenig kommt da zusammen, die Deutschlehrerin kauft ein Blatt und noch eine andere Lehrerin kauft etwas, nur mir zu Gefallen, und dann noch Antje und ich.

Der italienische kommunistische Mann von Antje kennt doch den italienischen kommunistischen Maler, der in Ostberlin arbeitet und an den Hochschulen lehrt. Er erzählt dem Genossen Professor von Hans. Er erzählt ihm von der Ungerechtigkeit, daß so eine Begabung nicht wie versprochen an die Hochschule übernommen wurde, nichts zum Leben hat, weggestoßen wird vom Sozialismus und beschimpft wird mit: »Was wollen alle diese Künstler, die auf dem vierten Hinterhof wohnen und eine unglückliche Liebe haben?« Der italienische Kommunist kennt das Problem. Er kümmert sich um viele junge Leute. Wir sollen ihn besuchen, ihn und seine Frau, die Plastikerin Jenny. Die ist klug und streng. Sie sehen sich die Arbeiten von Hans an. Sie loben Hans, aber beklagen, daß er die großen Arbeiten nicht signiert, die kleinen aber wohl, ist das wichtig? Dann erzählen sie viel von Malaparte. Als der Professor uns an den Fahrstuhl bringt und seine Frau es nicht sieht, gibt er Hans Geld. Hilft das?

Hans muß sowieso irgendwie Geld verdienen. Er fährt zur Landarbeit aufs Dorf, wo sein Freund als Lehrer lebt, dann meldet er sich zum Stanzen in die Fabrik. Dann fährt er eine Zeitlang Gemüse aus. Er erzählt beeindruckt davon, wie sie an einem Morgen Apfelsinen ins Frauengefängnis geliefert haben. Drei Wochen geht Hans zum Postsäckeverladen auf den Bahnhof. Sehr anstrengend alles und sehr spannend. Und aufstehen immer ganz früh.

Am Abend die Philosophen und die Dichter und die Maler und Gretchen, immer bis zwei Uhr in der Nacht. Und am Morgen um fünf aufstehen, Gemüse ausfahren oder Pakete sortieren mit denen, die versackt sind als Versacker, die wenig zu sagen haben außer: »Na denn prost Mahlzeit« oder »Jetzt is aber Feierabend!«

Hans ist zu müde zum Malen und muß schlafen, wenn Besuch da ist. Er wird ganz mürrisch davon. Einmal gehe ich mit Hans und Gretchen aus dem Haus, da beschimpft er ihre kaputten Schuhe und ihr ärmliches Kleid. Das darf er nicht, denke ich. »Du bist ungerecht«, sage ich. Sie streiten sich viel.

7

Hans und Gretchen nehmen mich mit zu einem berühmt und berüchtigten Treffen in eine Wohnung nahe der Prachtstraße, zu einem alten Arzt, der in den Zwanzigern in den Kreisen der linken Intellektuellen lebte, Brecht kannte. Der Mann ist klug, aber kaputt, der Krieg, das Morphium, die Curette. Aus seinem mageren Brustkorb tönt eine tiefe zerbrochene Stimme. Er ist noch schön, seine weiße Mähne, seine eleganten Hände. Vor ihren Berührungen scheue ich zurück wie ein witterndes Pferd. Man hat ihm eine Stelle gegeben, irgendwas mit medizinischen Texten aus dem Französischen. Er hat eine stimmungsselige Frau.

Sie heißt Hanna, sie lädt mit hoher Stimme und weiten Armen jeden Freund eines Freundes in die Wohnung. Hans drück sie an ihren vollen Busen. Gretchen umhalst sie und sagt: »Ich hab dich so gerne, denn du bist mir so ähnlich und wie aus dem Leib geschnitten.« Gretchen lacht. Mich sieht diese Hanna etwas mißtrauisch von der Seite an. Was ist das? Man kann mich auch nur sehr schlecht drücken, ich bin zu groß und sperre mich. Hanna singt mit brüchigem Sopran das Lied von Sabinchen, das ein Frauenzimmer war. Sie singt von dem »Zuge, der aus Hamburg kam«. Sie singt die ganze Brigitte B., und aus Brechts Todsünden singt sie: »Das kann höchstens eine machen, die auf niemand angewiesen ist, eine andre hat nichts zu lachen, wenn sie einmal ihre Situation vergißt.« Hanna singt mit Hingabe. Ich lerne Lieder von ihr. Manchmal aber denke ich, ihre spöttischen Küchenlieder, Wedekindlieder und Brechtlieder seien alle auf mich gemünzt, dann werde ich mißtrauisch und traurig und singe nicht mehr mit.

Viele feiern bei Hanna und ihrem Mann den Ersten Mai, denn sie fühlen sich tiefrot, biermannrot, »so oder so, die Erde wird rot, entweder lebend rot oder rot tot«.

Da, hinter den lila Vorhängen unter den Ölbildern von bedeutenden und zu wenig anerkannten Malern, da lebt etwas auf am Ersten Mai. Ist das nun wirklich Geist und Begeisterung, das, was ich bei den anderen immer vermisse?

Wie ich hinkomme in den weißen Salon mit den violetten Vorhängen, da hängen aus dem Erker, und gegenüber beim italienischen Maler auch, die anders roten Fahnen heraus, wie ich sie kenne von meiner Großmutter, ausgebleichter, kleiner als die neuen aus der HO. Ich erkenne sie wieder und freue mich. Ich sitze auf dem fleckigen Bezug des echten Empiresofas neben den anderen, Dichtern und Malern und Schauspielschülern, zusammen mit bekannten, noch nicht bekannten und verkannten Künstlern mit Kerzen und Wein und Zwiebelsuppe und Biermann und lausche einer alten Platte mit Lotte Lenya und den Küchenliedern. Ich freue mich, es geht mir gut. Ich gehöre dazu, oder doch fast. Dazu gehören auch die ehemalige Französischlehrerin von Hans und ihr Sohn, ein ehemaliger Schüler von Hans.

Dieser junge Mann heißt Jakob. Er ist sieben Jahre jünger als sein Lehrer und drei Jahre jünger als Gretchen. Ein Mathematikstudent im ersten Jahr, aber schon ein Mann, witzig, verführerisch und freundlich. Er hat noch geradere und noch breitere Schultern als der andere Junge, meiner, der ja auch ein Schüler von Hans war. Dieser Jakob ist durchaus nicht stumm. Er singt, wo ich ihn treffe, zur Gitarre seine selbstgemachten Lieder: »Fahre im Autobus nur oben.« Er zitiert fröhlich die Texte von Arno Schmidt, der dazu anregt, sexuelle Assoziationen in Landschaftsschilderungen zu finden. Das vergnügt ihn. Seine grünblauen Augen werden zu blitzenden Schlitzen, sieht er dabei Gretchen an. Denn Gretchen, die versteht etwas von der schönen Doppeldeutigkeit und von Liedern und von Liebe.

Von Hans kauft er ein Bild. Was bezahlen wir schon, wenn wir von Hans ein Bild kaufen, lächerlich, aber wenn wir eins kaufen, dann meinen wir es ernst mit Hans, und es soll für uns und für ihn und für die Kunst gut sein, das wollen wir schon. Wirklich?

Siebtes Kapitel

I

Die Sonne ist untergegangen. Hans und ich, wir hocken stumm auf dem Fußboden vom kleinen Zimmer unter dem giottoblauen Wandbild. Wir hocken vor dem Teile des Bildes, wo ein Mann und zwei nackte Frauen am Stamm eines Baumes gemalt sind, Hühnerbeine in den Händen. Das fliegende Paar übereinander ist links von uns, er, der Soldat mit dem schweren Mantel wie ein Heiliger, sie, mit dem weißen Bein einer vergehenden Geliebten. Und mehr in der Mitte, von hinten zu sehen, wegstrebend in die Tiefe wie ein junger Frosch, da ist das wegschwimmende Gretchen gemalt, halb bedeckt vom Wasserkristall.

Sie ist weg. Sie bleibt die ganze Nacht weg. Sie lebt seit drei Tagen mit jenem Jungen, mit dem Jakob, dem witzigen Liebhaber und dem fröhlichen Troubadour. Hans ist traurig. Sie hat es ihm gleich erzählt. Besinnungslos vor Angst um Hans, und doch auch voll aufgestauter Sehnsucht ist sie mit dem Jakob in die Sträucher des Invalidenparks gefallen. Sie bereue es nicht, das sei ihr wirkliches Glück. Gehetzt von seinen quälenden Vorstellungen tappt Hans barfuß über die nackten Dielen und zeichnet ihren schmalen Rücken, ihren Hüftbogen, ihre Rundungen mit Holzkohle auf die hellen, gekreideten Wände. Ich zittere und bleibe stumm. Ich erlebe, wie Liebesleiden unmittelbar in

Linien umgewandelt wird. Die dünne schwarze Linie auf der Wand lebt. Ich bilde mir ein, noch nie eine solche lebendige Linie gesehen zu haben.

Möbel, Betten und Bilder in der Wohnung sind wild zusammengeschoben und auseinandergetragen. Immer wieder trägt Hans ein Stück in einen anderen Winkel, als ob er mit der Trennung der Gegenstände seinem Getrenntsein von seiner Liebe gerecht werden könnte.

Das Floß des Paares im Berliner Hinterhof, zu dem ich mich vor den Baracken der Schulspeisung, den Ölanstrichen der Schulflure, den Schrankwänden meiner Kollegen, den Gipsritzungen mit den Modepuppen und den spuckevollen Reden und der Kontrolle durch die Kleinstadtbeamten geflüchtet habe, das gibt es nicht mehr. Es ist auseinandergefallen. Was mache ich nun? Ich sollte weggehn, aber Hans meint, das sollte ich nicht. Seine braunen Augen fürchten sich vor der Einsamkeit in der Sommernacht. Ich nehme die Blockflöte, hockend zwischen den Farbbechern vorm weitgeöffneten Fenster und spiele. Hans setzt sich in die andere Ecke in den Schatten mit einem Zeichenbrett und zeichnet mich, wie ich so traurig vor mich hin starre mit der Flöte im Mund.

Dann, er braucht nur seine Hand auf meinen Hals zu legen, das weiß ich doch, gehn wir in ein Bett, ein wackliges altes Metallbett, das mitten im leeren großen Zimmer steht. Ich finde, daß meine Schenkel sehr steil und viel zu hoch gegen den Abendhimmel aufragen, und ich merke gut, daß Hans sehr unglücklich ist. Aber ich merke auch, daß ich für diesen fiebrig zitternden Freund viel mehr zu tun bereit bin als für alle anderen Menschen, die ich kenne.

Am Morgen kommt Gretchen, und sie fragt uns. Sie ist nicht böse, aber sie wundert sich. Hans sagt, es sei nicht richtig gegangen, und ich sage, ich wolle ihn nicht für mich, das wisse sie doch, und frage zurück, wie lange sie denn glaube, daß das dauert mit dem Jungen. Da sagt sie, das mit Jakob, das sei fürs ganze Leben.

Ich glaube ihr nicht.

Aber, es kommen die Tage, wo ich in der Schule aus dem Unterricht ans Telefon im Sekretariat geholt werde, weil Hans anruft.

Es ist unmöglich, ich gehe mit einem blödsinnig glücklichen Lächeln die Schulhaustreppen hinauf, in die Klasse zurück.

2

Eines Tages, als ich von der Schule komme, sitzt Hans auf der Treppe überm Ziegenstall und wartet auf mich. Ich mache die Tür auf. Ich ziehe die Schuhe aus, hocke mich hin, schwindelig vor Glück.

Ihn aber schüttelt es. Er setzt sich und starrt stumm vor sich hin, da kann ich fragen. Als es dunkel wird, steht er auf und geht zur Tür hinaus. Ich nehme mir nicht die Zeit, meine Schuhe wieder anzuziehen. Ich finde sie gar nicht, wie immer, wenn ich aufgeregt bin. Mein Herz hämmert. Auf Strümpfen folge ich ihm zur Haustür runter, über das Pflaster der Gasse an der Kirche lang, die Puschkinstraße bis hinaus vor die Stadt.

Er will wohl nach Hause laufen? Lieber wieder bis Berlin zurücklaufen, als da bei mir eine Liebe und eine

Hoffnung nähren, die es für ihn gar nicht geben soll. Das begreife ich schon.

Und die Tränen rennen mir den ganzen Weg lang, wie ich in der Dämmerung ihm auf Strümpfen folge, über das Gesicht, vernebeln mir die Brille. Leute gehen verwundert an mir vorüber. Ab und zu ruf ich: »Warte doch! Was hast du denn?«

Warum laß ich ihn nicht einfach gehn? Als ob ich nicht wüßte, was er hat. Gerade deshalb kann ich ihn nicht gehenlassen. Ich kann ihn überhaupt nicht lassen. Wo soll er hin? Bin ich nicht längst verantwortlich für ihn? Es treibt mich ihm nach, bis er mit mir umkehrt, stumm.

3

In der Küche bei Hans hocken wir zu viert. Hans, Gretchen, Jakob und ich. Es ist schön, wir vertragen uns. Gretchen streicht mir liebevoll über das Haar und sagt: »Unschuldig siehst du aus, unschuldig wie ein Engel.« Aber ich bin doch von uns mehr die Letzte, sozusagen der vierte Rang. Erst kommt Gretchen, dann kommt Hans, dann kommt Jakob und dann ich. Die drei spielen Karten, lachen viel und rauchen noch mehr. Ich kann nicht Kartenspielen und kann Kartenspielen nicht leiden. Ich langweile mich dabei und habe beim Verlieren keinen Ärger und beim Gewinnen keine Freude. Nur, daß solche Leute wie Lessing und Hegel auch Karten gespielt haben, macht, daß ich tolerant sein will. Es fällt mir schwer. Ich rauche auch nicht. Ich koche Spaghetti.

Immerhin zeichne ich viel. Jakob singt sein neuestes

Lied vor: »Hinter dem fleischernen Fluß lauert die schwarze Hecke …«, oder er bringt Gretchen Brassenslieder mit. Er übersetzt sie: »Früher, da waren die Frauen noch fraulich und zart …« Und Villonlieder: »Sagt mir, wo sind sie alle hin, die unermeßlich schön man nannte … wo ist der Schnee vom vergangenen Jahr?« Gretchen hat eine helle Stimme, damit singt sie in der Küche zart und hoch. Sie macht singend eine Brücke, so daß ihre feinen blonden Haare auf den grauen Dielen glänzen. Jakob ist kräftig, er hebt sie in der Mitte hoch, strahlend hängt sie an ihm.

Hans dreht sich weg und stellt sich mit geschäftiger Miene vor die Staffelei.

Ich bin oft traurig, denn Hans sieht immer nur Gretchen an. Wenn die beiden gegangen sind, am Abend spät, dann geht er mit mir im großen Zimmer ins Bett. Dort erwachen wir früh, die Sonne scheint. Die Amseln flöten im blühenden Kastanienbaum. Um uns herum hängen riesige schwarze Linolschnitte, die Hans mit den Füßen abdruckt. Da bin ich drauf, eine schwermütige schwarzhaarige Frau mit schwarzen Augen und einer Blockflöte. Sommer in der Stadt. Oft sitzen wir nackt im kleinen Zimmer auf dem Fußboden unter dem Wandbild, wir lieben uns oder singen zusammen. Wir kennen die gleichen Lieder, aber ich kenne die Texte besser.

4

Mit der Wohnung ist das so eine Sache. Gretchen hat schließlich ein Kind, und der Jakob hat noch keine eigne Wohnung. Das junge Paar muß sich herumdrücken bei der Mutter von Jakob, und dann in einer winzigen Studentenbude in einem Treppenturm, während Hans alle Zimmer für sich alleine hat.

Hans aber schreit in seinem Leid. Er reißt das Zelt vom Zwischenboden herunter und will »ausziehn und im Zelt wohnen, so!«. Gretchen lacht ihn aus. Sie braucht das Zelt, sie wird damit an die Ostsee fahren, genau dahin, wo sie mit Hans war, jetzt mit Jakob und mit dem Kind. Wohin denn sonst, was bildet er sich ein? Dann sind sie weg. An der Ostsee. Jakob, Gretchen und das kleine Mädchen.

Hans und ich, wir liegen im vierten Stock unterm Sommernachthimmel von Berlin.

Wir breiten Matratzen dicht unter den offenen Fenstern aus, sind lange wach und reden. Ich habe etwas, das Hans zum Lachen bringt. Ich ahme Dialekte nach, besonders den von zu Hause. »Uch, hat ihr aawer en schien Mound, mir darheeme ham nur so ä Draagsdeng.«

Der liebe Gott zieht Schwärze vor den Mond, es donnert und blitzt, unter den offenen Fenstern erwarten wir, erschlagen zu werden, die Beine ineinandergeschlungen, schuldig. Eingeschüchtert im Dunklen kommen wir auf unsre Kinderlieder: »Vöglein im hohen Baummmmm!« Hans singt leise: »Hänsel und Gretel verliefen sich im Wald.« Ich will nicht die Hexe sein, und die Tränen steigen mir in die Augen. Außerdem waren Hänsel und Gretel ja, wie man heute weiß, die Mörder einer wunderbaren Zuckerbäckerfrau, das sag ich ihm. Da wechselt Hans den Ton und singt für mich: »Du auf deinem höchsten Dach, ich in nächster

Nähe, doch die wahre Liebe, ach, schwankt in solcher Höhe.« Wedekind. Es gefällt mir, und ich stimme ein: »Dreh dich hin, dreh dich her, schöne Wetterfahne«. Draußen wettert es.

5

Am andern Tag gehe ich mit Hans aus der Wohnung hinaus. Wir wollen zu einem Plastiker ins Atelier fahren. Wir gehen ineinander vertieft, in unsere Gespräche vertieft, in sehr erhöhte Gespräche die Treppe hinunter und aus dem Haus. Hans definiert die Romantiker als Rationalisten, ich bilde mir ein, ihn sofort zu verstehen. In der S-Bahn sitze ich ihm gegenüber, wie ich von nun an immer ihm gegenübersitzen werde. Ich sitze, meine Knie an seinen Knien vornüber gebeugt und rede mit ihm und sehe ihn an. Er drückt zwar seine Knie gegen meine Knie, was immer Strom bedeutet, aber er sieht mich nicht an, er redet mit mir, ohne mich anzusehn.

Draußen bei dem von Hans und allen anderen hochgeachteten Plastiker freue ich mich über die »Kämmende«, die ich schon kenne aus der umstrittenen Akademie-Ausstellung. Wie elastisch sie auf ihren Schenkeln wippt. Wir betrachten bei dem Plastiker die Bilder eines Malers, alles Fische. Denn Fische sind billig, bevor man sie kocht, malt man sie. Die Fische krümmen sich wie in Mitleid mit dem Künstler.

Geld haben diese nicht staatskonformen Künstler alle nicht. Aber sie scheinen sich mehr im Recht zu fühlen, mehr Glück zu haben als Hans. Sie haben die Hochschule abgeschlossen, eine Gruppe gebildet. Der

Plastiker hat ein Atelier, eine Familie, einen Garten, ein paar Ausstellungen und auch kleine Verkäufe, manchmal. Ich merke, wie weit Hans davon weg ist. Auf dem Heimweg sage ich so etwas zu Hans, was weiß ich. Jedenfalls brüllt er mich plötzlich an. Ich schrecke zusammen, wir gehen gerade über eine kleine Brücke. Ich habe das Gefühl, über das eiserne Geländer zu stürzen. Wir fahren schweigend nach Hause wie verfeindet für immer. Wir reden schließlich über die Fischbilder. Oben in der Küche koche ich Spaghetti. Was los war, was ich falsch gemacht habe, erfahre ich nie.

6

Ich muß in die kleine Stadt zurück. Die Ferien sind vorbei. Vorbereitungswoche. Ich bereite viel vor. Ich werde eine ständige Wandzeitung einrichten mit Schülergedichten. Hans hat mir eine Methode gezeigt, wie man Schrift macht, daß sie lebendig ist, mit der Schere aus freier Hand abgerundete Buchstaben. Ich zeige das sofort meinen Schülern, lustig sieht das aus. Hans hat mir auch ein Büchlein geschenkt, Corbusier.

Ich werde Corbusiers Modulor in der Neunten unterrichten. Es fällt mir wie Schuppen von den Augen! Die Variation der genormten Teile, die Wohnmaschine, die verschiebbaren Wände, die schräg gegen das Licht gestellte Fassadenverblendung, die Treppen in der Wohnung, die einfache und die doppelte Höhe in jeder Wohneinheit! Das Menschenmaß, und alle Maße sind goldener Schnitt. 27, 43, 70, 113. Wie können sie nur so blöde bauen mit so steifen Maßen hier bei uns in der DDR? Warum nur? Wo doch die guten und wirklich revolutionären Ideen schon lange da sind, Bauhaus und Corbusier und die russischen Konstruktivisten. All das ist wie gelöscht in Deutschland seit 33 und nicht wieder zugelassen bis jetzt? Die Künstler sind vertrieben, getötet, gestorben, die Bücher verbrannt, die Ideen ausgemerzt. In die kleine Stadt ist das auch nie vorgedrungen. Aber jetzt wird es von mir verkündet werden!

Ich spaziere mit Hans in erhöhten Gesprächen über den wahren Zusammenhang zwischen Kunst und Revolution an der alten Stadtmauer entlang, zugleich erfreut über die noch erhaltenen Steine im Klosterformat. Ich messe das Klosterformat mit meinen Händen nach, viel schönere Maße, höher und breiter als andere Ziegelsteine, ein viel schöneres Rot.

Ich muß zum Unterricht! Immer noch laufe ich so schnell wie damals mit siebzehn, schräg gegen den Wind, ein Messer. Ich springe die Schulhaustreppen hinauf, ich platze förmlich vor Zielen und Vorhaben. Ich lerne von Hans, was die Universität mich nur unzureichend gelehrt hat, und ich trompete es voll Begeisterung hinaus. Gleich trage ich es in die Klassen zu meinen Schülern, den leeren Eimern, und gieße sie voll. Sie merken, wie ich brenne, und beginnen sich zu entzünden.

Ich bin mit ihnen eigentlich immer allein. »Das Rot im Leben der Arbeiterklasse«, die so ähnlichen Porträts in der 11 A nach der Holbeinmethode haben alle Verantwortlichen über meine »positive Einstellung zum Arbeiter und Bauernstaat« beruhigt. Sie hospitieren nicht mehr, das ist ihnen zu anstrengend. Ich kann fünfundvierzig Minuten lang in meinem Unterricht machen, was ich will. Ich agitiere für meinen anderen Sozialismus: Wandbilder wie in Mexiko, Lieder wie die von Biermann, Häuser wie die von Corbusier, Bilder wie die von Orozco, Picasso, Venturelli. Hans lobt mich und kritisiert mich. Ich habe nun jemanden, der wenigstens merkt, was ich tu, und ein helfendes Rumpelstilzchen dazu. Alles Handwerk, das Einrahmen, das Drucken, das Gipsgießen, das Holzschneiden, das Einfärben von Papieren, das kann er viel besser als ich, und immer nimmt er es mir aus der Hand und macht es für mich, den Nutzen habe ich. Ich brate inzwischen Eier oder koche Spaghetti.

Für die Feiern zum Jahrestag der Oktoberrevolution soll eine Einladungskarte gedruckt werden. Ein Grafiker wird gesucht. Ich bitte Hans um einen Entwurf. Er macht etwas Auffliegendes, vorne mehr wie ein Bär, hinten mehr wie eine Rakete. Ich finde es sehr schön. Die Beamten lehnen es ab. Was für eine Speisekarten-Goldrand-Scheiße sie dann drucken!

So ist es. Wir sind die wirklichen Roten, und »die« sind die reaktionären Sesselpuper, und die werden alles versaun. So denke ich. Aber was denkt Hans? Hans denkt, daß ihm die kleine Stadt keine Chance geben wird, daß er ermatten wird und immer abhängiger von mir. Und wo soll er malen und was soll er malen hier. Er nimmt den Nachtzug. Sehnsüchtig lausche ich dem Pfeifen der Lokomotive hinterher.

7

Ich habe Hans lange nicht gesehen. Er hatte eine Vertretung an einer Berliner Schule, jetzt ist die vorüber. Ich komme vom Zug. Er hat mich nicht abgeholt. Ich treffe auf Gretchen vor seiner Wohnungstür. Wir klingeln. Hans macht nicht auf. Hol'n wir die Polizei? Bloß nicht die Polizei! Gretchen sagt, daß sie schon seit Tagen versucht, in die Wohnung zu kommen. Er hat die Kette vorgelegt. Wir rufen, wir warten. Nichts.

»Ich hab solche Angst«, sagt sie, »er droht manchmal doch, sich vor die Straßenbahn zu werfen oder das Gas aufzudrehn.« Wir holen unten von ihren Eltern Schraubenzieher und schrauben das Schloß ab. Hans liegt angezogen quer über dem Bett und schläft. Einige Schlaftabletten wohl und Wein, aber er atmet ruhig, es ist nicht so schlimm.

Wir lassen ihn schlafen und setzen uns ins Zimmer und murmeln miteinander alle die Sorgen, die wir uns um ihn machen, beide. Ich sage: »Er kann wirklich malen, glaub mir!« Sie sagt: »Er kann gar nichts anderes.« Ich versteh sie nicht und denke lange nach, meint sie, er kann nichts, wofür diese Gesellschaft ihn je bezahlen wird? Er ist doch ein Zeichenlehrer, warum soll er kein Zeichenlehrer sein? »Das kann er nicht, was die wolln!« sagt sie. »Die Vertretung schon war eine Qual.« Dann sage ich: »Ich lerne so viel von ihm, er ist unwahrscheinlich intelligent.« »Meinst du?« sagt sie zweifelnd. Ich wundere mich. Sie aber will sich wohl in ihrer Trennung bewähren.

Auf einmal sehe ich mich um im großen Zimmer, und da hängen nicht mehr die Drucke mit mir und der Flöte, sondern er hat von ihr einen Akt gemalt, wie sie kniet und mit den Händen ihren Kopf aufstützt. Ein Wunderwesen, aus dem hellen Haarhelm stößt eine schöne große Nase nach links.

Mir tut das Herz weh wegen der Liebe, die da zu sehn ist, und wegen der Malerei und weil ich nicht ein noch aus weiß. Auch einen Holzschnitt hat er gemacht, ein Mädchen von hinten unter einem Stern vor einer Hopse mit einem Springseil, Gretchen. Und im kleinen Zimmer schwimmt sie immer noch im Giottoblau. Vor dem Ofen liegt verkohltes Papier. »Er hat wieder viel verbrannt von seinen Sachen. Mein Gott, was hat er schon alles verbrannt«, sagt sie. Ich sehe das alles und sage: »Er liebt dich noch.« »Ich kann aber nicht mehr! Ich will mit Jakob leben. Und ich brauche die Wohnung. Ich will auch nicht mehr für ihn verantwortlich sein«, das sagt sie. Dann legt sie sich auf den Fußboden, und ihre riesigen hellblauen Augen füllen sich mit Wasser, so daß mir vor Mitleid schlecht wird. Ich will nun endgültig weggehn von denen. Sie aber klammert sich an mich. »Geh nicht! Geh nicht, ich will nicht mit ihm alleine sein, er wartet doch auch schon immer auf dich.«

Hans ist aufgewacht. Ich hocke unschlüssig in der Küche und bin wie gelähmt und gehe nicht aus der Wohnung hinaus, und meine Augen brennen. Es ist tief in der Nacht. Nebenan reden und rauchen die beiden, ich mische mich nicht ein. Plötzlich höre ich sie die

Möbel herumzerren und schrein. Da gehe ich rüber und sehe, wie sie sich darum streiten, wer von ihnen in einem unmöglichen Bett aus zwei zusammengeschobenen Korbsesseln übernachten darf. Sie zerren beide an den Stühlen, den Kissen und Decken, reißen sie auseinander. Jeder will für den andern das Opfer sein. Und mir ist, als ob sie sich zeigen, wie sehr sie sich lieben in diesem Hin und Her um den unmöglichen Schlafplatz aus zwei Stühlen, der kann doch für den, der da gewinnt, nur sehr schmerzhaft sein. Jeder von uns liegt schließlich auf dem Fußboden in einem Winkel der Wohnung, so weit von den anderen entfernt, wie es nur möglich ist, schlaflos, ängstlich, starr.

Am Morgen erklärt Hans sich bereit, in den Turm zu ziehen. Das ist die Studentenbude, die Jakob bewohnt, hoch über einem finsteren Hof. Vier Stockwerke führen dahin über ein steinernes, verwahrlostes Treppenhaus. Als wir aus dem Haus gehen, Hans und ich, da ruft das Kind durch den Briefschlitz bei der Großmutter hinter der Tür. »Bist du's, Papa?« »Ja!« »Wo gehst du denn hin?« »In den Turm!« Als Jakob einzieht ins kleine Zimmer, überstreicht er das Wandbild mit dem Giottoblau.

Ich lebe nun schon länger mit Hans. Immer habe ich Angst, daß er etwas von den Bildern, die ich gerade sehr gut finde, übermalt. Manchmal trage ich etwas weg, um es zu retten, zu Freunden, die sich freun und es aufhängen. Hans ist deshalb böse auf mich. Er hat wohl recht, so was darf man nicht.

Hans ist meine Freude, mein Feuer, mein Ideal und

mein Rumpelstilzchen, aus dessen Händen die wunderbaren Dinge springen, die ich, die Müllerstochter, versprochen habe, und die ich ohne ihn gar nicht fertigbringen würde.

Und Hans ist meine Qual, denn ich leide unter meiner Verantwortung für ihn und unter unserer schmerzhaften Abhängigkeit voneinander. Die kräftezehrende Schule frißt mich auch auf. Oft träume ich von Gretchen und von dem kleinen Mädchen hinter der Tür.

Ist Hans' Leben so schlimm geworden, seit sie die Mauer gebaut haben und er immer herumfahren mußte stundenlang um ganz Berlin, um in die Schule zu kommen, und weil sie ihm den versprochenen Studienplatz an der Hochschule genau in dem Augenblick nicht gegeben haben, als er auf ihr Versprechen hin schon aufgehört hatte, in die Schule zu gehen? Oder ist alles nur so schlimm, weil Hans eben Hans ist und ein Künstler und ein bißchen verrückt? Weil er in der DDR, wie die ist, nie einen Platz finden wird und weil er hätte gehn sollen nach drüben, lang schon. Das sagt Jakob jedenfalls.

Oder ist alles nur so gekommen, weil auch noch ich dabei bin, ich, das Spaghetti kochende Kuckucksei mit der Illusion von der richtigen roten Fahne? Doch, wo soll man den Zipfel zu fassen kriegen, wo sich das alles löst, wo?